U0109544

中國語言文字研究輯刊

十八編

許學仁 主編

第5冊

《廣韻》同義異讀與《經典釋文》關係考

李福言 著

花木蘭文化事業有限公司

國家圖書館出版品預行編目資料

《廣韻》同義異讀與《經典釋文》關係考／李福言 著 -- 初版
-- 新北市：花木蘭文化事業有限公司，2020〔民 109〕
目 2+220 面；21×29.7 公分
（中國語言文字研究輯刊 十八編；第 5 冊）
ISBN 978-986-518-021-8（精裝）
1. 廣韻 2. 經典釋文 3. 研究考訂
802.08 109000439

中國語言文字研究輯刊
十八編 第 五 冊 ISBN：978-986-518-021-8

《廣韻》同義異讀與《經典釋文》關係考

作　　者　李福言
主　　編　許學仁
總 編 輯　杜潔祥
副總編輯　楊嘉樂
編　　輯　許郁翎、張雅淋　美術編輯　陳逸婷
出　　版　花木蘭文化事業有限公司
發 行 人　高小娟
聯絡地址　235 新北市中和區中安街七二號十三樓
電話：02-2923-1455／傳眞：02-2923-1452
網　　址　http://www.huamulan.tw 信箱 hml 810518@gmail.com
印　　刷　普羅文化出版廣告事業
初　　版　2020 年 3 月
全書字數　151126 字
定　　價　十八編 8 冊（精裝）台幣 25,000 元

《廣韻》同義異讀與《經典釋文》關係考

李福言 著

作者簡介

李福言，男，1985 年生，江蘇徐州人，江西師範大學文學院講師。北京語言大學在站博士後。入選 2017 年江西師範大學青年英才培育計劃。2014 年畢業於武漢大學文學院古籍所中國古典文獻學專業，獲文學博士學位，2011 年畢業於武漢大學文學院古籍所國學與漢學專業，獲文學碩士學位，2009 年畢業於徐州師範大學（現江蘇師範大學）文學院，獲文學學士學位。主要研究方向爲漢字漢語異讀與歷史方言音韻。主持教育部人文社科青年項目一項，江西省文化藝術重點項目一項，江西省社科青年項目一項，江西省高校人文社科青年項目兩項。出版專著三部。在《中國文字研究》《勵耘語言學刊》《漢語史研究集刊》等學術刊物發表 CSSCI 等論文二十餘篇。

提　要

對漢語異讀文獻的整理與研究由來已久，比較集中的反映在《經典釋文》和《切韻》系韻書中。而《廣韻》又是《切韻》系韻書的主要繼承者。對《廣韻》異讀問題的探索，離不開《經典釋文》。這個認識在熊桂芬老師《從〈切韻〉到〈廣韻〉》一書中有所體現。

據統計，《廣韻》異讀總量有 2704 例，《廣韻》「同義異讀」部分有 1828 例，占 67.6%。同義異讀以二音爲主，其中又以調類不同爲主，其次是聲類不同情況。調類不同又以平去相對爲主。聲類不同以滂並同部位相轉最多。三音關係以「聲、調不同」最多，有 49 例，「聲、調不同」的 49 中，聲類雖不同，但多以同發音部位的聲類相轉，如舌音透－透－定、定－定－透、端－透－定、透－泥－泥，牙音見－見－溪、見－見－疑，唇音幫－幫－滂、滂－滂－幫、滂－滂－並、並－並－幫，齒頭音精－從－從、精－精－從等。「四音」部分以「聲韻調攝等不同」最多，有 14 例。這就是說，在四個不同的音中，只有開闔是相同的，其餘的音韻地位都不是完全相同的，這跟「三音」中量最多的「聲調不同」類有異。「五音」音韻地位中，以「聲韻調攝等不同」最多，有 5 例，這點與「四音」相同。「同義異讀」六音部分包括聲韻調等不同、聲韻調攝等不同兩類，各 1 例。「同義異讀」七音部分包括聲韻調攝等不同、聲韻攝開闔等不同兩類各 1 例。《廣韻》同義異讀或來源於方言，或來自漢魏六朝舊音，是韻部演變的結果。

進而，筆者將《廣韻》同義異讀與《經典釋文》所載異讀進行窮盡式比較，分析二者異同，探討《廣韻》同義異讀的《經典釋文》來源、層次與性質問題。

研究發現，《廣韻》與《經典釋文》同義異讀數量和語音地位完全相同的有三百餘例，占二者有交涉的所有異讀的比重最高，間接說明了《廣韻》與《釋文》的緊密關係。其他不完全相同的同義異讀，可能說明了《廣韻》異讀來源的廣泛性和選擇性。這一部分似乎更有意思。它可能反應了《廣韻》對《釋文》的選擇性運用，一方面與《廣韻》時代的語音性質相同的，《廣韻》就全部採用，而與《廣韻》時代不同的，則選擇性的採用。就像黃典誠所論，「在新音舊音書音話音發生矛盾的時候，往往姑存其舊，突出其新。這是被語言之社會的、歷史的性質所決定的。音韻作爲語言的物質外殼，其由舊質過渡到新質，行程是緩慢的，更不是用廢除昨天的代之以今天的辦法去實行。因此，新音舊音書音話音甚至方音國音往往有一時互存的現象。」

進一步分析與《釋文》有關涉的這些異讀後發現，《廣韻》同義異讀選擇上，傾向於《釋文》首音，其次是又音、或音、經師音注等。陸德明的「首音」一般是典籍常用，會理合時的。「或音」「一音」是爲了「傳聞見」，「眾家別讀」的經師音是「音堪互用，義可竝行」的，所以才「苟有所取，靡不畢書，各題氏姓，以相甄識」。《廣韻》同義異讀音的選擇繼承了這一傾向。說明《廣韻》的確是保留了前代舊注和音義中很多有影響的讀音。另外，加上不少來自《釋文》的又音、或音、舊音、今讀以及各種經師音注等，可見《廣韻》同義異讀不是共時平面的，而是歷時層次的疊置，具有繼承性。

結合前面對《釋文》關係的分析，進一步從聲、韻關係思考《廣韻》同義異讀的性質問題。重點分析了與《釋文》有密切關係的「全部見於《釋文》且音切一致」「全部見於《釋文》，音切數量少於《釋文》」「《廣韻》有一音，《釋文》有一音」「《廣韻》有多音，《釋文》有多音，有二音同」這四部分同義異讀的聲韻問題。研究發現，同義異讀聲類關係上，同聲類相轉占很大比重，說明在同義異讀中，比較傾向於同聲類條件下，利用韻、開闔、等、聲調協調區別讀音。同時，異類相轉也有一定比例。異類相轉，有相同發音部分的對轉，也有相同發音方法的旁轉，還有不少旁對轉，甚至還有一些距離較遠的異類聲轉，說明同義異讀中的異讀，反映在聲類上，有某種自由度。但是，四部分異類相轉中，見次較高的主要有見群相轉、幫滂相轉，這些都是相同發音部位的聲轉。說明清濁與送氣與否也是主要的區別手段。韻類相轉情況，同類相轉依然占很大比重，這種情況的原因可以參考聲類相轉。另外，在異類相轉中，同類內部，即陰聲韻、陽聲韻、入聲韻內部相轉占異類相轉很大比重。其中有不少例子可以印證從漢代到宋代的語音發展軌跡，對研究語音史有一定參考價值。此外，異類相轉中，陰入相轉比陰陽和陽入相轉占的比重都大，說明了陰聲韻和入聲韻關係密切。即中古 -k、-t 兩類入聲與開尾或 -i、-u 尾關係較密，同 -ŋ、-n 聯繫較少。攝的關係中，同攝異讀占較大比重，其中又以山攝異讀爲主。異攝異讀比較複雜，又以止蟹、山臻、山蟹爲主。後三者能反映從漢代到宋代止蟹、山臻、山蟹混切現象。等的關係中，同等異讀占較大比重，其中又以三等異讀爲主。異等異讀中以一三等異讀爲主。符合「上古多洪音，三等細音多爲一二四等韻之變」這一認識。調類關係中，對《廣韻》同義異讀的分析支持李長仁等學者的論斷，去聲是聲調相轉的中心，平上爲一類，去入爲一類。另外，結合我們的統計，還發現從《釋文》時代到《廣韻》時代去入關係由緊密到鬆散的變化。

教育部人文社科青年項目《唐五代佛典音義所見異讀層次、來源與性質研究》（19YJC740025）階段性成果

目次

緒　論

本書所論的異讀範圍，包括黃侃所云「字有又音而不見本韻及他韻者。」〔註1〕羅偉豪分辨了四種類型的「又音」，「第一種類型是又音雙方互見的，在對方韻部或小韻中能找到該切語和所切的字」，「第二種類型是對方不見的，即是在對方韻部或小韻中找不到該切語所切的字，或根本無此切語」，「第三種類型是又音切語所用的字樣，在對方韻部或小韻中已經改變了，但音類仍然相同」，「第四種類型可以叫作又某某反，當爲某某反的類型，即是對方韻部或小韻中找不到這個又音的字，而實際上這個對方是另一個韻部，或者是同一韻類而是另一個小韻」〔註2〕。筆者所論，包含以上四種類型。本書暫不考慮「又音」類隔問題。異讀的音義關係主要包括同義異讀和異義異讀部分。限於篇幅，本書主要討論《廣韻》同義異讀的來源問題。同義，主要指意義相同或相近，但必須是詞性相同。否則，都屬於異義問題〔註3〕。

〔註1〕黃侃箋識、黃焯編次《廣韻校錄》，上海古籍出版社 1985，頁 155。

〔註2〕羅偉豪《關於〈切韻〉「又音」的類隔》，頁 88～100。

〔註3〕葛信益在《〈廣韻〉異讀字發生之原因》一文中指出，異讀包括「一字有名動之分，後世遂依音辨義者」、「一字相反爲訓，而後世音異者」、「用爲重言形況字而音變者」、「用爲雙聲或疊韻連語而音變者」、「用爲人物地名而音異者」、「義有引申而音亦隨之變者」、「因借爲他字而音變者」，筆者所論的「異音異義」包括以前情況。

第一節　研究目的與意義

一、研究目的

分析《廣韻》同義異讀的聲韻調等攝開合的數據及其比例，進而分析《廣韻》同義異讀的《經典釋文》來源，離析《廣韻》同義異讀的層次與性質。

二、研究意義

研究意義主要有四點：

（一）**有利於深入字韻書、訓詁書異讀問題的研究**。歷代字韻書、訓詁書雖記載了大量漢語異讀材料，但隨著對其異讀來源的深入考察，很多問題仍得不到有效解決。《廣韻》異讀材料，上承隋唐，下啓宋元，地位突出。對其整理與研究，有利於對切韻系韻書、訓詁書特別是《經典釋文》等異讀來源的深入研究，對認識字韻書、訓詁書異讀層次和性質不可或缺。

（二）**有利於異讀本質的認識**。漢字具有形音義。段玉裁在《廣雅疏證序》中說，「小學有形、有音、有義，三者互相求，舉一可以得其二；有古形、有今形、有古音、有今音、有古義、有今義，六者互相求，舉一可以得其五。」深刻闡釋了漢字形音義的層次問題。漢字異讀的形成跟形音義間的複雜層次有關。

（三）**有利於促進語音研究**。不少學者對《廣韻》異讀音切系聯，分析語音性質，但由於對異讀問題處理不一，所得結論也有分歧。本書從異讀來源入手，進而分析異讀語音性質，這對《廣韻》音系性質研究有促進作用。

（四）**有利於普通話異讀整理、規範和現代方言研究**。隨著語音系統的簡化和古今語義的消長，古代的異讀，到現代，雖然數量簡化，但與今天普通話異讀仍有千絲萬縷的聯繫。因此，本書將對普通話異讀詞的規範和研究提供參考。此外，《廣韻》所載異讀不少來自方言，對其整理與研究，能爲現代方言研究、文白異讀研究等提供有效支撐。

第二節　文獻綜述

《廣韻》異讀，或稱又音、又讀。筆者認爲異讀比又音、又讀涵蓋的範圍廣。所謂異讀，就是不同的讀音，有顯性異讀和隱性異讀兩種。而又音、又讀，主要涉及到顯性異讀。所以本書取「異讀」這一概念進行研究。

有關異讀的研究文獻較多，如黃侃、黃焯《廣韻校錄》（1985）卷二「《廣韻》所載又音」對本韻字下注所未言，別見於本韻或他韻者進行著錄。卷五「字有又音而不見本韻及他韻者」進行搜集著錄，如九魚「狚」字，七俞切，又七預切。而御韻七慮切下無此字，黃侃將其著錄。

李榮《隋代詩文用韻與〈廣韻〉的又音》（1962）說明隋代詩文用韻所表現的又音情況，絕大多數和《廣韻》一致。

李長仁、方勤《試談〈廣韻〉「又讀」對漢語語音史研究的價值》（1984）將《廣韻》又讀所反映的語音情況與其它研究漢語語音史的材料互相參證，結合前人的研究成果，對上古聲韻調問題的研究提供新的佐證。

趙振鐸《〈廣韻〉的又讀字》（1984）舉例論及「又讀」產生來源與特點，認爲《廣韻》又讀絕大多數來源於前代舊注和音義之書，有些又讀反映了字音的古今分歧，有些又讀反映了某些方俗讀音，還根據又音互見，指出某些在互見中未見的音切可能存在訛誤。

葛信益《〈廣韻〉叢考》（北師大版，1993）是一部論文集，匯集《廣韻》研究論文及書評，其中《〈廣韻〉異讀字有誤認聲旁之訛音》（1947）、《〈廣韻〉異讀字發生之原因》（1947）、《陸德明〈經典釋文〉異讀與〈廣韻〉》（1948）、《〈廣韻〉異讀字釋例》（1985）、《〈廣韻〉異讀字有兩體皆聲者》（1987）、《讀〈廣韻〉中又音不注用切或直音而注聲調的問題》（1990）等論文，論及《廣韻》異讀等問題。其中《〈廣韻〉異讀字發生之原因》指出，有「因方音不同，而有異讀者」，結合其他典籍，可以窺見某音爲某處方音。有「一字有名動之分，後世遂依音辨義者」，有「一字相反爲訓，而後世音異者」，有「用爲重言形況字而音變者」，有「用爲雙聲或疊韻連語而音變者」，有「用爲人物地名而音異者」，有「義有引申而音亦隨之變者」，有「因借爲他字而音變者」，有「因讀音有古今之不同，遂發生異讀者」，作者最後總結說，「異讀增加，不外方俗語音之異，與夫音隨義變之別。」《陸德明〈經典釋文〉異讀與〈廣韻〉》舉例指出《釋文》異讀之失，有的訛誤，可借《廣韻》考證，有的訛誤，《廣韻》未收，但《集韻》《類篇》收錄，另外，《廣韻》收音，也有當收而失載者，不當收而誤載者，《釋文》與《廣韻》，二者在異讀問題上皆有失誤，作者希望將來把《釋文》及其前後時代的又音匯集起來，與《廣韻》比較，存異去複。但可惜的是，作者並沒有完成這項工作。

劉保明《〈廣韻〉又音中的濁上變去》（第 23 屆國際漢藏語言學會論文 1990）從《廣韻》又音中篩選出詞義相同、等相同、開合相同、聲母相同、韻爲四聲相承的全濁上去又音字，指出這些又音字例就是當時濁上變去在《廣韻》音系中的反映，是《廣韻》濁上變去的明證。

李長仁《談〈廣韻〉「又讀」中的假借》（1996）和《論漢字異讀與詞義的發展》（1996）從假借的角度分析《廣韻》的又讀問題，認爲《廣韻》有關不同詞義的又讀可以分爲專名借用、一般借用、音近而通三種情況。這對認識《廣韻》異義異讀提供了新的視角。

劉曉南《〈廣韻〉又音考誤》（《古漢語研究》1996.01）對有訛誤的某個異讀進行考辨。

汪壽明《從〈廣韻〉的同義又讀字談〈廣韻〉音系》（《上海師範大學學報》哲社版 1980.03）從異讀角度論證《廣韻》是綜合音系。文中列舉《廣韻》同義異讀的情況，并舉例分析造成異讀的原因。如古音語音不同、南北方音不同、古書注音有別等。作者進而論證道，這種兼收并蓄的情況正說明《廣韻》音系不是一個單一的語音體系，而是綜合語音體系。

孫緒武《〈廣韻〉又音的演變及其規範》（《廣東職業技術師範學院學報》2001.01）分析了《廣韻》異讀字從古到今減少的原因，如入聲韻尾消失、韻的合併、全濁聲母清化、濁上變去、舊語法作用的消失、舊詞義的消失等。

孫緒武《宋本〈玉篇〉的又音字研究》（《廣東技術師範學院學報》2008 年第 10 期），分析了宋本《玉篇》又音字的成因，認爲有專名、方音、辨義、詞義引申、連綿詞、重言詞、通假、音譯外來詞、保留古音等原因。但作者并沒有窮盡研究，僅僅舉例分析，結論未必客觀。加上對宋本《玉篇》又音較少歷時考察，所以對又音成因的結論有待深入。另外，作者還討論了如何規範現代漢語中的異讀問題。

曹潔碩士論文《〈王三〉又音研究》（安徽師範大學，2004）以《王三》又音爲研究對象，對互見的又音進行考察。作者歸納出又音所反映的歷史現象，如輕重唇類隔，端知兩組類隔，船禪相混，從邪相混，精莊混切，喻三與匣紐混切，濁音清化等特點，反映了初唐的語音變化。此外，還有許多特色音切，如塞音與鼻音混切、精章混切、見溪與曉匣混切、喻三與曉匣混切、全清與次清混切等，體現了關中方音或西北方音的特徵。但作者缺少對這些語音特點的共時研究，比如結合現代西北方音特點對比分析，因而得出的結論略顯主觀。

史俊碩士論文《〈廣韻〉異讀探討》（蘇州大學 2005）重點從韻的角度分析《廣韻》異讀，指出韻系間異讀字數量與兩韻系在周秦時期的韻部歸屬有關。實際上，周秦韻部演變，各家觀點不一，本身需要分辨，作者只是採用周祖謨的研究成果，進行直接的數據比較，缺少對異讀的來源和層次的詳細探討，顯得不夠深入。

王婧碩士論文《〈廣韻〉異讀研究》（蘭州大學，2006）統計了《廣韻》異讀的語音地位，并分析了異讀的成因。而對成因的分析，主要援引趙振鐸、葛信益的觀點，缺乏深入獨立的思考。

范學建碩士論文《〈漢書〉顏注又音研究》（溫州大學 2009），分析了顏注又音的用途，並且舉例列舉了《廣韻》未收的師古音，但是作者并沒有深入分析這些未收音的性質問題。

王海青《從裴務奇正字本〈刊謬補缺切韻〉異讀看〈切韻〉音系的性質》（貴州大學 2009 碩士論文）通過對裴務奇《刊謬補缺切韻》異讀的分析，討論切韻音系的性質。作者統計出《裴書》異讀字 1772 個，異讀音 3897 個，同義異讀字 1041 例，共 2234 個，其中作小韻首字的 288 處，不作小韻首字的 1946 處。進而探討異讀詞是否增加音節，通過增加的音節數占原系統音節數的比例來探討切韻音切的性質。經過分析得出，因異讀增加的音節共 127 個，占原系統音節數得 4.68%，比例未達到破壞原音節系統的程度，認爲，該語音系統仍是單一的，不能看成綜合音系。

趙庸博士論文《〈王三〉異讀研究》（2009）從《王三》異讀術語、異讀對前書的繼承關係、異讀的成因以及地名異讀考證等方面進行探討。認爲《王三》對前書又音繼承非常忠誠，《王三》和箋三又音的吻合度非常高，可謂一脈相承。《王三》和《切二》的吻合度比箋三的關係還要密切。但《王三》增注最多，三書增注的都不是時音。《王三》異讀來源於前人的典籍音注，成因有假借、誤認聲旁、方俗差異、語流音變、音以義別等。

趙庸《〈廣韻〉「又音某」中「某」字異讀的取音傾向》（《漢語史研究集刊》第十二輯 2009）對《廣韻》「又音某」中「某」字存在異讀的情況分類討論，認爲《廣韻》「又音某」的主體是對《切韻》系書音注的重新表述，對原有音系是繼承而非改變，同時又吸收《說文》《釋文》等文獻音注，以實踐「廣《切韻》之題旨」；此外，《廣韻》還注意注音方法和技巧的完善，又音不取專讀音，同時據習見音義取音、據俗字義取音。

巫桂英碩士論文《〈廣韻〉又音字研究》（西南大學 2010）從異讀、破讀、古今音、假借、文字訛誤、同源分化諸角度分辨了《廣韻》又音字的類別。作者論及的「異讀」實際上是同義異讀，而對異義異讀，沒有提及，而對同義異讀成因的分析，多是舉例進行，且僅僅依據《漢語大字典》，結論恐難有說服力。

金學勇碩士論文《〈廣韻〉又音與〈新華字典〉注音之比較》（蘭州大學 2011）通過對二者語音數量與音值的比較，可見，在語音數量比較上，《廣韻》多音《新華字典》少音的字最多，反映了漢字讀音數量簡化的趨勢。語音數量差異的原因主要有語音系統的簡化、同形字以及古今語義的消長等。在音值比較上，除少部分例外反切（如清聲母平聲不變陰平、濁聲母平聲不變陽平、濁音清化平聲不送氣、濁聲母平聲不變陽平、全濁上聲不變去聲）外，漢語古音語音絕大多數相互吻合。

張渭毅《論〈廣韻〉異讀字在上古音研究中的地位——〈廣韻〉異讀字研究之一（增訂本）》（《南陽師範學院學報（社會科學版）2011 第 11 期》）論證了依據《廣韻》異讀字確定上古異讀字收字的原則、制約上古異讀字收字方案的因素和確定上古異讀的方法。認爲那些體現上古音的音韻內容、音類特徵和語音規律的《廣韻》異讀，應該推源到上古，并確定其上古音韻地位，而《廣韻》中還有一批中古時期乃至宋代新產生的異讀，不反應上古音的音韻內容和音類特徵，不能作爲上推上古音的依據。張渭毅在該文中實際表達了一個觀點，就是《廣韻》異讀包含不同層次，有上古異讀層、中古異讀層。

李紅《〈廣韻〉異讀字聲調研究》（《泉州師範學院學報》2014 年第 3 期）對《廣韻》中反切聲韻相同而調不同的一千多例異讀字進行研究，認爲平上去入四聲間的相轉證明了古有四聲別義問題，《廣韻》平去相轉但不辨義的字可能與方言有關，濁上邊去的規律揭示《廣韻》中包含時音。這三點結論，在作者看來，說明《廣韻》中包含了古音、方言和時音等因素。作者似乎不是著眼於分析聲調異讀，而是藉此來認識《廣韻》性質。

張大勇《從〈廣韻〉異讀字看漢語音變兼談濁音清化現象》（《蚌埠學院

學報》2014 年第 3 期）認爲《廣韻》異讀字濁音清化例子是漢語濁音清化的縮影。

張大勇《〈廣韻〉異讀字中所含中古方音現象例釋》（《淮南師範學院學報》2014 年第 1 期）結合前代材料舉例分析《廣韻》異讀的方言來源。

劉海蘭碩士論文《〈經典釋文〉與〈廣韻〉異讀字比較研究》（湖南師範大學，2015）以《釋文》爲基礎，與《廣韻》異讀字進行比較研究，歸納語音差異，並辯證二者的音義關係。作者雖然説明對後面兩部分進行窮盡研究，但就筆者統計來看，似乎並沒有做到窮盡。

熊桂芬老師《從〈切韻〉到〈廣韻〉》（商務印書館版，2015）在第三章第三節「增加又音」部分，論述了從宋跋本《刊謬補缺切韻》（即《王三》）到《廣韻》所增加的又音情況，並且作者還與同時期或稍早、稍晚一點的字韻書、音義書相對比，如《切韻》系韻書、《博雅音》、《經典釋文》、《慧琳音義》、《玉篇》、《說文》大徐音等，以判斷《廣韻》比《王三》增收或少收讀音的來源與性質。作者通過分析，認爲《廣韻》所增讀音來源於前代經師音、字韻書音的有 1025 個，占所增讀音總數的近三分之一。其主要來源以陸德明《經典釋文》爲主，有 452 個。作者嚴謹的考證令人信服，但由於研究對象的限制，作者主要考察的是與《王三》相比新增讀音的來源問題，而沒有將《廣韻》全部的異讀納入。

王娟碩士論文《〈廣韻〉又音字的數字化研究》（華中科技大學 2016）利用計算機編碼製作《廣韻》又音檢索系統，並且探討了《廣韻》引用《說文》又音的異同，還探討了《廣韻》注釋中的「本音」來源，認爲有些是《說文》音。

孫緒武《從又音看其聲母之間的關係》（《嘉應學院學報》2017 年第 9 期）從《玉篇》《廣韻》《集韻》中抽取 3000 個又音字進行比較，探求又音字的多個讀音在聲母上的聯繫，認爲有相同關係、相近關係兩種，進而探討了又音的產生原因，作者認爲同義又音產生可能與方言、存古有關；異義又音產生可能與詞義發展有關。作者對聲母聯繫的考察，缺少一定深度，應該結合聲韻調等開合攝綜合考察。另外，對又音字產生的原因的分析，也停留在前代學者研究的層面上，沒有深入進去。

張大勇《〈廣韻〉異讀字產生的原因再探索》（《甘肅社會科學》2017 年第 2

期）採用傳統的文獻考證法和現代量化測查法對《廣韻》異讀形成的原因考察，認爲異讀字產生的原因主要有形體借用、聲符類推、聲符訛讀、規律音變、方音變異、語流音變、詞義運動和同義換讀 8 種。但這幾種原因，以往學者都有涉及，這裡只是窮盡性的再分析而已。

張大勇《〈廣韻〉異讀字所反映的陽聲韻中去聲字音變釋例》（《淮海工學院學報》2017 第 12 期）對 12 條能找到確鑿證據的《廣韻》陽聲韻異讀進行分析，認爲陽聲韻的去聲讀音是後來產生的。

張大勇《〈廣韻〉異讀字中的聲符訛讀現象初探》（《淮海工學院學報》2017 年第 6 期）舉例分析了《廣韻》中由聲符訛讀產生的異讀。如「嬙」，《廣韻》有在良切和所力切。作者考證後認爲在良切是本音，所力切是由聲符「嗇」導致的讀音。不過，我們認爲，《廣韻》未必是聲符訛讀，有可能也是方音的或者古音的問題。

孫玉文在其碩士論文《廣韻異讀字研究》（湖北大學碩士論文）中主要分析了《廣韻》異讀字的體例及其異讀字的成因和類型，將《廣韻》所收得異讀字體例分爲十六種，異讀字的成因分爲十五類：來自古人音注的異讀字；古注音折合形成的異讀字；字形沿誤形成的異讀字；誤讀形成的異讀字；字形偶合而記錄不同的詞；本音與假借的異讀字；本音與破讀而異讀字；同義替代形成的異讀字；外語譯音與漢語讀音形成的異讀字；特色階層與大眾讀音有別的異讀字；語音節律形成的異讀字；語音配合趨勢造成的異讀字；存古與今音的異讀字；方音與雅音的異讀字；依音別義的異讀字。

李紅《〈廣韻〉異讀研究述評》（福建省辭書學會年會論文集 2009）對清代到現代的學者進行分類綜述。從校勘《廣韻》異讀、對《廣韻》異讀釋例釋因、運用異讀系聯《廣韻》聲類韻類等對段玉裁、黃侃、周祖謨、葛信益、余迺永到 20 世紀 90 年代的幾位學者的研究論著進行討論，認爲以往學者的研究，對《廣韻》的校勘還不夠徹底，對異讀類型的梳理不夠系統，對異讀源頭和發展演變以及與普通話、現代方言間的關係缺乏深入研究，也沒有從異讀的聲韻調配合規律中探究《廣韻》異讀的層次以及語音演變規律。

余迺永的研究主要體現在《新校互註宋本廣韻》（上海人民出版社，2008）一書中，他補正《廣韻》又音，以「互註」的形式使異讀關係彰明，校勘記則逐條考校，是對《廣韻》又音較徹底的研究。關於余迺永的研究，葛信益有《評余迺永〈互注校正宋本廣韻〉》《再評余迺永〈互注校正宋本廣韻〉》、《三評余迺永〈互注校正宋本廣韻〉》等文章。此外，儲泰松、曹潔《余校本〈廣韻〉互注補遺》也有所補充。黃典誠《反切異文在音韻發展研究中的作用》（1981）、《〈切韻〉的異讀：反切異文類聚》（1994）認爲又音是漢語語音發展過程中的產物，可以用作上古至中古音史研究的材料，並以聲韻調爲單位，窮進性的列表類聚《王三》的異讀，嘗試在系統上兼帶音義關係的考察《切韻》的異讀關係。（《〈切韻〉綜合研究》，廈門大學出版社 1994）趙鋭《〈廣韻〉又讀字的研究》（1961）、林濤《〈廣韻〉少數字今讀與其反切規律音有別的原因》（1989），余行達《說〈廣韻〉的又音》（1992）和《再說〈廣韻〉的又音》（1993），李葆嘉《〈廣韻〉眞諄部反切下字類隔芻議》（1996）和《〈廣韻〉大韻目與小韻目之字同切異考》（1996），劉曉南《從〈廣韻〉又音看古代的語流音變》（1996）、沈建民《〈經典釋文〉異讀研究》（2002）。

台灣學者論文有周金生《廣韻一字多音現象初探》（1979）認爲同義又音字有共同的語源，方言中的不同讀音得自不同的音變軌跡，文章就韻部、介音、韻尾、聲母等方面討論《廣韻》又音字與上古音的對應關係及音韻變化的情形。周文從多音字形音義之間的關係出發，探討「一字多音」的來源、現象和價值，藉以考察唐代語音共時和歷時的情況。另外還有金慶淑《〈廣韻〉又音字與上古方音之研究》（1993）、姜嬉遠《唐寫全本王仁昫〈刊謬補缺切韻〉多音字初探》（1994）。

日本學者古屋昭弘《王仁昫切韻こ見えゐ原本系玉篇の反切——又音反切と中心に》，（1979 年《中國文學研究》第 5 期），《〈王仁昫切韻〉新加部分に見えゐ引用書名等につこて》，（1983 年，《中國文學研究》第 9 期），《王仁昫切韻と顧野王玉篇》（1984，《東洋學報》第 3～4 號）比較了王仁昫《刊謬補缺切韻》與顧野王《玉篇》的關係。

評述：

1、國內外學界對《廣韻》異讀問題關注較多，多角度進行理論探討，成果豐碩，爲本書提供了材料和方法借鑒。

2、國內外學界對《廣韻》異讀的層次與來源問題的討論，多爲舉例性的。並且由於所研究對象的限制，無法充分討論，缺少全域性考察，導致成果少且不成系統。

3、本書認爲《廣韻》異讀文獻價值較大，不容忽視，應作爲獨立研究對象進行系統深入闡釋。因此，本書擬深入分析《廣韻》同義異讀問題，探討異讀的層次、來源與性質，以此爲《廣韻》研究和漢字異讀研究等相關研究提供有價值參考。

第三節　研究方法

研究方法主要有四種。

一、語料庫方法

通過自建語料庫，分析不同版本不同類型的異讀材料，對其整理歸類，分析層次與來源等問題。

二、比較分析法

對《廣韻》同義異讀進行內部比較、與《經典釋文》進行外部比較，探討異同，分析原因。

三、定性定量法

採用定性定量相結合的方法，對《廣韻》同義異讀材料統計相關類型，分析數量比例，進行定量研究，基於此結果，作出定性評價。

四、系統研究法

在以上研究的基礎上，採用系統研究法，對《廣韻》同義異讀從形成、來源、影響、性質進行客觀系統全面的研究，分析各要素間相互關係，從全域出發，歸納異讀的性質。

第一章　《廣韻》同義異讀定量與定性研究

《廣韻》異讀總量有 2704 例，《廣韻》「同義異讀」有 1828 例，占 67.6%。「同義異讀」的「異讀」包括二音、三音、四音、五音、六音、七音等類別，以二音爲主。

第一節　二　音

一、聲類不同

浺	澄	東	平	通	合	三	浺	徹	東	平	通	合	三
鼧	定	歌	平	果	開	一	鼧	透	歌	平	果	開	一
淞	心	鍾	平	通	合	三	淞〔註 1〕	邪	鍾	平	通	合	三
峊	魚	薛	入	山	開	三	峊	疑	薛	入	山	開	三
鼂	澄	宵	平	效	開	三	鼂	知	宵	平	效	開	三
𩏂	從	桓	平	山	合	一	𩏂	精	桓	平	山	合	一
頞	明	沒	入	臻	合	一	頞	影	沒	入	臻	合	一
蹷	群	月	入	山	合	三	蹷	見	月	入	山	合	三

〔註 1〕淞，《廣韻》又音松，而《廣韻》「松」有五音，這裡依體例，取邪母鍾韻一音。

橜	見	月	入	山	合	三	橜	群	月	入	山	合	三
芞	曉	迄	入	臻	開	三	芞	溪	迄	入	臻	開	三
仡	曉	迄	入	臻	開	三	仡	疑	迄	入	臻	開	三
釳	曉	迄	入	臻	開	三	釳	疑	迄	入	臻	開	三
怴	徹	術	入	臻	合	三	怴	知	術	入	臻	合	三
驈	船	術	入	臻	合	三	驈	以	術	入	臻	合	三
擉	徹	覺	入	江	開	二	擉	初	覺	入	江	開	二
衵	日	質	入	臻	開	三	衵	娘	質	入	臻	開	三
擈	並	覺	入	江	開	二	擈	滂	覺	入	江	開	二
鷽	影	覺	入	江	開	二	鷽	匣	覺	入	江	開	二
嚳	溪	覺	入	江	開	二	嚳	匣	覺	入	江	開	二
晫	知	覺	入	江	開	二	晫	徹	覺	入	江	開	二
嚗	滂	覺	入	江	開	二	嚗	幫	覺	入	江	開	二
篧	崇	覺	入	江	開	二	篧	莊	覺	入	江	開	二
鞪	船	燭	入	通	合	三	鞪	邪	燭	入	通	合	三
彖	知	燭	入	通	合	三	彖	徹	燭	入	通	合	三
媵	以	蒸	去	曾	開	三	媵	船	蒸	去	曾	開	三
賸	以	蒸	去	曾	開	三	賸	船	蒸	去	曾	開	三
厙	昌	麻	去	假	開	三	厙	書	麻	去	假	開	三
譞	曉	先	去	山	合	四	譞	見	先	去	山	合	四
姅	幫	桓	去	山	合	一	姅	滂	桓	去	山	合	一
晙	心	諄	去	臻	合	三	晙	精	諄	去	臻	合	三
駿	心	諄	去	臻	合	三	駿	精	諄	去	臻	合	三
痗	明	灰	去	蟹	合	一	痗	曉	灰	去	蟹	合	一
澽	見	魚	去	遇	合	三	澽	群	魚	去	遇	合	三
欳	精	脂	去	止	開	三	欳	清	脂	去	止	開	三
樻	群	脂	去	止	合	重三	樻	溪	脂	去	止	合	重三
詯〔註2〕	匣	灰	去	蟹	合	一	詯	曉	灰	去	蟹	合	一
減	匣	咸	上	咸	開	二	減	見	咸	上	咸	開	二
駊	幫	戈	上	果	合	一	駊	滂	戈	上	果	合	一
辡	並	仙	上	山	開	重三	辡	幫	仙	上	山	開	重三
巕	見	仙	上	山	開	重三	巕	群	仙	上	山	開	重三

〔註2〕葛信益認爲「詯」「胡市」義當爲「胡市反」，可從。葛信益《〈廣韻〉訛奪舉正》，見《〈廣韻〉叢考》，北京師範大學版，1993，頁48。

㸐	日	仙	上	山	開	三	㸐	書	仙	上	山	開	三
埍	匣	先	上	山	合	四	埍	見	先	上	山	合	四
遒	精	尤	平	流	開	三	遒	從	尤	平	流	開	三
瞅	精	尤	平	流	開	三	瞅	從	尤	平	流	開	三
竮	滂	青	平	梗	開	四	竮	並	青	平	梗	開	四
錪	透	先	上	山	開	四	錪	端	先	上	山	開	四
笨	幫	魂	上	臻	合	一	笨	並	魂	上	臻	合	一
趰	疑	文	上	臻	合	三	趰	溪	文	上	臻	合	三
燗	曉	灰	上	蟹	合	一	燗	明	灰	上	蟹	合	一
踓	清	脂	上	止	合	三	踓	以	脂	上	止	合	三
敀	並	脂	上	止	開	重三	敀	滂	脂	上	止	開	重三
菶	幫	東	上	通	合	一	菶	並	東	上	通	合	一
桶	透	東	上	通	合	一	桶	定	東	上	通	合	一
鴿	知	咸	平	咸	開	二	鴿	溪	咸	平	咸	開	二
顅	溪	咸	去	咸	開	二	顅	見	咸	去	咸	開	二
鰔	見	咸	平	咸	開	二	鰔	疑	咸	平	咸	開	二
抩	泥	覃	平	咸	開	一	抩	透	覃	平	咸	開	一
盅	澄	東	平	通	合	三	盅	徹	東	平	通	合	三
躬	見	東	平	通	合	三	躬	溪	東	平	通	合	三
苹	知	東	平	通	合	三	苹	澄	東	平	通	合	三
魟	見	東	平	通	合	一	魟	匣	東	平	通	合	一
狪	透	東	平	通	合	一	狪	定	東	平	通	合	一
鱅	以	鍾	平	通	合	三	鱅	禪	鍾	平	通	合	三
襛	娘	鍾	平	通	合	三	襛	日	鍾	平	通	合	三
穠	娘	鍾	平	通	合	三	穠	日	鍾	平	通	合	三
蚃	澄	鍾	平	通	合	三	蚃	徹	鍾	平	通	合	三
夆	並	鍾	平	通	合	三	夆	滂	鍾	平	通	合	三
樅	精	鍾	平	通	合	三	樅	清	鍾	平	通	合	三
赵	精	鍾	平	通	合	三	赵	清	鍾	平	通	合	三
肛	見	江	平	江	開	二	肛	曉	江	平	江	開	二
胮	滂	江	平	江	開	二	胮	並	江	平	江	開	二
眵	章	支	平	止	開	三	眵	昌	支	平	止	開	三
隖	云	支	平	止	合	三	隖	曉	支	平	止	合	重三
鴮	云	支	平	止	合	三	鴮	曉	支	平	止	合	重三
溈	云	支	平	止	合	三	溈	見	支	平	止	合	重三

鴜	從	支	平	止	開	三	鴜	精	支	平	止	開	三
姕	精	支	平	止	開	三	姕	清	支	平	止	開	三
鸍	書	支	平	止	開	三	鸍	明	支	平	止	開	重四
痿	影	支	平	止	合	重三	痿	日	支	平	止	合	三
蘺	崇	支	平	止	開	三	蘺	初	支	平	止	開	三
泜	澄	脂	平	止	開	三	泜	章	脂	平	止	開	三
濱	精	脂	平	止	開	三	濱	從	脂	平	止	開	三
桵	日	脂	平	止	合	三	桵	心	脂	平	止	合	三
鉟	並	脂	平	止	開	重三	鉟	滂	脂	平	止	開	重三
魾	並	脂	平	止	開	重三	魾	滂	脂	平	止	開	重三
頯	並	脂	平	止	開	重三	頯	滂	脂	平	止	開	重三
洍	以	之	平	止	開	三	洍	邪	之	上	止	開	三
輜	初	之	平	止	開	三	輜	莊	之	平	止	開	三
齝	徹	之	平	止	開	三	齝	書	之	平	止	開	三
萁	群	之	平	止	開	三	萁	見	之	平	止	開	三
鶿	從	之	平	止	開	三	鶿	精	之	平	止	開	三
幃	曉	微	平	止	合	三	幃	云	微	平	止	合	三
腒	見	魚	平	遇	合	三	腒	群	魚	平	遇	合	三
鄓	清	魚	平	遇	合	三	鄓	精	魚	平	遇	合	三
扜	曉	虞	平	遇	合	三	扜	影	虞	平	遇	合	三
荂	曉	虞	平	遇	合	三	荂	滂	虞	平	遇	合	三
鬚	日	虞	平	遇	合	三	鬚	心	虞	平	遇	合	三
袾	知	虞	平	遇	合	三	袾	昌	虞	平	遇	合	三
銻	精	齊	平	蟹	開	四	銻	從	齊	平	蟹	開	四
騠	端	齊	平	蟹	開	四	騠	定	齊	平	蟹	開	四
鯷	定	齊	平	蟹	開	四	鯷	端	齊	平	蟹	開	四
虒	端	齊	平	蟹	開	四	虒	定	齊	平	蟹	開	四
蝭	定	齊	平	蟹	開	四	蝭	端	齊	去	蟹	開	四
梐	幫	齊	平	蟹	開	四	梐	並	齊	上	蟹	開	四
窐	見	齊	平	蟹	合	四	窐	匣	齊	平	蟹	合	四
茥	見	齊	平	蟹	合	四	茥	溪	齊	平	蟹	合	四
鼃	影	佳	平	蟹	合	二	鼃	匣	佳	平	蟹	合	二
蝔	見	皆	平	蟹	開	二	蝔	匣	皆	平	蟹	開	二
瑰	匣	灰	平	蟹	合	一	瑰	見	灰	平	蟹	合	一
黳	見	咍	平	蟹	開	一	黳	端	咍	平	蟹	開	一

⿰歹豈	見	咍	平	蟹	開	一	⿰歹豈	疑	咍	平	蟹	開	一
剴	見	咍	平	蟹	開	一	剴	疑	咍	平	蟹	開	一
桭	章	眞	平	臻	開	三	桭	禪	眞	平	臻	開	三
晨	禪	眞	平	臻	開	三	晨	船	眞	平	臻	開	三
囷	溪	諄	平	臻	合	重三	囷	群	諄	平	臻	合	重三
⿰酉屯	澄	諄	平	臻	合	三	⿰酉屯	禪	諄	平	臻	合	三
[illegible]	心	諄	平	臻	合	三	[illegible]	邪	諄	平	臻	合	三
⿰牛川	船	諄	平	臻	合	三	⿰牛川	邪	諄	平	臻	合	三
紃	船	諄	平	臻	合	三	紃	邪	諄	平	臻	合	三
⿱山分	並	文	平	臻	合	三	⿱山分	滂	文	平	臻	合	三
宭	群	文	平	臻	合	三	宭	見	文	平	臻	合	三
洹	云	元	平	山	合	三	洹	匣	桓	平	山	合	一
蹇	溪	元	平	山	開	三	蹇	曉	元	平	山	開	三
靬	匣	寒	去	山	開	一	靬	溪	寒	去	山	開	一
轓	滂	元	平	山	合	三	轓	幫	元	平	山	合	三
⿰亻軍	匣	魂	平	臻	合	一	⿰亻軍	疑	魂	平	臻	合	一
劗	從	桓	平	山	合	一	劗	精	桓	平	山	合	一
扳	滂	刪	平	山	開	二	扳	幫	刪	平	山	開	二
⿰扌兹	見	先	平	山	開	四	⿰扌兹	匣	先	平	山	開	四
玕	見	先	平	山	開	四	玕	溪	先	平	山	開	四
蹁	並	先	平	山	開	四	蹁	幫	先	平	山	開	四
鋋	以	仙	平	山	開	三	鋋	禪	仙	平	山	開	三
脠	書	仙	平	山	開	三	脠	徹	仙	平	山	開	三
⿰衤延	以	仙	平	山	開	三	⿰衤延	書	仙	平	山	開	三
鏈	徹	仙	平	山	開	三	鏈	來	仙	平	山	開	三
剶	精	仙	平	山	合	三	剶	徹	仙	平	山	合	三
鬈	群	仙	平	山	合	重三	鬈	溪	仙	平	山	合	重三
釗	見	蕭	平	效	開	四	釗	章	蕭	平	效	開	三
囂	曉	宵	平	效	開	重三	囂	群	宵	平	效	開	重三
鐎	從	宵	平	效	開	三	鐎	精	宵	平	效	開	三
軺	以	宵	平	效	開	三	軺	禪	宵	平	效	開	三
螵	並	宵	平	效	開	重四	螵	滂	宵	平	效	開	重四
趫	群	宵	平	效	開	重三	趫	溪	宵	平	效	開	重三
鷮	見	宵	平	效	開	重三	鷮	群	宵	平	效	開	重三
蹻	見	藥	入	宕	開	三	蹻	群	藥	入	宕	開	三

胞	幫	肴	平	效	開	二	胞	滂	肴	平	效	開	二
泡	滂	肴	平	效	開	二	泡	並	肴	平	效	開	二
蜪	透	豪	平	效	開	一	蜪	定	豪	平	效	開	一
翢	透	豪	平	效	開	一	翢	定	豪	平	效	開	一
翿	定	豪	平	效	開	一	翿	清	豪	平	效	開	一
傞	清	歌	平	果	開	一	傞	心	歌	平	果	開	一
椒	心	侯	上	流	開	一	椒	清	侯	上	流	開	一
脙	曉	尤	平	流	開	三	脙	群	尤	平	流	開	三
莤	以	尤	平	流	開	三	莤	邪	尤	平	流	開	三
紬	澄	尤	平	流	開	三	紬	徹	尤	平	流	開	三
呼	幫	尤	平	流	開	三	呼	並	尤	平	流	開	三
曉〔註3〕	影	侯	平	流	開	一	曉	溪	侯	平	流	開	一
剅	端	侯	平	流	開	一	剅	來	侯	平	流	開	一
韝	溪	侯	平	流	開	一	韝	見	侯	平	流	開	一
虯	群	幽	平	流	開	三	虯	見	幽	平	流	開	三
飍	幫	幽	平	流	開	三	飍	曉	幽	平	流	開	三
鱏	邪	侵	平	深	開	三	鱏	以	侵	平	深	開	三
棽	徹	侵	平	深	開	三	棽	生	侵	平	深	開	三
⿰酉甚	以	侵	平	深	開	三	⿰酉甚	從	侵	平	深	開	三
梣	從	侵	平	深	開	三	梣	崇	侵	平	深	開	三
⿰齒今	匣	覃	平	咸	開	一	⿰齒今	見	覃	平	咸	開	一
⿱⿰冫占女	書	鹽	平	咸	開	三	⿱⿰冫占女	徹	鹽	平	咸	開	三
⿸疒冉	昌	鹽	平	咸	開	三	⿸疒冉	日	鹽	平	咸	開	三
⿰巾松〔註4〕	章	鍾	上	通	合	三	⿰巾松	昌	鍾	上	通	合	三
⿰衤從	心	鍾	上	通	合	三	⿰衤從	精	鍾	上	通	合	三
傋	見	江	上	江	開	二	傋	曉	江	上	江	開	二
徥	禪	支	上	止	開	三	徥	澄	支	上	止	開	三
⿰爲鳥	曉	支	上	止	合	重三	⿰爲鳥	影	支	上	止	合	重三
⿰亻囟	清	支	上	止	開	三	⿰亻囟	心	支	上	止	開	三

〔註 3〕葛信益認爲「曉」異讀「若侯切」當爲「苦侯切」，當是。葛信益《〈廣韻〉訛奪舉正》，見《〈廣韻〉叢考》，北京師範大學版，1993，頁 36。

〔註 4〕⿰巾松，據趙庸，章母音爲錯誤音，只有昌母音。筆者認爲可能存在方音。（趙庸《〈廣韻〉不入正切音系之又音釋疑》，《語言科學》2014 年 5 月第 3 期，頁 308～316）

朏	以	支	上	止	開	三	朏	徹	支	上	止	開	三
姽	見	支	上	止	合	重三	姽	疑	支	上	止	合	重三
稰	心	魚	上	遇	合	三	稰	生	魚	上	遇	合	三
弆	見	魚	上	遇	合	三	弆	溪	魚	上	遇	合	三
祤	云	虞	上	遇	合	三	祤	曉	虞	上	遇	合	三
楀	云	虞	上	遇	合	三	楀	見	虞	上	遇	合	三
俌	幫	虞	上	遇	合	三	俌	滂	虞	上	遇	合	三
踽	溪	虞	上	遇	合	三	踽	見	虞	上	遇	合	三
肚	定	模	上	遇	合	一	肚	端	模	上	遇	合	一
居	端	模	上	遇	合	一	居	匣	模	上	遇	合	一
皻	定	模	上	遇	合	一	皻	端	模	上	遇	合	一
蜠	溪	諄	平	臻	合	重三	蜠	群	諄	平	臻	合	重三
偆	昌	諄	上	臻	合	三	偆	徹	諄	上	臻	合	三
垷	見	先	上	山	開	四	垷	匣	先	上	山	開	四
娿	見	歌	平	果	開	一	娿	影	歌	平	果	開	一
嚪	見	戈	平	果	合	一	嚪	匣	戈	平	果	合	一
皤	並	戈	平	果	合	一	皤	幫	戈	平	果	合	一
瓜	見	戈	平	果	合	一	瓜	溪	戈	平	果	合	一
葭	見	麻	平	假	開	二	葭	匣	麻	平	假	開	二
蚆	滂	麻	平	假	開	二	蚆	幫	麻	平	假	開	二
禓	以	陽	平	宕	開	三	禓	書	陽	平	宕	開	三
鴹	書	陽	平	宕	開	三	鴹	清	陽	平	宕	開	三
肪	並	陽	平	宕	合	三	肪	幫	陽	平	宕	合	三
瓤	日	陽	平	宕	開	三	瓤	娘	陽	平	宕	開	三
軭	溪	陽	平	宕	合	三	軭	群	陽	平	宕	合	三
闛	定	唐	平	宕	開	一	闛	透	唐	平	宕	開	一
芃	見	唐	平	宕	開	一	芃	匣	唐	平	宕	開	一
迒	見	唐	平	宕	開	一	迒	匣	唐	平	宕	開	一
洸	見	唐	平	宕	合	一	洸	影	唐	平	宕	合	一
弦	匣	耕	平	梗	合	二	弦	影	耕	平	梗	合	二
牼	溪	耕	平	梗	開	二	牼	匣	耕	平	梗	開	二
郞	知	清	平	梗	開	三	郞	澄	清	平	梗	開	三
緂	昌	仙	上	山	開	三	緂	邪	仙	上	山	開	三
鐃	見	蕭	上	效	開	四	鐃	曉	蕭	上	效	開	四
顠	並	宵	上	效	開	重四	顠	滂	宵	上	效	開	重四

皷	匣	肴	上	效	開	二	皷	見	肴	上	效	開	二
勨	以	陽	上	宕	開	三	勨	邪	陽	上	宕	開	三
篛	精	陽	上	宕	開	三	篛	從	陽	上	宕	開	三
漺	初	陽	上	宕	開	三	**漺**	生	陽	上	宕	開	三
扭	娘	尤	上	流	開	三	**扭**	知	尤	上	流	開	三
鴩	透	侯	上	流	開	一	鴩	定	侯	上	流	開	一
諗	書	侵	上	深	開	三	**諗**	知	侵	上	深	開	三
黮	定	覃	上	咸	開	一	**黮**	透	覃	上	咸	開	一
顉	清	覃	上	咸	開	一	顉	心	覃	上	咸	開	一
伿	章	支	去	止	開	三	**伿**	以	支	去	止	開	三
屣	以	支	去	止	開	三	屣	書	支	去	止	開	三
尌	禪	魚	去	遇	合	三	**尌**	澄	魚	去	遇	合	三
澍	章	虞	去	遇	合	三	**澍**	禪	虞	去	遇	合	三
眛	章	虞	去	遇	合	三	眛	滂	虞	去	遇	合	三
痡	滂	模	去	遇	合	一	痡	並	模	去	遇	合	一
遰	定	齊	去	蟹	開	四	**遰**	端	齊	去	蟹	開	四
盻	疑	齊	去	蟹	開	四	**盻**	匣	齊	去	蟹	開	四
毳	初	祭	去	蟹	合	三	**毳**	清	祭	去	蟹	合	三
帨	清	祭	去	蟹	合	三	**帨**	書	祭	去	蟹	合	三
竁	清	祭	去	蟹	合	三	竁	初	祭	去	蟹	合	三
㡀	並	祭	去	蟹	開	重四	㡀	滂	祭	去	蟹	開	重四
彗	云	祭	去	蟹	合	三	彗	邪	祭	去	蟹	合	三
跇	以	祭	去	蟹	開	三	**跇**	徹	祭	去	蟹	開	三
啜	知	薛	入	山	合	三	**啜**	禪	薛	入	山	合	三
禬	匣	泰	去	蟹	合	一	**禬**	見	泰	去	蟹	合	一
䀽	以	仙	去	山	合	三	䀽	清	仙	去	山	合	三
𩚵	影	宵	去	效	開	重三	𩚵	昌	宵	去	效	開	重三
皰	滂	肴	去	效	開	二	**皰**	並	肴	去	效	開	二
縬	精	屋	入	通	合	三	縬	莊	屋	入	通	合	三
矗	初	屋	入	通	合	三	**矗**	徹	屋	入	通	合	三
裻	端	沃	入	通	合	一	**裻**	心	沃	入	通	合	一
蠋	章	燭	入	通	合	三	**蠋**	禪	燭	入	通	合	三
顯	匣	曷	入	山	開	一	顯	曉	曷	入	山	開	一
攇	從	曷	入	山	開	一	攇	疑	曷	入	山	開	一
鴋	幫	末	入	山	合	一	鴋	並	末	入	山	合	一

筈	見	末	入	山	合	一	筈	溪	末	入	山	合	一
适	見	末	入	山	合	一	适	溪	末	入	山	合	一
脫	定	末	入	山	合	一	脫	透	末	入	山	合	一
鱍	幫	末	入	山	合	一	鱍	滂	末	入	山	合	一
茷	定	末	入	山	合	一	茷	透	末	入	山	合	一
鈌	見	屑	入	山	合	四	鈌	影	屑	入	山	合	四
擷	匣	屑	入	山	開	四	擷	曉	屑	入	山	開	四
岊	從	屑	入	山	開	四	岊	精	屑	入	山	開	四
鍥	見	屑	入	山	開	四	鍥	溪	屑	入	山	開	四
㩗	匣	屑	入	山	開	四	㩗	曉	屑	入	山	開	四
䑛	滂	屑	入	山	開	四	䑛	並	屑	入	山	開	四
鋝	來	薛	入	山	合	三	鋝	生	薛	入	山	合	三
徹	澄	薛	入	山	開	三	徹	徹	薛	入	山	開	三
妁	章	藥	入	宕	開	三	妁	禪	藥	入	宕	開	三
爚	以	藥	入	宕	開	三	爚	書	藥	入	宕	開	三
𡿺	曉	藥	入	宕	合	三	𡿺	見	藥	入	宕	合	三
𧾰	見	藥	入	宕	合	三	𧾰	群	藥	入	宕	合	三
𡚁	見	藥	入	宕	合	三	𡚁	群	藥	入	宕	合	三
玃	見	藥	入	宕	合	三	玃	群	藥	入	宕	合	三
䴪	來	鐸	入	宕	開	一	䴪	匣	鐸	入	宕	開	一
柞	精	鐸	入	宕	開	一	柞	從	鐸	入	宕	開	一
貉	滂	鐸	入	宕	開	一	貉	並	鐸	入	宕	開	一
㤟	群	陌	入	梗	開	三	㤟	見	陌	入	梗	開	三
讁	知	麥	入	梗	開	二	讁	澄	麥	入	梗	開	二
釋	以	昔	入	梗	開	三	釋	書	昔	入	梗	開	三
籊	定	錫	入	梗	開	四	籊	透	錫	入	梗	開	四
樀	定	錫	入	梗	開	四	樀	端	錫	入	梗	開	四
覿	透	錫	入	梗	開	四	覿	從	錫	入	梗	開	四
畟	初	職	入	曾	開	三	畟	精	職	入	曾	開	三
捑	莊	職	入	曾	開	三	捑	從	職	入	曾	開	三
瀷	以	職	入	曾	開	三	瀷	昌	職	入	曾	開	三
箿	從	緝	入	深	開	三	箿	精	緝	入	深	開	三
咠	清	緝	入	深	開	三	咠	精	緝	入	深	開	三
熠	云	緝	入	深	開	三	熠	以	緝	入	深	開	三
騽	邪	緝	入	深	開	三	騽	云	緝	入	深	開	三

欜	以	葉	入	咸	開	三	欜	來	葉	入	咸	開	三
欇	書	葉	入	咸	開	三	欇	禪	葉	入	咸	開	三
囁	日	葉	入	咸	開	三	囁	章	葉	入	咸	開	三
鰔	匣	洽	入	咸	開	二	鰔	見	洽	入	咸	開	二
炠	匣	狎	入	咸	開	二	炠	曉	狎	入	咸	開	二

二、韻類不同

豐	滂	東	平	通	合	三	豐	滂	鍾	平	通	合	三
牝	並	脂	上	止	開	重四	牝	並	眞	上	臻	開	重四
蘧	群	魚	平	遇	合	三	蘧	群	虞	平	遇	合	三
索	生	陌	入	梗	開	二	索	生	麥	入	梗	開	二
疷	曉	物	入	臻	合	三	疷	曉	沒	入	臻	合	一
笫	莊	脂	上	止	開	三	笫	莊	之	上	止	開	三
璆	群	尤	平	流	開	三	璆	群	幽	平	流	開	三
歋	以	支	平	止	開	三	歋	以	痲	平	假	開	三
靡	明	支	平	止	開	重三	靡	明	脂	平	止	開	重三
虛	溪	魚	平	遇	合	三	虛	溪	曉	平	遇	合	三
街	見	皆	平	蟹	開	二	街	見	佳	平	蟹	開	二
鞋	匣	皆	平	蟹	開	二	鞋	匣	佳	平	蟹	開	二
牌	並	皆	平	蟹	開	二	牌	並	佳	平	蟹	開	二
援	云	元	平	山	合	三	援	云	仙	去	山	合	三
幧	清	宵	平	效	開	三	幧	清	豪	平	效	開	三
讒	崇	咸	平	咸	開	二	讒	崇	銜	平	咸	開	二
獑	崇	咸	平	咸	開	二	獑	崇	銜	平	咸	開	二
毚	崇	咸	平	咸	開	二	毚	崇	銜	平	咸	開	二
鞪	生	咸	平	咸	開	二	鞪	生	銜	平	咸	開	二
榘	見	虞	上	遇	合	三	榘	見	魚	上	遇	合	三
颲	影	尤	上	流	開	三	颲	影	幽	上	流	開	三
黲	清	覃	上	咸	開	一	黲	清	談	上	咸	開	一
捒	生	魚	去	遇	合	三	捒	生	虞	去	遇	合	三
瑗	云	元	去	山	合	三	瑗	云	仙	去	山	合	三
䅳	溪	屋	入	通	合	三	䅳	群	屋	入	通	合	三
柷	昌	屋	入	通	合	三	柷	章	屋	入	通	合	三
琡	昌	屋	入	通	合	三	琡	章	屋	入	通	合	三
鵴	見	屋	入	通	合	三	鵴	群	屋	入	通	合	三

衄	日	屋	入	通	合	三	衄	娘	屋	入	通	合	三
虪	以	屋	入	通	合	三	虪	書	屋	入	通	合	三
蓄	曉	屋	入	通	合	三	蓄	徹	屋	入	通	合	三
鞳	透	合	入	咸	開	一	鞳	透	盍	入	咸	開	一
𤸷	影	合	入	咸	開	一	𤸷	影	盍	入	咸	開	一
𪖐	曉	脂	上	止	開	重三	𪖐	曉	微	上	止	開	三

三、調類不同

蝀	端	東	平	通	合	一	蝀	端	董	上	通	合	一
假〔註5〕	見	麻	上	假	開	二	假	見	麻	去	假	開	二
濟〔註6〕	精	齊	上	蟹	開	四	濟	精	齊	去	蟹	開	四
鄹	來	尤	平	流	開	三	鄹	來	尤	上	流	開	三
袾	章	虞	平	遇	合	三	袾	章	虞	去	遇	合	三
埽	心	豪	上	效	開	一	埽	心	豪	去	效	開	一
左	精	歌	上	果	開	一	左	精	歌	去	果	開	一
禱	端	豪	上	效	開	一	禱	端	豪	去	效	開	一
袌	並	豪	平	效	開	一	袌	並	豪	去	效	開	一
敲	溪	肴	平	效	開	二	敲	溪	肴	去	效	開	二
饒	日	宵	平	效	開	三	饒	日	宵	去	效	開	三
[illegible]	曉	肴	去	效	開	二	[illegible]	曉	肴	平	效	開	二
嶠	群	宵	去	效	開	重三	嶠	群	宵	平	效	開	重三
轎	群	宵	平	效	開	重三	轎	群	宵	去	效	開	重三
搖	以	宵	平	效	開	三	搖	以	宵	去	效	開	三
鐐	來	蕭	平	效	開	四	鐐	來	蕭	去	效	開	四
莜	定	蕭	去	效	開	四	莜	定	蕭	平	效	開	四
憿	見	蕭	上	效	開	四	憿	見	蕭	去	效	開	四
偏	滂	仙	平	山	開	重四	偏	滂	仙	去	山	開	重四
穿	昌	仙	平	山	合	三	穿	昌	仙	去	山	合	三
睚	疑	佳	平	蟹	開	二	睚	疑	佳	去	蟹	開	二
闓	溪	咍	上	蟹	開	一	闓	溪	咍	去	蟹	開	一

〔註5〕假，《廣韻》「借也至也」義屬見麻上去二聲。

〔註6〕濟，《廣韻》「定也止也」義屬精齊上去二聲。

⿰身支	幫	齊	去	蟹	開	四	⿰身支	幫	齊	上	蟹	開	四
栖	心	齊	平	蟹	開	四	栖	心	齊	去	蟹	開	四
鶗	定	齊	平	蟹	開	四	鶗	定	齊	去	蟹	開	四
題	定	齊	平	蟹	開	四	題	定	齊	去	蟹	開	四
腣	端	齊	平	蟹	開	四	腣	端	齊	去	蟹	開	四
隮	精	齊	平	蟹	開	四	隮	精	齊	去	蟹	開	四
擠	精	齊	平	蟹	開	四	擠	精	齊	去	蟹	開	四
吐	透	模	上	遇	合	一	吐	透	模	去	遇	合	一
驅	溪	虞	平	遇	合	三	驅	溪	虞	去	遇	合	三
臞	群	虞	平	遇	合	三	臞	群	虞	去	遇	合	三
聚	從	虞	上	遇	合	三	聚	從	虞	去	遇	合	三
覦	以	虞	平	遇	合	三	覦	以	虞	去	遇	合	三
輿	以	魚	平	遇	合	三	輿	以	魚	去	遇	合	三
噓	曉	魚	平	遇	合	三	噓	曉	魚	去	遇	合	三
胆	清	魚	平	遇	合	三	胆	清	魚	去	遇	合	三
鶅	莊	之	平	止	開	三	鶅	莊	之	去	止	開	三
郿	明	脂	平	止	開	重三	郿	明	脂	去	止	開	重三
⿰垂隹	禪	支	平	止	合	三	⿰垂隹	禪	支	去	止	合	三
矮	影	支	上	止	合	重三	矮	影	支	去	止	合	重三
屣	生	支	上	止	開	三	屣	生	支	去	止	開	三
陭	影	支	平	止	開	重三	陭	影	支	去	止	開	重三
撞	澄	江	平	江	開	二	撞	澄	江	去	江	開	二
灉	影	鍾	平	通	合	三	灉	影	鍾	去	通	合	三
衆	章	東	平	通	合	三	衆	章	東	去	通	合	三
封	幫	鍾	平	通	合	三	封	幫	鍾	去	通	合	三
衷	知	東	平	通	合	三	衷	知	東	去	通	合	三
礱	來	東	平	通	合	一	礱	來	東	去	通	合	一
鯼	精	東	平	通	合	一	鯼	精	東	去	通	合	一
⿰多冘	端	覃	平	咸	開	一	⿰多冘	端	覃	上	咸	開	一
憺	定	談	上	咸	開	一	憺	定	談	去	咸	開	一
顄	匣	覃	平	咸	開	一	顄	匣	覃	上	咸	開	一
傪	清	覃	平	咸	開	一	傪	清	覃	上	咸	開	一
⿰章頁	見	覃	上	咸	開	一	⿰章頁	見	覃	去	咸	開	一
訦	禪	侵	平	深	開	三	訦	禪	侵	上	深	開	三
濅	精	侵	上	深	開	三	濅	精	侵	去	深	開	三

走	精	侯	上	流	開	一	走	精	侯	去	流	開	一
後	匣	侯	上	流	開	一	後	匣	侯	去	流	開	一
后	匣	侯	上	流	開	一	后	匣	侯	去	流	開	一
壽	禪	尤	上	流	開	三	壽	禪	尤	去	流	開	三
卣	以	尤	平	流	開	三	卣	以	尤	上	流	開	三
灸	見	尤	上	流	開	三	灸	見	尤	去	流	開	三
䀁	云	尤	上	流	開	三	䀁	云	尤	去	流	開	三
脛	匣	青	上	梗	開	四	脛	匣	青	去	梗	開	四
霆	定	青	平	梗	開	四	霆	定	青	上	梗	開	四
莛	定	青	平	梗	開	四	莛	定	青	上	梗	開	四
艼	透	青	平	梗	開	四	艼	透	青	上	梗	開	四
靪	端	青	平	梗	開	四	靪	端	青	上	梗	開	四
盎	影	唐	上	宕	開	一	盎	影	唐	去	宕	開	一
愴	初	陽	上	宕	開	三	愴	初	陽	去	宕	開	三
怏	影	陽	上	宕	開	三	怏	影	陽	去	宕	開	三
敤	溪	戈	上	果	合	一	敤	溪	戈	去	果	合	一
罵	明	麻	上	假	開	二	罵	明	麻	去	假	開	二
媌	明	肴	平	效	開	二	媌	明	肴	上	效	開	二
弨	昌	宵	平	效	開	三	弨	昌	宵	上	效	開	三
楩	並	仙	平	山	開	重四	楩	並	仙	上	山	開	重四
鄯	禪	仙	上	山	開	三	鄯	禪	仙	去	山	開	三
饘	章	仙	平	山	開	三	饘	章	仙	上	山	開	三
餞	從	仙	上	山	開	三	餞	從	仙	去	山	開	三
掕	來	蒸	平	曾	開	三	掕	來	蒸	去	曾	開	三
䣐	影	清	平	梗	開	三	䣐	影	清	上	梗	開	三
姎	影	唐	平	宕	開	一	姎	影	唐	上	宕	開	一
喪	心	唐	平	宕	開	一	喪	心	唐	去	宕	開	一
碭	定	唐	平	宕	開	一	碭	定	唐	上	宕	開	一
裝	莊	陽	平	宕	開	三	裝	莊	陽	去	宕	開	三
償	禪	陽	平	宕	開	三	償	禪	陽	去	宕	開	三
望	明	陽	平	宕	合	三	望	明	陽	去	宕	合	三
朢	明	陽	平	宕	合	三	朢	明	陽	去	宕	合	三
㾗	來	陽	平	宕	開	三	㾗	來	陽	去	宕	開	三
諹	以	陽	平	宕	開	三	諹	以	陽	去	宕	開	三
颹	來	陽	平	宕	開	三	颹	來	陽	去	宕	開	三

眻	以	陽	平	宕	開	三	眻	以	陽	去	宕	開	三
宴	影	先	上	山	開	四	宴	影	先	去	山	開	四
嬿	影	先	上	山	開	四	嬿	影	先	去	山	開	四
引	以	眞	去	臻	開	三	引	以	眞	上	臻	開	三
鼐	泥	咍	上	蟹	開	一	鼐	泥	咍	去	蟹	開	一
嵬	疑	灰	平	蟹	合	一	嵬	疑	灰	上	蟹	合	一
炷	章	虞	上	遇	合	三	炷	章	虞	去	遇	合	三
煦	曉	虞	上	遇	合	三	煦	曉	虞	去	遇	合	三
洱	日	之	上	止	開	三	洱	日	之	去	止	開	三
駛	生	之	上	止	開	三	駛	生	之	去	止	開	三
瞲	曉	脂	去	止	合	重四	瞲	曉	脂	上	止	合	重四
企	溪	支	上	止	開	重四	企	溪	支	去	止	開	重四
披	滂	支	平	止	開	重三	披	滂	支	上	止	開	重三
扡	以	支	上	止	開	三	扡	以	支	平	止	開	三
傂	以	支	平	止	開	三	傂	以	支	上	止	開	三
觭	溪	支	平	止	開	重三	觭	溪	支	上	止	開	重三
詾	曉	鍾	上	通	合	三	詾	曉	鍾	平	通	合	三
兇	曉	鍾	上	通	合	三	兇	曉	鍾	平	通	合	三
恐	溪	鍾	上	通	合	三	恐	溪	鍾	去	通	合	三
砭	幫	鹽	平	咸	開	重三	砭	幫	鹽	去	咸	開	重三
餤	定	談	平	咸	開	一	餤	定	談	去	咸	開	一
蘞	來	鹽	平	咸	開	三	蘞	來	鹽	上	咸	開	三
马	匣	覃	平	咸	開	一	马	匣	覃	上	咸	開	一
頷	匣	覃	平	咸	開	一	頷	匣	覃	上	咸	開	一
衿	見	侵	平	深	開	重三	衿	見	侵	去	深	開	重三
祲	精	侵	平	深	開	三	祲	精	侵	去	深	開	三
恁	日	侵	平	深	開	三	恁	日	侵	上	深	開	三
蚴	影	幽	平	流	開	三	蚴	影	幽	上	流	開	三
滱	溪	侯	平	流	開	一	滱	溪	侯	去	流	開	一
睺	匣	侯	平	流	開	一	睺	匣	侯	去	流	開	一
𢚩	群	尤	平	流	開	三	𢚩	群	尤	上	流	開	三
燾	定	豪	平	效	開	一	燾	定	豪	去	效	開	一
挏	定	東	平	通	合	一	挏	定	董	上	通	合	一
眾	章	東	平	通	合	三	眾	章	送	去	通	合	三
夢	明	東	平	通	合	三	夢	明	送	去	通	合	三

艨	明	東	平	通	合	一	艨	明	送	去	通	合	一
幪	明	東	平	通	合	一	幪	明	送	去	通	合	一
蠓	明	東	平	通	合	一	蠓	明	董	上	通	合	一
蓊	影	東	平	通	合	一	蓊	影	董	上	通	合	一
䙕	精	東	平	通	合	一	䙕	精	董	上	通	合	一
㚇	精	東	平	通	合	一	㚇	精	送	去	通	合	一
訟	邪	鍾	平	通	合	三	訟	邪	用	去	通	合	三
溶	以	鍾	平	通	合	三	溶	以	腫	上	通	合	三
壅	影	鍾	平	通	合	三	壅	影	腫	上	通	合	三
捀	並	鍾	平	通	合	三	捀	並	用	去	通	合	三
輁	群	鍾	平	通	合	三	輁	見	腫	上	通	合	三
供	見	鍾	平	通	合	三	供	見	用	去	通	合	三
珙	見	鍾	平	通	合	三	珙	見	腫	上	通	合	三
䚒	徹	江	平	江	開	二	䚒	徹	絳	去	江	開	二
𦀘	章	支	平	止	開	三	𦀘	章	支	去	止	開	三
迆	以	支	平	止	開	三	迆	以	支	上	止	開	三
酏	以	支	平	止	開	三	酏	以	支	上	止	開	三
匜	以	支	平	止	開	三	匜	以	支	上	止	開	三
靡	明	支	平	止	開	重三	靡	明	支	上	止	開	重三
龡	昌	支	平	止	合	三	龡	昌	支	去	止	合	三
帔	滂	支	平	止	開	重三	帔	滂	支	去	止	開	重三
藣	幫	支	平	止	開	重三	藣	幫	支	去	止	開	重三
錡	群	支	平	止	開	重三	錡	群	支	上	止	開	重三
轙	疑	支	平	止	開	重三	轙	疑	支	上	止	開	重三
骴	從	支	平	止	開	三	骴	從	支	去	止	開	三
㰣	精	支	平	止	開	三	㰣	精	支	去	止	開	三
埤	並	支	平	止	開	重四	埤	並	支	上	止	開	重四
簁	生	支	上	止	開	三	簁	生	支	平	止	開	三
遲	澄	脂	平	止	開	三	遲	澄	脂	去	止	開	三
悸	群	脂	平	止	合	重四	悸	群	脂	上	止	合	重四
遺	以	脂	平	止	合	三	遺	以	脂	去	止	合	三
壝	以	脂	平	止	合	三	壝	以	脂	上	止	合	三
鸓	來	脂	平	止	合	三	鸓	來	脂	上	止	合	三
巋	溪	脂	平	止	合	重三	巋	溪	脂	上	止	合	重三
思	心	之	平	止	開	三	思	心	之	去	止	開	三

伺	心	之	平	止	開	三	伺	心	之	去	止	開	三
咡	日	之	平	止	開	三	咡	日	之	去	止	開	三
誀	日	之	平	止	開	三	誀	日	之	去	止	開	三
[illegible]	來	之	平	止	開	三	[illegible]	來	之	上	止	開	三
誹	幫	微	平	止	合	三	誹	幫	微	去	止	合	三
餥	幫	微	平	止	合	三	餥	幫	微	上	止	合	三
狶	曉	微	平	止	開	三	狶	曉	微	上	止	開	三
欷	曉	微	平	止	開	三	欷	曉	微	去	止	開	三
[illegible]	群	魚	平	遇	合	三	[illegible]	群	魚	上	遇	合	三
懅	群	魚	平	遇	合	三	懅	群	魚	去	遇	合	三
[illegible]	以	魚	平	遇	合	三	[illegible]	以	魚	去	遇	合	三
譽	以	魚	平	遇	合	三	譽	以	魚	去	遇	合	三
鸒	以	魚	平	遇	合	三	鸒	以	魚	去	遇	合	三
諝	心	魚	平	遇	合	三	諝	心	魚	上	遇	合	三
湑	心	魚	平	遇	合	三	湑	心	魚	上	遇	合	三
狙	清	魚	平	遇	合	三	狙	清	魚	去	遇	合	三
坥	清	魚	平	遇	合	三	坥	清	魚	去	遇	合	三
耡	崇	魚	平	遇	合	三	耡	崇	魚	去	遇	合	三
淤	影	魚	平	遇	合	三	淤	影	魚	去	遇	合	三
宁	澄	魚	平	遇	合	三	宁	澄	魚	上	遇	合	三
膴	明	虞	平	遇	合	三	膴	明	虞	上	遇	合	三
欨	曉	虞	平	遇	合	三	欨	曉	虞	上	遇	合	三
[illegible]	曉	虞	平	遇	合	三	[illegible]	曉	虞	上	遇	合	三
醹	日	虞	平	遇	合	三	醹	日	虞	上	遇	合	三
瓠	匣	模	平	遇	合	一	瓠	匣	模	去	遇	合	一
盬	見	模	平	遇	合	一	盬	見	模	上	遇	合	一
鍍	定	模	平	遇	合	一	鍍	定	模	去	遇	合	一
謼	曉	模	平	遇	合	一	謼	曉	模	去	遇	合	一
[illegible]	來	模	平	遇	合	一	[illegible]	來	模	上	遇	合	一
污	影	模	平	遇	合	一	污	影	模	去	遇	合	一
懠	從	齊	平	蟹	開	四	懠	從	齊	去	蟹	開	四
凄	清	齊	平	蟹	開	四	凄	清	齊	上	蟹	開	四
締	定	齊	平	蟹	開	四	締	定	齊	去	蟹	開	四
觬	疑	齊	平	蟹	開	四	觬	疑	齊	上	蟹	開	四
躋	精	齊	平	蟹	開	四	躋	精	齊	去	蟹	開	四

脢	明	灰	平	蟹	合	一	脢	明	灰	去	蟹	合	一
磑	疑	灰	平	蟹	合	一	磑	疑	灰	去	蟹	合	一
逨	來	咍	平	蟹	開	一	逨	來	咍	去	蟹	開	一
振	章	眞	平	臻	開	三	振	章	眞	去	臻	開	三
眕	章	眞	平	臻	開	三	眕	章	眞	上	臻	開	三
㷠	來	眞	平	臻	開	三	㷠	來	眞	去	臻	開	三
⿰阝敕	澄	眞	平	臻	開	三	⿰阝敕	澄	眞	去	臻	開	三
笢	明	眞	平	臻	開	重三	笢	明	眞	上	臻	開	重四
⿰目享	章	諄	平	臻	合	三	⿰目享	章	諄	去	臻	合	三
蘊	影	文	平	臻	合	三	蘊	影	文	上	臻	合	三
鼢	並	文	平	臻	合	三	鼢	並	文	上	臻	合	三
坌	幫	文	平	臻	合	三	坌	幫	文	去	臻	合	三
宛	影	元	平	山	合	三	宛	影	元	上	山	合	三
翰	匣	寒	平	山	開	一	翰	匣	寒	去	山	開	一
韓	匣	寒	平	山	開	一	韓	匣	寒	去	山	開	一
嘆	透	寒	平	山	開	一	嘆	透	寒	去	山	開	一
⿰月戔	從	寒	平	山	開	一	⿰月戔	從	寒	去	山	開	一
貒	透	桓	平	山	合	一	貒	透	桓	去	山	合	一
觀	見	桓	平	山	合	一	觀	見	桓	去	山	合	一
貫	見	桓	平	山	合	一	貫	見	桓	去	山	合	一
冠	見	桓	平	山	合	一	冠	見	桓	去	山	合	一
刪	生	刪	平	山	開	二	刪	生	刪	去	山	開	二
⿰犭冊	生	刪	平	山	開	二	⿰犭冊	生	刪	去	山	開	二
贙	匣	山	平	山	開	二	贙	匣	山	去	山	開	二
先	心	先	平	山	開	四	先	心	先	去	山	開	四
佃	定	先	平	山	開	四	佃	定	先	去	山	開	四
眩	匣	先	平	山	合	四	眩	匣	先	去	山	合	四
煽	書	仙	平	山	開	三	煽	書	仙	去	山	開	三
夐	群	仙	平	山	合	重三	夐	群	仙	去	山	合	重三
料	來	蕭	平	效	開	四	料	來	蕭	去	效	開	四
燒	書	宵	平	效	開	三	燒	書	宵	去	效	開	三
鷂	以	宵	平	效	開	三	鷂	以	宵	去	效	開	三
標	幫	宵	平	效	開	重四	標	幫	宵	上	效	開	重四
嶠	群	宵	平	效	開	重三	嶠	群	宵	去	效	開	重三
犥	滂	宵	平	效	開	重四	犥	滂	宵	上	效	開	重四

僄	滂	宵	平	效	開	重四	僄	滂	宵	去	效	開	重四
教	見	肴	平	效	開	二	教	見	肴	去	效	開	二
抄	初	肴	平	效	開	二	抄	初	肴	去	效	開	二
賿	來	肴	平	效	開	二	賿	來	肴	上	效	開	二
號	匣	豪	平	效	開	一	號	匣	豪	去	效	開	一
芼	明	豪	平	效	開	一	芼	明	豪	去	效	開	一
瑳	清	歌	平	果	開	一	瑳	清	歌	上	果	開	一
漕	從	豪	平	效	開	一	漕	從	豪	去	效	開	一
操	清	豪	平	效	開	一	操	清	豪	去	效	開	一
崦	影	鹽	平	咸	開	重三	崦	影	鹽	上	咸	開	重三
嚵	精	鹽	平	咸	開	三	嚵	精	鹽	去	咸	開	三
猒	影	鹽	平	咸	開	重四	猒	影	鹽	去	咸	開	重四
監	見	銜	平	咸	開	二	監	見	銜	去	咸	開	二
鸏	明	東	平	通	合	一	鸏	明	東	上	通	合	一
蓊	影	東	平	通	合	一	蓊	影	東	上	通	合	一
襱	來	東	平	通	合	一	襱	來	東	上	通	合	一
楑	群	脂	平	止	合	重四	楑	群	脂	上	止	合	重四
仔	精	之	平	止	開	三	仔	精	之	上	止	開	三
卉	曉	微	上	止	合	三	卉	曉	微	去	止	合	三
穖	並	微	上	止	合	三	穖	並	微	去	止	合	三
陫	並	微	上	止	合	三	陫	並	微	去	止	合	三
蒟	見	虞	上	遇	合	三	蒟	見	虞	去	遇	合	三
怒	泥	模	上	遇	合	一	怒	泥	模	去	遇	合	一
忿	滂	文	上	臻	合	三	忿	滂	文	去	臻	合	三
婟	匣	模	上	遇	合	一	婟	匣	模	去	遇	合	一
圃	幫	模	上	遇	合	一	圃	幫	模	去	遇	合	一
弟	定	齊	上	蟹	開	四	弟	定	齊	去	蟹	開	四
遞	定	齊	上	蟹	開	四	遞	定	齊	去	蟹	開	四
腎	溪	齊	上	蟹	開	四	腎	溪	齊	去	蟹	開	四
髤	清	咍	上	蟹	開	一	髤	清	咍	去	蟹	開	一
賑	章	眞	上	臻	開	三	賑	章	眞	去	臻	開	三
蜃	禪	眞	上	臻	開	三	蜃	禪	眞	去	臻	開	三
坋	並	文	上	臻	合	三	坋	並	文	去	臻	合	三
醞	影	文	上	臻	合	三	醞	影	文	去	臻	合	三
齔	初	眞	上	臻	開	三	齔	初	眞	去	臻	開	三

⿰皃曼	明	元	上	山	合	三	⿰皃曼	明	元	去	山	合	三
⿰言夗	影	元	上	山	合	三	⿰言夗	影	元	去	山	合	三
飯	並	元	上	山	合	三	飯	並	元	去	山	合	三
疸	端	寒	上	山	開	一	疸	端	寒	去	山	開	一
散	心	寒	上	山	開	一	散	心	寒	去	山	開	一
皯	見	寒	上	山	開	一	皯	見	寒	去	山	開	一
衦	見	寒	上	山	開	一	衦	見	寒	去	山	開	一
綄	匣	桓	平	山	合	一	綄	匣	桓	上	山	合	一
盥	見	桓	上	山	合	一	盥	見	桓	去	山	合	一
潸	生	刪	平	山	開	二	潸	生	刪	上	山	開	二
墇	章	陽	平	宕	開	三	墇	章	陽	去	宕	開	三
障	章	陽	平	宕	開	三	障	章	陽	去	宕	開	三
瓺	澄	陽	平	宕	開	三	瓺	澄	陽	去	宕	開	三
漲	知	陽	平	宕	開	三	漲	知	陽	去	宕	開	三
更	見	庚	平	梗	開	二	更	見	庚	去	梗	開	二
禜	云	庚	平	梗	合	三	禜	云	庚	去	梗	合	三
挺	定	青	平	梗	開	四	挺	定	青	上	梗	開	四
釘	端	青	平	梗	開	四	釘	端	青	去	梗	開	四
腥	心	青	平	梗	開	四	腥	心	青	去	梗	開	四
⿰扌靈	來	青	平	梗	開	四	⿰扌靈	來	青	去	梗	開	四
聽	透	青	平	梗	開	四	聽	透	青	去	梗	開	四
飀	來	尤	平	流	開	三	飀	來	尤	上	流	開	三
餾	來	尤	平	流	開	三	餾	來	尤	上	流	開	三
庮	以	尤	平	流	開	三	庮	以	尤	上	流	開	三
眄	明	先	上	山	開	四	眄	明	先	去	山	開	四
槄	透	豪	平	效	開	一	槄	透	豪	上	效	開	一
⿰口頁	曉	歌	平	果	開	一	⿰口頁	曉	歌	上	果	開	一
鐹	見	戈	上	果	合	一	鐹	見	戈	去	果	合	一
簸	幫	戈	上	果	合	一	簸	幫	戈	去	果	合	一
⿱丷十	溪	麻	上	假	合	二	⿱丷十	溪	麻	去	假	合	二
帺	群	之	去	止	開	三	帺	群	之	平	止	開	三
嬉	曉	之	平	止	開	三	嬉	曉	之	去	止	開	三
圍	云	微	平	止	合	三	圍	云	微	去	止	合	三
⿱非韋	疑	微	平	止	合	三	⿱非韋	疑	微	去	止	合	三
腓	並	微	去	止	合	三	腓	並	微	平	止	合	三

⿸广賁	並	微	去	止	合	三	⿸广賁	並	微	平	止	合	三
迴	匣	灰	平	蟹	合	一	迴	匣	灰	去	蟹	合	一
麐	來	眞	平	臻	開	三	麐	來	眞	去	臻	開	三
撛	來	眞	上	臻	開	三	撛	來	眞	去	臻	開	三
璡	精	眞	平	臻	開	三	璡	精	眞	去	臻	開	三
⿸疒員	云	文	上	臻	合	三	⿸疒員	云	文	去	臻	合	三
薰	曉	文	平	臻	合	三	薰	曉	文	去	臻	合	三
醞	影	文	上	臻	合	三	醞	影	文	去	臻	合	三
皸	見	文	平	臻	合	三	皸	見	文	去	臻	合	三
綣	溪	元	上	山	合	三	綣	溪	元	去	山	合	三
輓	明	元	上	山	合	三	輓	明	元	去	山	合	三
奔	幫	魂	平	臻	合	一	奔	幫	魂	去	臻	合	一
侃	溪	寒	上	山	開	一	侃	溪	寒	去	山	開	一
看	溪	寒	平	山	開	一	看	溪	寒	去	山	開	一
瀾	來	寒	平	山	開	一	瀾	來	寒	去	山	開	一
繖	心	寒	去	山	開	一	繖	心	寒	上	山	開	一
棺	見	桓	平	山	合	一	棺	見	桓	去	山	合	一
訕	生	刪	平	山	開	二	訕	生	刪	去	山	開	二
贙	匣	先	上	山	合	四	贙	匣	先	去	山	合	四
牽	溪	先	平	山	開	四	牽	溪	先	去	山	開	四
⿱髟系	溪	先	上	山	開	四	⿱髟系	溪	先	去	山	開	四
研	疑	先	平	山	開	四	研	疑	先	去	山	開	四
韅	曉	先	去	山	開	四	韅	曉	先	上	山	開	四
繾	溪	仙	上	山	開	重四	繾	溪	仙	去	山	開	重四
裹	見	歌	上	果	合	一	裹	見	歌	去	果	合	一
磨	明	戈	平	果	合	一	磨	明	戈	去	果	合	一
⿰馬阝	明	麻	上	假	開	二	⿰馬阝	明	麻	去	假	開	二
奓	知	麻	平	假	開	二	奓	知	麻	去	假	開	二
瀉	心	麻	上	假	開	三	瀉	心	麻	去	假	開	三
午	溪	麻	去	假	合	二	午	溪	麻	上	假	合	二
涼	來	陽	平	宕	開	三	涼	來	陽	去	宕	開	三
張	知	陽	平	宕	開	三	張	知	陽	去	宕	開	三
⿱鄉金	曉	陽	上	宕	開	三	⿱鄉金	曉	陽	去	宕	開	三
仰	疑	陽	上	宕	開	三	仰	疑	陽	去	宕	開	三
妨	滂	陽	平	宕	合	三	妨	滂	陽	去	宕	合	三

忘	明	陽	平	宕	合	三	忘	明	陽	去	宕	合	三
傍	並	唐	平	宕	開	一	傍	並	唐	去	宕	開	一
喪	心	唐	平	宕	開	一	喪	心	唐	去	宕	開	一
潢	匣	唐	平	宕	開	一	潢	匣	唐	去	宕	開	一
桄	見	唐	平	宕	合	一	桄	見	唐	去	宕	合	一
鋼	見	唐	平	宕	開	一	鋼	見	唐	去	宕	開	一
生	生	庚	平	梗	開	二	生	生	庚	去	梗	開	二
轟	曉	耕	平	梗	合	二	轟	曉	耕	去	梗	合	二
穽	從	清	上	梗	開	三	穽	從	清	去	梗	開	三
輕	溪	清	平	梗	開	三	輕	溪	清	去	梗	開	三
廷	定	青	平	梗	開	四	廷	定	青	去	梗	開	四
乘	船	蒸	平	曾	開	三	乘	船	蒸	去	曾	開	三
扔	日	蒸	平	曾	開	三	扔	日	蒸	去	曾	開	三
應	影	蒸	平	曾	開	三	應	影	蒸	去	曾	開	三
凝	疑	蒸	平	曾	開	三	凝	疑	蒸	去	曾	開	三
搄	見	登	平	曾	開	一	搄	見	登	去	曾	開	一
右	云	尤	上	流	開	三	右	云	尤	去	流	開	三
鞣	日	尤	平	流	開	三	鞣	日	尤	去	流	開	三
吼	曉	侯	上	流	開	一	吼	曉	侯	去	流	開	一
任	日	侵	平	深	開	三	任	日	侵	去	深	開	三
針	章	侵	平	深	開	三	針	章	侵	去	深	開	三
飲	影	侵	上	深	開	重三	飲	影	侵	去	深	開	重三
染	日	鹽	上	咸	開	三	染	日	鹽	去	咸	開	三
髯	日	鹽	平	咸	開	三	髯	日	鹽	去	咸	開	三
斂	來	鹽	上	咸	開	三	斂	來	鹽	去	咸	開	三
忝	透	添	上	咸	開	四	忝	透	添	去	咸	開	四
兼	見	添	平	咸	開	四	兼	見	添	去	咸	開	四
鑑	見	銜	平	咸	開	二	鑑	見	銜	去	咸	開	二
讒	崇	銜	平	咸	開	二	讒	崇	銜	去	咸	開	二
芝	滂	凡	平	咸	合	三	芝	滂	凡	去	咸	合	三
睍	徹	侵	平	深	開	三	睍	徹	侵	去	深	開	三
邴	幫	庚	上	梗	開	三	邴	幫	庚	去	梗	開	三
窅	影	蕭	去	效	開	四	窅	影	蕭	上	效	開	四
鞔	影	元	平	山	合	三	鞔	影	元	上	山	合	三

四、聲、韻、調皆不同

俑	透	東	平	通	合	一	俑	以	腫	上	通	合	三
觀	來	齊	去	蟹	開	四	觀	生	支	上	止	開	重三
惉	定	帖	入	咸	開	四	惉	昌	鹽	平	咸	開	三
娧	透	泰	去	蟹	合	一	娧	以	薛	入	山	合	三
荎	澄	脂	平	止	開	三	荎	定	屑	入	山	開	四
祓	幫	廢	去	蟹	合	三	祓	滂	物	入	臻	合	三
贖	禪	虞	去	遇	合	三	贖	船	燭	入	通	合	三
蕾	幫	尤	去	流	開	三	蕾	滂	屋	入	通	合	三
鏷	清	侯	去	流	開	一	鏷	並	屋	入	通	合	一
晳	禪	尤	平	流	開	三	晳	影	侯	去	流	開	一
趏	匣	侯	去	流	開	一	趏	並	德	入	曾	開	一
猱	泥	豪	平	效	開	一	猱	娘	尤	去	流	開	三
倀	徹	陽	平	宕	開	三	倀	知	庚	去	梗	開	二
咷	定	豪	平	效	開	一	咷	透	蕭	去	效	開	四
頫	幫	虞	上	遇	合	三	頫	透	蕭	去	效	開	四
巻	群	元	上	山	合	三	巻	見	仙	去	山	合	重三
隄	定	齊	平	蟹	開	四	隄	透	仙	去	山	開	四
柵	生	刪	去	山	開	二	柵	初	麥	入	梗	開	二
鶤	見	魂	平	臻	合	一	鶤	云	文	去	臻	合	三
齤	精	諄	去	臻	合	三	齤	日	鍾	上	通	和	三
禾	見	齊	平	蟹	開	四	禾	疑	咍	去	蟹	開	一
祓	幫	廢	去	蟹	合	三	祓	滂	物	入	臻	合	三
蔺	云	脂	上	止	合	三	蔺	見	灰	去	蟹	合	一
丏	見	泰	去	蟹	開	一	丏	明	仙	上	山	開	重四
鶩	明	虞	去	遇	合	三	鶩	並	屋	入	通	合	一
植	澄	之	去	止	開	三	植	禪	職	入	曾	開	三
暓	娘	脂	去	止	開	三	暓	影	末	入	山	合	一
觖	溪	支	去	止	合	重四	觖	見	屑	入	山	合	四
蚼	群	虞	平	遇	合	三	蚼	曉	侯	上	流	開	一
貀	日	宵	上	效	開	三	貀	泥	豪	平	效	開	一
亶	端	寒	上	山	開	一	亶	章	仙	平	山	開	三
晅〔註7〕	曉	元	上	山	合	三	晅	見	登	去	曾	開	一

〔註 7〕葛信益認爲「晅」字異讀中「曉母元韻」誤將亘字當亙字。見葛信益《〈廣韻〉異

猵	幫	先	平	山	開	四	猵	並	眞	上	臻	開	重四
[illegible]	匣	齊	上	蟹	開	四	[illegible]	明	錫	入	梗	開	四
紴	幫	戈	平	果	合	一	紴	滂	支	上	止	開	重三
䵗	幫	支	上	止	開	重四	䵗	並	佳	去	蟹	開	二
[illegible]	心	支	上	止	開	三	[illegible]	清	齊	上	蟹	開	四
猙	莊	耕	平	梗	開	二	猙	從	清	上	梗	開	三
蜠	溪	諄	平	臻	合	重四	蜠	群	軫	上	臻	合	重四
愃	心	仙	平	山	合	三	愃	曉	元	上	山	合	三
鮆	精	支	平	止	開	三	鮆	從	齊	上	蟹	開	四
鵯	幫	支	平	止	開	重四	鵯	滂	質	入	臻	開	重四
洟	以	脂	平	止	開	三	洟	透	齊	去	蟹	開	四
魼	溪	魚	平	遇	合	三	魼	透	盍	入	咸	開	一
懦	日	虞	平	遇	合	三	懦	泥	桓	去	山	合	一
帑	泥	模	平	遇	合	一	帑	透	唐	上	宕	開	一
闖	溪	佳	平	蟹	合	二	闖	云	支	上	止	合	三
悝	溪	灰	平	蟹	合	一	悝	來	之	上	止	開	三
鞼	見	灰	平	蟹	合	一	鞼	群	脂	去	止	合	重三
姰	心	諄	平	臻	合	三	姰	匣	先	去	山	合	四
竱	端	桓	平	山	合	一	竱	章	仙	上	山	合	三
濺	精	先	平	山	開	四	濺	清	仙	上	山	開	三
箾	心	蕭	平	效	開	四	箾	生	覺	入	江	開	二
俟	群	微	平	止	開	三	俟	俟	之	上	止	開	三
尥	並	肴	平	效	開	二	尥	來	蕭	去	效	開	四
撓	曉	豪	平	效	開	一	撓	娘	肴	上	效	開	二
蔖	從	歌	平	果	開	一	蔖	清	模	上	遇	合	一
疒	明	陽	平	宕	開	三	疒	娘	麥	入	梗	開	二
瑩	云	庚	平	梗	合	三	瑩	影	青	去	梗	合	四
鹼	清	鹽	平	咸	開	三	鹼	見	咸	上	咸	開	二
痁	書	鹽	平	咸	開	三	痁	端	添	去	咸	開	四
仉	並	嚴	平	咸	開	三	仉	滂	凡	去	咸	合	三
[illegible]	匣	東	平	通	合	一	[illegible]	見	鍾	上	通	合	三
碕	群	微	平	止	開	三	碕	溪	支	上	止	開	重三
砦	滂	微	上	止	合	三	砦	並	脂	去	止	開	重三

讀字發生之原因》，收在《〈廣韻〉叢考》，北京師範大學版，1993，頁3～6。

獂	曉	仙	平	山	合	重四	獂	云	虞	上	遇	合	三
㬎	曉	先	上	山	開	四	㬎	疑	合	入	咸	開	一
皛	見	蕭	上	效	開	四	皛	滂	陌	入	梗	開	二
驔	曉	談	上	咸	開	一	驔	匣	銜	去	咸	開	二

五、聲韻不同

頣	端	先	上	山	開	四	頣	見	痕	上	臻	開	一
鬊	精	泰	去	蟹	合	一	鬊	生	祭	去	蟹	合	三
覼	來	齊	去	蟹	開	四	覼	生	支	上	止	開	重三
苴	端	曷	入	山	開	一	苴	章	薛	入	山	開	三
偛	初	緝	入	深	開	三	偛	莊	洽	入	咸	開	二
渫	定	帖	入	咸	開	四	渫	澄	狎	入	咸	開	二
聑	日	葉	入	咸	開	三	聑	心	帖	入	咸	開	四
檝	精	葉	入	咸	開	三	檝	從	緝	入	深	開	三
剶	知	屋	入	通	合	三	剶	端	職	入	曾	開	三
蜮	云	職	入	曾	開	三	蜮	匣	德	入	曾	合	一
歡	透	錫	入	梗	合	四	歡	徹	職	入	曾	開	三
晢	徹	薛	入	山	開	三	晢	透	錫	入	梗	開	四
鬄	書	昔	入	梗	開	三	鬄	透	錫	入	梗	開	四
砉	曉	陌	入	梗	合	二	砉	曉	錫	入	梗	合	四
鰿	崇	麥	入	梗	開	二	鰿	精	昔	入	梗	開	三
漷	溪	鐸	入	宕	合	一	漷	曉	陌	入	梗	合	二
觡	來	鐸	入	宕	開	一	觡	疑	陌	入	梗	開	二
汋	崇	覺	入	江	開	二	汋	禪	藥	入	宕	開	三
蘥	徹	藥	入	宕	開	三	蘥	曉	鐸	入	宕	開	一
趯	書	藥	入	宕	開	三	趯	來	錫	入	梗	開	四
溺	日	藥	入	宕	開	三	溺	泥	錫	入	梗	開	四
掇	端	末	入	山	合	一	掇	知	薛	入	山	合	三
𪘨	知	質	入	臻	開	三	𪘨	定	屑	入	山	開	四
柣	澄	質	入	臻	開	三	柣	清	屑	入	山	開	四
靼	端	曷	入	山	開	一	靼	章	薛	入	山	開	三
柮	端	沒	入	臻	合	一	柮	從	末	入	山	合	一
昒	明	物	入	臻	合	三	昒	曉	沒	入	臻	合	一
窒	知	質	入	臻	開	三	窒	端	屑	入	山	開	四
姪	澄	質	入	臻	開	三	姪	定	蟹	入	山	開	四

綼	並	質	入	臻	開	重四	綼	幫	錫	入	梗	開	四
欰	曉	質	入	臻	開	重四	欰	徹	術	入	臻	合	三
軼	以	質	入	臻	開	三	軼	定	屑	入	山	開	四
犦	幫	沃	入	通	合	一	犦	並	覺	入	江	開	二
籗〔註8〕	溪	鐸	入	宕	合	一	籗	崇	屋	入	通	合	一
鶩	見	覺	入	江	開	二	鶩	匣	錫	入	梗	開	四
苖	徹	屋	入	通	合	三	苖	定	錫	入	梗	開	四
𤞥	見	屋	入	通	合	一	𤞥	以	燭	入	通	合	三
㑀	心	屋	入	通	合	一	㑀	書	燭	入	通	合	三
丙	透	添	去	咸	開	四	丙	透	覃	去	咸	開	一
漱	生	尤	去	流	開	三	漱	心	侯	去	流	開	一
託	端	模	去	遇	合	一	託	知	麻	去	假	開	二
韗	云	文	去	臻	合	三	韗	曉	元	去	山	合	三
䩵	云	文	去	臻	合	三	䩵	曉	元	去	山	合	三
賮	邪	眞	去	臻	開	三	賮	從	諄	去	臻	合	重四
貰	書	祭	去	蟹	開	三	貰	船	麻	去	假	開	三
蹛	澄	祭	去	蟹	開	三	蹛	端	泰	去	蟹	開	一
轊	清	祭	去	蟹	合	二	轊	邪	脂	去	止	合	三
蜡	清	魚	去	遇	合	三	蜡	崇	麻	去	假	開	二
愾	曉	微	去	止	開	三	愾	溪	咍	去	蟹	開	一
隶	以	脂	去	止	開	三	隶	定	咍	去	蟹	開	一
㣇	定	齊	去	蟹	開	四	㣇	以	脂	去	止	開	三
𨁂	曉	東	去	通	合	三	𨁂	溪	幽	去	流	開	三
愀	清	宵	上	效	開	三	愀	從	尤	上	流	開	三
獠	知	肴	上	效	開	二	獠	來	豪	上	效	開	一
戁	娘	刪	上	山	開	二	戁	日	仙	上	山	開	三
釖	滂	虞	上	遇	合	三	釖	見	尤	上	流	開	三
野	禪	魚	上	遇	合	三	野	以	麻	上	假	開	三
茝	章	之	上	止	開	三	茝	昌	咍	上	蟹	開	一
從	心	鍾	上	通	合	三	從	生	江	上	江	開	二
弇	見	覃	平	咸	開	一	弇	影	鹽	上	咸	開	重三
簪	莊	侵	平	深	開	三	簪	精	覃	平	咸	開	一
䑙	日	鹽	平	咸	開	三	䑙	泥	覃	平	咸	開	一

〔註8〕 籗，《廣韻》又仕角切，角，《廣韻》有來屋合一、見覺開二二聲，今取屋韻。

蟫	以	侵	平	深	開	三	蟫	定	覃	平	咸	開	一
謦	昌	之	平	止	開	三	謦	泥	青	平	梗	開	四
娙	疑	耕	平	梗	開	二	娙	匣	青	平	梗	開	四
嶸	云	庚	平	梗	合	三	嶸	匣	耕	平	梗	合	二
蟋	心	質	入	臻	開	三	蟋	生	櫛	入	臻	開	三
醟	云	庚	去	梗	合	三	醟	曉	清	去	梗	合	三
喙	曉	廢	去	蟹	合	三	喙	昌	祭	去	蟹	合	三
詿	見	夬	去	蟹	合	二	詿	匣	佳	去	蟹	合	二
貄	心	脂	去	止	開	三	貄	群	之	去	止	開	三
玒〔註9〕	見	東	平	通	合	一	玒	見	江	平	江	開	二
蜂	並	東	平	通	合	一	蜂	滂	鍾	平	通	合	三
驡〔註10〕	並	東	平	通	合	一	驡	來	江	平	江	開	二
[illegible]	章	東	平	通	合	三	[illegible]	定	冬	平	通	合	一
慒	從	冬	平	通	合	一	慒	邪	尤	平	流	開	三
鬃	從	冬	平	通	合	一	鬃	崇	江	平	江	開	二
[illegible]	從	冬	平	通	合	一	[illegible]	崇	江	平	江	開	二
鏦	清	鍾	平	通	合	三	鏦	初	江	平	江	開	二
摐	清	鍾	平	通	合	三	摐	初	江	平	江	開	二
鑴	曉	支	平	止	合	重四	鑴	匣	齊	平	蟹	合	四
[illegible]	心	支	平	止	開	三	[illegible]	定	齊	平	蟹	開	四
嵯	初	支	平	止	開	三	嵯	從	歌	平	果	開	一
榌	並	脂	平	止	開	重四	榌	幫	齊	平	蟹	開	四
輂	從	脂	平	止	開	三	輂	崇	佳	平	蟹	開	二
菭	澄	脂	平	止	開	三	菭	見	咍	平	蟹	開	一
夊	初	支	平	止	合	三	夊	心	脂	平	止	合	三
[illegible]	群	脂	平	止	合	重三	[illegible]	溪	微	平	止	合	三
推	昌	脂	平	止	合	三	推	透	灰	平	蟹	合	一
蓷	昌	脂	平	止	合	三	蓷	透	灰	平	蟹	合	一
梩	來	之	平	止	開	三	梩	知	皆	平	蟹	開	二

〔註9〕葛信益認爲「玒」異讀爲方言所致。葛信益《〈廣韻〉異讀字發生之原因》，見《〈廣韻〉叢考》，北京師範大學版，1993，頁3。

〔註10〕葛信益認爲「驡」異讀「又音龍」當爲「又音瀧」。葛信益《〈廣韻〉訛奪舉正》，見《〈廣韻〉叢考》，北京師範大學版，1993，頁31。

渾	曉	微	平	止	合	三	渾	匣	魂	平	臻	合	一
蟣	群	微	平	止	開	三	蟣	見	咍	平	蟹	開	一
駼	以	魚	平	遇	合	三	駼	定	模	平	遇	合	一
郐	邪	魚	平	遇	合	三	郐	定	模	平	遇	合	一
醹	日	虞	平	遇	合	三	醹	泥	侯	平	流	開	一
桴	滂	虞	平	遇	合	三	桴	並	尤	平	流	開	三
闍	端	模	平	遇	合	一	闍	禪	麻	平	假	開	三
紕	幫	齊	平	蟹	開	四	紕	滂	脂	平	止	開	重四
錍	幫	支	平	止	開	重四	錍	滂	齊	平	蟹	開	四
敊	見	齊	平	蟹	合	四	敊	影	佳	平	蟹	開	二
觿	曉	脂	平	止	合	重四	觿	匣	齊	平	蟹	合	四
鼒	從	咍	平	蟹	開	一	鼒	精	之	平	止	開	三
獮	澄	山	平	山	開	二	獮	徹	仙	平	山	開	三
嗔	定	先	平	山	開	四	嗔	昌	眞	平	臻	開	三
惇	章	諄	平	臻	合	三	惇	端	魂	平	臻	合	一
焞	禪	諄	平	臻	合	三	焞	透	魂	平	臻	合	一
綸	見	山	平	山	合	二	綸	來	諄	平	臻	合	三
儃	定	寒	平	山	開	一	儃	禪	仙	平	山	開	三
還	匣	刪	平	山	合	二	還	邪	仙	平	山	合	三
肦	並	文	平	臻	合	三	肦	幫	刪	平	山	開	二
羴	曉	山	平	山	開	二	羴	書	仙	平	山	開	三
譠	知	山	平	山	開	二	譠	透	寒	平	山	開	一
瀳	精	先	平	山	開	四	瀳	從	先	去	山	開	四
湮	見	先	平	山	開	四	湮	影	眞	平	眞	開	重四
譂	定	先	平	山	開	四	譂	透	寒	平	山	開	一
圁	曉	先	平	山	合	四	圁	邪	仙	平	山	合	三
鷒	定	桓	平	山	合	一	鷒	章	仙	平	山	合	三
虘	清	模	平	遇	合	一	虘	從	歌	平	果	開	一
簻	知	麻	平	假	合	二	簻	溪	戈	平	果	合	一
穜	定	東	平	通	合	一	穜	澄	鍾	平	通	合	三
驙	定	寒	平	山	開	一	驙	知	仙	平	山	開	三
摷	來	蕭	平	效	開	四	摷	莊	肴	平	效	開	二
顤	曉	蕭	平	效	開	四	顤	溪	宵	平	效	開	重四
鮹	心	宵	平	效	開	三	鮹	生	肴	平	效	開	二
躝	曉	宵	平	效	開	重三	躝	疑	豪	平	效	開	一

鵃	章	宵	平	效	開	三	鵃	知	肴	平	效	開	二
窯	曉	蕭	平	效	開	四	窯	溪	宵	平	效	開	重四
肜	以	東	平	通	合	三	肜	徹	侵	平	深	開	三
菑 [註11]	莊	之	平	止	開	三	菑	精	咍	平	蟹	開	一
鈴	群	眞	平	臻	開	重三	鈴	來	青	平	梗	開	四
罥	滂	肴	平	效	開	二	罥	並	尤	平	流	開	三
鉈	書	支	平	止	開	三	鉈	禪	麻	平	假	開	三
猩	生	庚	平	梗	開	二	猩	心	青	平	梗	開	四
歈	以	虞	平	遇	合	三	歈	定	侯	平	流	開	一
鴝	群	虞	平	遇	合	三	鴝	見	侯	平	流	開	一
缿	匣	江	上	江	開	二	缿	定	侯	上	流	開	一
糕	見	沃	入	通	合	一	糕	章	藥	入	宕	開	三

六、聲類調類不同

藭	昌	東	平	通	合	三	藭	透	東	去	通	合	一
走+設	群	眞	平	臻	開	三	走+設	溪	眞	上	臻	開	三
痺	幫	支	平	止	開	重三	痺	並	支	上	止	開	重四
罧	心	侵	上	深	開	三	罧	生	侵	去	深	開	三
紟	群	侵	去	深	開	重三	紟	見	侵	平	深	開	重三
釀	日	陽	上	宕	開	三	釀	娘	陽	去	宕	開	三
弶	疑	陽	上	宕	開	三	弶	群	陽	去	宕	開	三
襾	曉	麻	上	假	開	二	襾	影	麻	去	假	開	二
蚵	匣	歌	平	果	開	一	蚵	溪	歌	去	果	開	一
皴	清	諄	平	臻	合	三	皴	精	諄	去	臻	合	三
診	章	眞	上	臻	開	三	診	澄	眞	去	臻	開	三
邸	禪	眞	平	臻	開	三	邸	章	眞	去	臻	開	三
孖	精	之	平	止	開	三	孖	從	之	去	止	開	三
邑	並	微	平	止	合	三	邑	幫	微	上	止	合	三
雄	章	支	平	止	開	三	雄	書	支	去	止	開	三
陆	匣	東	平	通	合	一	陆	見	東	去	通	合	一
琇	以	尤	上	流	開	三	琇	心	尤	去	流	開	三
觰	知	麻	平	假	開	二	觰	端	麻	上	假	開	二

〔註11〕菑，《廣韻》「又音栽」，栽，《廣韻》又有二音，今取精母咍韻，意爲「種也」。

嫷	定	戈	上	果	合	一	嫷	透	戈	去	果	合	一
筊	見	肴	上	效	開	二	筊	匣	肴	平	效	開	二
玨	知	仙	上	山	開	三	玨	禪	仙	去	山	開	三
俔	匣	先	上	山	開	四	俔	溪	先	去	山	開	四
頸	群	清	平	梗	開	三	頸	見	清	上	梗	開	三
抗	匣	唐	平	宕	開	一	抗	溪	唐	去	宕	開	一
鬺	書	陽	平	宕	開	三	鬺	以	陽	去	宕	開	三
拌	幫	桓	平	山	合	一	拌	並	桓	上	山	合	一
趲	從	寒	上	山	開	一	趲	精	寒	去	山	開	一
遁	端	魂	上	臻	合	一	遁	定	魂	去	臻	合	一
頦	匣	咍	平	蟹	開	一	頦	見	咍	上	蟹	開	一
卟	見	齊	平	蟹	開	四	卟	溪	齊	上	蟹	開	四
醍	定	齊	平	蟹	開	四	醍	透	齊	上	蟹	開	四
粗	清	模	平	遇	合	一	粗	從	模	上	遇	合	一
翑	見	虞	上	遇	合	三	翑	群	虞	平	遇	合	三
紓	書	魚	平	遇	合	三	紓	船	魚	上	遇	合	三
綖	生	魚	平	遇	合	三	綖	溪	魚	上	遇	合	三
蜚	幫	微	上	止	合	三	蜚	並	微	去	止	合	三
邔	溪	之	上	止	開	三	邔	群	之	去	止	開	三
熜	清	東	平	通	合	一	熜	精	東	上	通	合	一
𢈢	清	東	平	通	合	一	𢈢	精	東	上	通	合	一
蛬	群	鍾	平	通	合	三	蛬	見	腫	上	通	合	三
鉹	以	支	平	止	開	三	鉹	昌	支	上	止	開	三
䮔〔註 12〕	精	支	平	止	合	三	䮔	章	支	上	止	合	三
蟣	群	微	平	止	開	三	蟣	見	微	上	止	開	三
豦	群	魚	平	遇	合	三	豦	見	魚	去	遇	合	三
瞿	群	虞	平	遇	合	三	瞿	見	虞	去	遇	合	三
娶	心	虞	平	遇	合	三	娶	清	虞	去	遇	合	三
郙	滂	虞	平	遇	合	三	郙	幫	虞	上	遇	合	三
睇	透	齊	平	蟹	開	四	睇	定	齊	去	蟹	開	四
娠	書	眞	平	臻	開	三	娠	章	眞	去	臻	開	三
擐	見	刪	平	山	合	二	擐	匣	刪	去	山	合	二

〔註 12〕葛信益認爲「䮔」異讀中「之壘切」應爲「之累切」。葛信益《〈廣韻〉訛奪舉正》，見《〈廣韻〉叢考》，北京師範大學版，1993，頁 32。

⿰衤遷	溪	仙	平	山	開	重三	⿰衤遷	見	仙	上	山	開	重三
犈	群	仙	平	山	合	重三	犈	見	仙	去	山	合	重三
浸	清	侵	平	深	開	三	浸	精	侵	去	深	開	三
覘	徹	鹽	平	咸	開	三	覘	知	鹽	去	咸	開	三
⿰犭音	生	咸	平	咸	開	二	⿰犭音	影	咸	去	咸	開	二
庳	幫	支	平	止	開	重四	庳	並	支	上	止	開	重四
羠	以	脂	平	止	開	三	羠	邪	脂	上	止	開	三
頯	群	脂	平	止	合	重三	頯	見	脂	上	止	合	重三
凜	群	侵	平	深	開	重三	凜	來	侵	上	深	開	三
⿰木水	章	支	上	止	合	三	⿰木水	精	支	平	止	開	三
晛	匣	先	上	山	開	四	晛	泥	先	去	山	開	四

七、韻類調類不同

⿰目監	明	支	平	止	開	重四	⿰目監	明	屑	入	山	開	四
⿸㫃奄	影	鹽	上	咸	開	重三	⿸㫃奄	影	葉	入	咸	開	三
亄	影	之	去	止	開	三	亄	影	質	入	臻	開	重三
⿰阝率	來	灰	上	蟹	合	一	⿰阝率	來	脂	平	止	合	三
⿰馬弋	定	德	入	曾	開	一	⿰馬弋	定	咍	去	蟹	開	一
廙	以	之	去	止	開	三	廙	以	職	入	曾	開	三
寥	來	蕭	平	效	開	四	寥	來	錫	入	梗	開	四
⿸麻庶	章	麻	去	假	開	三	⿸麻庶	章	昔	入	梗	開	三
⿰虫卸	溪	陌	入	梗	合	二	⿰虫卸	溪	陽	平	宕	開	三
餟	知	祭	去	蟹	合	三	餟	知	薛	入	山	合	三
戾	來	齊	去	蟹	開	四	戾	來	屑	入	山	開	四
祋	端	泰	去	蟹	合	一	祋	端	末	入	山	合	一
沬	明	泰	去	蟹	開	一	沬	明	末	入	山	合	一
匃	見	泰	去	蟹	開	一	匃	見	曷	入	山	開	一
⿰舌害	曉	泰	去	蟹	開	一	⿰舌害	曉	曷	入	山	開	一
菀	影	元	上	山	合	三	菀	影	物	入	臻	合	三
跮	徹	脂	去	止	開	重四	跮	徹	質	入	臻	開	三
郜	見	豪	去	效	開	一	郜	見	沃	入	通	合	一
纛	定	豪	去	效	開	一	纛	定	沃	入	通	合	一
隩	影	豪	去	效	開	一	隩	影	屋	入	通	合	三
僇	來	尤	去	流	開	三	僇	來	屋	入	通	合	三
鍑	幫	尤	去	流	開	三	鍑	幫	屋	入	通	合	三

冃	明	豪	上	效	開	一	冃	明	侯	去	流	開	一
復	並	尤	去	流	開	三	復	並	屋	入	通	合	三
檴	匣	麻	去	假	合	二	檴	匣	鐸	入	宕	合	一
炙	章	麻	去	假	開	三	炙	章	昔	入	梗	開	三
借	精	麻	去	假	開	三	借	精	昔	入	梗	開	三
約	影	宵	去	效	開	重四	約	影	藥	入	宕	開	三
濯	澄	肴	去	效	開	二	濯	澄	覺	入	江	開	二
激	見	蕭	去	效	開	四	激	見	錫	入	梗	開	四
迡	端	蕭	去	效	開	四	迡	端	錫	入	梗	開	四
倌	見	桓	平	山	合	一	倌	見	刪	去	山	合	二
琬	影	元	上	山	合	三	琬	影	桓	去	山	合	一
菣	群	欣	上	臻	開	三	菣	群	眞	去	臻	開	重三
悖	並	灰	去	蟹	合	一	悖	並	沒	入	臻	合	一
孛	並	灰	去	蟹	合	一	孛	並	沒	入	臻	合	一
殺	生	皆	去	蟹	開	二	殺	生	黠	入	山	開	二
杈	初	麻	平	假	開	二	杈	初	佳	去	蟹	開	二
檜	見	泰	去	蟹	合	一	檜	見	末	入	山	合	一
靄	影	泰	去	蟹	開	[illegible]	靄	影	曷	入	山	開	一
絁	精	祭	去	蟹	合	三	絁	精	薛	入	山	合	三
鰈	徹	祭	去	蟹	開	三	鰈	徹	薛	入	山	開	三
栵	來	祭	去	蟹	開	三	栵	來	薛	入	山	開	三
洌	來	祭	去	蟹	開	三	洌	來	薛	入	山	開	三
烈	來	祭	去	蟹	開	三	烈	來	薛	入	山	開	三
鷩	幫	祭	去	蟹	開	重四	鷩	幫	薛	入	山	開	重四
晢	章	祭	去	蟹	開	三	晢	章	薛	入	山	開	三
綴	知	祭	去	蟹	合	三	綴	知	薛	入	山	合	三
畷	知	祭	去	蟹	合	三	畷	知	薛	入	山	合	三
膬〔註13〕	清	祭	去	蟹	合	三	膬	清	薛	入	山	合	三
墆	定	齊	去	蟹	開	四	墆	定	屑	入	山	開	四
娛	疑	模	去	遇	合	一	娛	疑	虞	平	遇	合	三
秨	從	模	去	遇	合	一	秨	從	鐸	入	宕	開	一
尠	心	仙	上	山	開	三	尠	心	虞	去	遇	合	三
鹼	曉	嚴	平	咸	開	三	鹼	曉	鹽	上	咸	開	重三

〔註13〕膬，《廣韻》「通脃」，脃，義爲耎而易斷，則膬、脃義同。

㙴	禪	尤	上	流	開	三	㙴	禪	屋	入	通	合	三
藐	明	宵	上	效	開	重四	藐	明	覺	入	江	開	二
唻	來	皆	平	蟹	開	二	唻	來	咍	上	蟹	開	一
䉌	影	微	上	止	開	三	䉌	影	咍	去	蟹	開	一
娓	明	微	上	止	開	三	娓	明	止	去	止	開	重三
薿	疑	之	上	止	開	三	薿	疑	職	入	曾	開	三
耒	來	脂	上	止	合	三	耒	來	灰	去	蟹	合	一
粥	章	尤	平	流	開	三	粥	章	屋	入	通	合	三
鋈	以	宵	去	效	開	三	鋈	以	尤	平	流	開	三
䦨	見	尤	平	流	開	三	䦨	見	幽	上	流	開	三
蹔	從	覃	平	咸	開	一	蹔	從	合	入	咸	開	一
拲	見	鍾	上	通	合	三	拲	見	燭	入	通	合	三
蹔	精	談	平	咸	開	一	蹔	精	銜	去	咸	開	二
鏟	初	山	上	山	開	二	鏟	初	刪	去	山	開	二
疝	生	山	平	山	開	二	疝	生	刪	去	山	開	二
嶃	崇	銜	平	咸	開	二	嶃	崇	咸	上	咸	開	二
魘	影	鹽	上	咸	開	重四	魘	影	葉	入	咸	開	重四
擪	影	鹽	上	咸	開	重四	擪	影	葉	入	咸	開	重四
頢	溪	魂	上	臻	合	一	頢	溪	沒	入	臻	合	一
吻	明	文	上	臻	合	三	吻	明	物	入	臻	合	三
姑	昌	鹽	平	咸	開	三	姑	昌	葉	入	咸	開	三
纍	來	脂	平	止	合	三	纍	來	灰	上	蟹	合	一
槌〔註 14〕	澄	脂	平	止	合	三	槌	澄	支	去	止	合	三
觺	疑	之	平	止	開	三	觺	疑	職	入	曾	開	三
抾	溪	之	平	止	開	三	抾	溪	葉	入	咸	開	三
妃	滂	微	平	止	合	三	妃	滂	灰	去	蟹	合	一
且	精	魚	平	遇	合	三	且	清	麻	上	假	開	三
髃	疑	虞	平	遇	合	三	髃	疑	侯	上	流	開	一
摸	明	模	平	遇	合	一	摸	明	鐸	入	宕	開	一
麌	疑	模	平	遇	合	一	麌	疑	虞	上	遇	合	三
楷	見	皆	平	蟹	開	二	楷	見	點	入	山	開	二
蜦	來	諄	平	臻	合	三	蜦	來	齊	去	蟹	開	四

〔註 14〕葛信益認爲「槌」字異讀「直畏切」應爲「直累切」，葛信益《〈廣韻〉訛奪舉正》，見《〈廣韻〉叢考》，北京師範大學版，1993，頁 32。

[illegible]	端	桓	平	山	合	一	[illegible]	端	戈	上	果	合	一
寰	匣	刪	平	山	合	二	寰	匣	先	去	山	合	四
橑	來	蕭	平	效	開	四	橑	來	豪	上	效	開	一
曋	定	覃	平	咸	開	一	曋	定	談	上	咸	開	一
[illegible]	生	咸	平	咸	開	二	[illegible]	生	銜	去	咸	開	二
蛾	疑	歌	平	果	開	一	蛾	疑	支	上	止	開	重三
硱	溪	蒸	平	曾	開	三	硱	溪	魂	上	臻	合	一
[illegible]	群	鍾	平	通	合	三	[illegible]	群	腫〔註15〕	上	通	合	一
窅	影	肴	平	效	開	二	窅	影	蕭	上	效	開	四
奘	從	陽	平	宕	開	三	奘	從	唐	上	宕	開	一
泱	影	陽	平	宕	開	三	泱	影	唐	上	宕	開	一
茚	疑	唐	平	宕	開	一	茚	疑	陽	上	宕	開	三
俜	滂	青	平	梗	開	四	俜	滂	清	去	梗	開	三
褸	來	侯	平	流	開	一	褸	來	虞	上	遇	合	三
隌	影	侵	平	深	開	重二	隌	影	覃	上	咸	開	
韽	影	覃	平	咸	開	一	韽	影	咸	去	咸	開	二
帆	並	鹽	平	咸	開	三	帆	並	凡	去	咸	合	三
鶲	影	鍾	平	通	合	三	鶲	影	東	上	通	合	一
[illegible]	昌	支	上	止	開	三	[illegible]	昌	祭	去	蟹	開	三
趡	從	魚	上	遇	合	三	趡	從	屑	入	山	開	四
扆	影	微	平	止	開	三	扆	影	欣	上	臻	開	三
䘼	影	桓	平	山	合	一	䘼	影	元	上	山	合	三
[illegible]	心	蕭	上	效	開	四	[illegible]	心	屋	入	通	合	三
烓	影	齊	平	蟹	合	四	烓	影	青	上	梗	合	四
鋟	精	鹽	平	咸	開	三	鋟	清	侵	上	深	開	三
帥	生	脂	去	止	合	三	帥	生	術	入	臻	合	三
嫉	從	脂	去	止	開	三	嫉	從	質	入	臻	開	三
出	昌	脂	去	止	合	三	出	昌	術	入	臻	合	三
侐	曉	脂	去	止	合	重四	侐	曉	職	入	曾	合	三
气	溪	微	去	止	開	三	气	溪	迄	入	臻	開	三
[illegible]	透	灰	去	蟹	合	一	[illegible]	透	沒	入	臻	合	一
幗	見	灰	去	蟹	合	一	幗	見	麥	入	梗	合	二
涴	影	桓	平	山	合	一	涴	影	戈	去	果	合	一

〔註15〕[illegible]，爲冬的上聲韻，《廣韻》附見腫韻。

囿	云	尤	去	流	開	三	囿	云	屋	入	通	合	三
祝	章	尤	去	流	開	三	祝	章	屋	入	通	合	三
髱	滂	尤	去	流	開	三	髱	滂	屋	入	通	合	三
翏	來	蕭	平	效	開	四	翏	來	尤	去	流	開	三
鷞	心	屋	入	通	合	三	鷞	心	蕭	平	效	開	四
蟰	心	蕭	平	效	開	四	蟰	心	屋	入	通	合	三
蜺	疑	齊	平	蟹	開	四	蜺	疑	屑	入	山	開	四
閉	幫	齊	去	蟹	開	四	閉	幫	屑	入	山	開	四
窫	影	齊	去	蟹	開	四	窫	影	屑	入	山	開	四
礩	章	脂	去	止	開	三	礩	章	質	入	臻	開	三
鏊	章	脂	去	止	開	三	鏊	章	緝	入	深	開	三
尉	影	微	去	止	合	三	尉	影	物	入	臻	合	三

八、等不同

皷	滂	支	平	止	開	重三	皷	滂	支	平	止	開	三
駰	影	眞	平	臻	開	重四	駰	影	眞	平	臻	開	重三
睯	明	眞	平	臻	開	重三	睯	明	眞	平	臻	開	重四
愔	影	鹽	去	咸	開	重三	愔	影	鹽	去	咸	開	重四
磟	來	屋	入	通	合	一	磟	來	屋	入	通	合	三

九、韻類及攝不同

寅	以	脂	平	止	開	三	寅	以	眞	平	臻	開	三
翳	影	眞	平	臻	開	重三	翳	影	仙	平	山	合	四
墭	澄	緝	入	深	開	三	墭	澄	葉	入	咸	開	三
馥	並	屋	入	通	合	三	馥	並	職	入	曾	開	三
楅	幫	屋	入	通	合	三	楅	幫	職	入	曾	開	三
恧	娘	屋	入	通	合	三	恧	娘	職	入	曾	開	三
苾	並	質	入	臻	開	重四	苾	並	屑	入	山	開	四
鬩	匣	屑	入	山	開	四	鬩	匣	錫	入	梗	開	四
勂	溪	沒	入	臻	合	一	勂	溪	黠	入	山	合	二
嗢	影	沒	入	臻	合	一	嗢	影	黠	入	山	合	二
咄	端	沒	入	臻	合	一	咄	端	末	入	山	合	一
齕	匣	屑	入	山	開	四	齕	匣	沒	入	臻	合	一
紇	匣	屑	入	山	開	四	紇	匣	沒	入	臻	合	一

髤	並	覺	入	江	開	二	髤	並	沒	入	臻	合	一
汷	幫	物	入	臻	合	三	汷	幫	月	入	山	合	三
軏	疑	月	入	山	合	三	軏	疑	沒	入	臻	合	一
扤	疑	月	入	山	合	三	扤	疑	沒	入	臻	合	一
亥	見	物	入	臻	合	三	亥	見	月	入	山	合	三
睢	匣	沃	入	通	合	一	睢	匣	覺	入	江	開	二
斮	莊	覺	入	江	開	二	斮	莊	藥	入	宕	開	三
猚	清	燭	入	通	合	三	猚	清	藥	入	宕	開	三
孎	知	燭	入	通	合	三	孎	知	覺	入	江	開	二
糴	疑	沃	入	通	合	一	糴	疑	覺	入	江	開	二
臛	曉	沃	入	通	合	一	臛	曉	鐸	入	宕	開	一
匐	並	屋	入	通	合	三	匐	並	德	入	曾	開	一
樸	滂	屋	入	通	合	一	樸	滂	覺	入	江	開	二
脽	曉	屋	入	通	合	一	脽	曉	鐸	入	宕	開	一
彀	見	屋	入	通	合	一	彀	見	覺	入	江	開	二
黳	影	屋	入	通	合	一	黳	影	覺	入	江	開	二
剭	影	屋	入	通	合	一	握	影	覺	入	江	開	二
窆	幫	鹽	去	咸	開	重三	窆	幫	登	去	曾	開	一
認	日	眞	去	臻	開	三	認	日	蒸	去	曾	開	三
大	定	泰	去	蟹	開	一	大	定	歌	去	果	開	一
鑛	清	魂	去	臻	合	一	鑛	清	先	去	山	開	四
鼓	溪	眞	去	臻	開	重四	鼓	溪	仙	去	山	開	四
关	精	灰	去	蟹	合	一	关	精	戈	去	果	合	一
秏	曉	灰	去	蟹	合	一	秏	曉	豪	去	效	開	一
膪	知	佳	去	蟹	合	二	膪	知	麻	去	假	開	二
毻	透	泰	去	蟹	合	一	毻	透	戈	去	果	合	一
癳	來	泰	去	蟹	合	一	癳	來	歌	去	果	合	一
濞	滂	脂	去	止	開	重三	濞	滂	齊	去	蟹	開	四
箅	幫	脂	去	止	開	重四	箅	幫	齊	去	蟹	開	四
鬑	精	齊	去	蟹	開	四	鬑	精	祭	去	蟹	開	三
喟	溪	脂	去	止	合	重三	喟	溪	皆	去	蟹	合	二
閧	匣	東	去	通	合	一	閧	匣	江	去	江	開	二
濶	影	侵	上	深	開	重三	濶	影	覃	上	咸	開	一
取	清	魚	上	遇	合	三	取	清	侯	上	流	開	一
駷	心	鍾	上	通	合	三	駷	心	侯	上	流	開	一

䳇	明	虞	上	遇	合	三	䳇	明	侯	上	流	開	一
[illegible]	徹	仙	上	山	開	三	[illegible]	徹	清	上	梗	開	三
瓬	幫	虞	上	遇	合	三	瓬	幫	陽	上	宕	合	三
芃	並	東	平	通	合	一	芃	並	蒸	平	曾	開	三
菌	群	元	上	山	合	三	菌	群	眞	上	臻	開	重三
[illegible]	曉	欣	上	臻	開	三	[illegible]	曉	元	上	山	開	三
等	端	咍	上	蟹	開	一	等	端	登	上	曾	開	一
頠	疑	支	上	止	合	重三	頠	疑	灰	上	蟹	合	一
灖	明	支	上	止	開	重三	灖	明	齊	上	蟹	開	四
邎	以	宵	平	效	開	三	邎	以	尤	平	流	開	三
蘨	以	宵	平	效	開	三	蘨	以	尤	平	流	開	三
鉠	影	陽	平	宕	開	三	鉠	影	庚	平	梗	開	三
[illegible]	群	陽	平	宕	開	三	[illegible]	群	庚	平	梗	開	三
髃	疑	虞	平	遇	合	三	髃	疑	侯	上	流	開	一
齎	精	脂	平	止	開	三	齎	精	齊	平	蟹	開	四
謧	來	支	平	止	開	三	謧	來	齊	平	蟹	開	四
膍	並	脂	平	止	開	重四	膍	並	齊	平	蟹	開	四
郪	清	脂	平	止	開	三	郪	清	齊	平	蟹	開	四
齏	從	脂	平	止	開	三	齏	從	齊	平	蟹	開	四
諻	匣	唐	平	宕	合	一	諻	匣	庚	平	梗	合	二
篣	並	唐	平	宕	開	一	篣	並	庚	平	梗	開	二
澄	澄	庚	平	梗	開	二	澄	澄	蒸	平	曾	開	三
蔄	明	耕	平	梗	開	二	蔄	明	登	平	曾	開	一
涯	疑	支	平	止	開	重三	涯	疑	佳	平	蟹	開	二
崖	疑	支	平	止	開	重三	崖	疑	佳	平	蟹	開	二
[illegible]	心	支	平	止	開	三	[illegible]	心	齊	平	蟹	開	四
獜	來	眞	平	臻	開	三	獜	來	青	平	梗	開	四
琴	群	蒸	平	曾	開	三	琴	群	侵	平	深	開	重三
馮	並	蒸	平	曾	開	三	馮〔註16〕	並	東	平	通	合	三
蔦	來	蕭	平	效	開	四	蔦	來	戈	平	果	合	一
[illegible]	曉	支	平	止	開	重三	[illegible]	曉	元	平	山	合	三
[illegible]	明	戈	平	果	合	一	[illegible]	明	麻	平	假	開	二
挐	娘	魚	平	遇	合	三	挐	娘	麻	平	假	開	二

〔註16〕馮，《廣韻》又扶戎切，扶，有幫並二母，這裡取並母。

䫆	曉	支	平	止	開	重三	䫆	曉	元	平	山	合	三
崆	溪	東	平	通	合	一	崆	溪	江	平	江	開	二
褕	以	虞	平	遇	合	三	褕	以	宵	平	效	開	三
諏	精	虞	平	遇	合	三	諏	精	侯	平	流	開	一
摳	溪	虞	平	遇	合	三	摳	溪	侯	平	流	開	一
犛	來	之	平	止	開	三	犛	來	咍	平	蟹	開	一
氂	來	之	平	止	開	三	氂	來	咍	平	蟹	開	一
頄	群	脂	平	止	合	重三	頄	群	尤	平	流	開	三
貗	來	虞	平	遇	合	三	貗	來	侯	平	流	開	一
鷜	來	虞	平	遇	合	三	鷜	來	侯	平	流	開	一
螋	生	虞	平	遇	合	三	螋	生	尤	平	流	開	三
鄜	來	虞	平	遇	合	三	鄜	來	侯	平	流	開	一
玭	並	眞	平	臻	開	重四	玭	並	先	平	山	開	四
蠙	並	眞	平	臻	開	重四	蠙	並	先	平	山	開	四
颫	並	東	平	通	合	一	颫	並	幽	平	流	開	三
鴛	影	元	平	山	合	三	鴛	影	魂	平	臻	合	一
弴	端	魂	平	臻	合	一	弴	端	蕭	平	效	開	四
峘	匣	桓	平	山	合	一	峘	匣	登	平	曾	開	一
蚈	溪	先	平	山	開	四	蚈	溪	齊	平	蟹	開	四
膢	來	虞	平	遇	合	三	膢	來	侯	平	流	開	一
齵	疑	虞	平	遇	合	三	齵	疑	侯	平	流	開	一
驫	幫	宵	平	效	開	重四	驫	幫	幽	平	流	開	三
烋	曉	肴	平	效	開	二	烋	曉	幽	平	流	開	三
冘	以	侵	平	深	開	三	冘	以	尤	平	流	開	三
黚	群	鹽	平	咸	開	重三	黚	群	侵	平	深	開	重三
雂	群	鹽	平	咸	開	重三	雂	群	侵	平	深	開	重三
黚	群	鹽	平	咸	開	重三	黚	群	侵	平	深	開	重三
黚	見	咸	平	咸	開	二	黚	見	侵	平	深	開	重三
醅	影	侵	平	深	開	重三	醅	影	覃	平	咸	開	一
箈	從	先	平	山	開	四	箈	從	鹽	平	咸	開	三
碞	疑	侵	平	深	開	重三	碞	疑	咸	平	咸	開	二
絜	幫	東	上	通	合	一	絜	幫	江	上	江	開	二
鵃	明	冬	上	通	合	一	鵃	明	江	上	江	開	二
泚	清	支	上	止	開	三	泚	清	齊	上	蟹	開	四
廌	澄	支	上	止	開	三	廌	澄	佳	上	蟹	開	二

剖	滂	虞	上	遇	合	三	剖	滂	侯	上	流	開	一
䥈	明	模	上	遇	合	一	䥈	明	唐	上	宕	開	一
丫	見	佳	上	蟹	合	二	丫	見	麻	上	假	合	二
夥	匣	佳	上	蟹	合	二	夥	匣	戈	上	果	合	一
絫	來	灰	上	蟹	合	一	絫	來	脂	上	止	合	三
蝡	日	諄	上	臻	合	三	蝡	日	仙	上	山	合	三
笴	見	寒	上	山	開	一	笴	見	歌	上	果	開	一
[illegible]	章	支	上	止	合	三	[illegible]	章	仙	上	山	合	三
鷕	以	脂	上	止	合	三	鷕	以	宵	上	效	開	三
[illegible]	來	支	去	止	開	三	[illegible]	來	齊	去	蟹	開	四
珕	來	支	去	止	開	三	珕	來	齊	去	蟹	開	四
眥	從	支	去	止	開	三	眥	從	齊	去	蟹	開	四
礩	章	脂	去	止	開	三	礩	章	質	入	臻	開	三
摯	章	脂	去	止	開	三	摯	章	緝	入	深	開	三
尉	影	微	去	止	合	三	尉	影	物	入	臻	合	三
佛	並	微	去	止	合	三	佛	並	物	入	臻	合	三
溉	見	微	去	止	開	三	溉	見	咍	去	蟹	開	一
娩	滂	虞	去	遇	合	三	娩	滂	元	去	山	合	三
臲	疑	蕭	去	效	開	四	臲	疑	尤	去	流	開	三

十、開合不同

肱	匣	先	平	山	開	四	肱	匣	先	平	山	合	四
庋	見	支	上	止	合	重三	庋	見	支	上	止	開	重三
懬	溪	唐	上	宕	開	一	懬	溪	唐	上	宕	合	一
迅	心	眞	去	臻	開	三	迅	心	諄	去	臻	合	三

十一、聲類及等不同

邀	見	蕭	平	效	開	四	邀	影	蕭	平	效	開	重三
鮥	見	添	去	咸	開	四	鮥	匣	添	去	咸	開	二
蟯	日	宵	平	效	開	三	蟯	影	宵	平	效	開	重四
枳	章	支	上	止	開	三	枳	見	支	上	止	開	重四
胗	章	眞	上	臻	開	三	胗	見	眞	上	臻	開	重四
翨	書	支	去	止	開	三	翨	見	支	去	止	開	重四
[illegible]	以	祭	去	蟹	合	三	[illegible]	禪	祭	去	蟹	開	三

繘	見	術	入	臻	合	重四	繘	以	術	入	臻	合	三
罬	知	薛	入	山	合	三	罬	見	薛	入	山	合	重三
苙	群	緝	入	深	開	重三	苙	來	緝	入	深	開	三

十二、韻類及等不同

䎭	從	宵	平	效	開	三	䎭	從	豪	平	效	開	一
掄	來	諄	平	臻	合	三	掄	來	魂	平	臻	合	一
獂	疑	元	平	山	合	三	獂	疑	桓	平	山	合	一
椺	匣	錫	入	梗	開	四	椺	匣	麥	入	梗	開	二
鞥	影	合	入	咸	開	一	鞥	影	業	入	咸	開	三
歃	生	葉	入	咸	開	三	歃	生	洽	入	咸	開	二
鞈	見	合	入	咸	開	一	鞈	見	洽	入	咸	開	二
[illegible]	並	職	入	曾	開	三	[illegible]	並	德	入	曾	開	一
淂	端	德	入	曾	開	一	淂	端	職	入	曾	開	三
[illegible]	疑	麥	入	梗	開	二	[illegible]	疑	錫	入	梗	開	四
[illegible]	初	鎋	入	山	合	二	[illegible]	初	薛	入	山	合	三
鴰	見	末	入	山	合	一	鴰	見	鎋	入	山	合	二
[illegible]	來	末	入	山	合	一	[illegible]	來	薛	入	山	合	三
[illegible]	來	末	入	山	合	一	[illegible]	來	薛	入	山	合	三
姡	匣	末	入	山	合	一	姡	匣	鎋	入	山	合	二
巀	從	曷	入	山	開	一	巀	從	屑	入	山	開	四
巕	疑	曷	入	山	開	一	巕	疑	屑	入	山	開	四
肹	曉	質	入	臻	開	重三	肹	曉	迄	入	臻	開	三
倂	並	清	去	梗	開	三	倂	並	青	去	梗	開	四
狷	見	先	去	山	合	四	狷	見	仙	去	山	合	重四
鳰	疑	廢	去	蟹	開	三	鳰	疑	泰	去	蟹	開	一
黵	影	泰	去	蟹	合	一	黵	影	夬	去	蟹	合	二
譮	影	泰	去	蟹	合	一	譮	影	夬	去	蟹	合	二
瀣	匣	皆	去	蟹	開	二	瀣	匣	咍	去	蟹	開	一
阸	匣	齊	去	蟹	開	四	阸	匣	皆	去	蟹	開	二
妎	匣	齊	去	蟹	開	四	妎	匣	泰	去	蟹	開	一
逮	定	齊	去	蟹	開	四	逮	定	咍	去	蟹	開	一
憯	清	添	上	咸	開	四	憯	清	覃	上	咸	開	一
獫	匣	添	上	咸	開	四	獫	匣	咸	上	咸	開	二
鳥	端	蕭	上	效	開	四	鳥	端	豪	上	效	開	一

窼	從	宵	平	效	開	三	窼	從	肴	平	效	開	二
貓〔註17〕	明	宵	平	效	開	重四	貓	明	肴	平	效	開	二
髎	來	蕭	平	效	開	四	髎	來	宵	平	效	開	三
崤	匣	肴	平	效	開	二	崤	匣	豪	平	效	開	一
璆	來	蕭	平	效	開	四	璆	來	豪	平	效	開	一
簝	來	蕭	平	效	開	四	簝	來	豪	平	效	開	一
蜋	來	陽	平	宕	開	三	蜋	來	唐	平	宕	開	一
鴦	影	陽	平	宕	開	三	鴦	影	唐	平	宕	開	一
鶄	精	清	平	梗	開	三	鶄	清	青	平	梗	開	四
於	影	魚	平	遇	合	三	於	影	模	平	遇	合	一
槐	匣	皆	平	蟹	合	二	槐	匣	灰	平	蟹	合	一
荄	見	皆	平	蟹	開	二	荄	見	咍	平	蟹	開	一
鄞	疑	眞	平	臻	開	重三	鄞	疑	欣	平	臻	開	三
莙	見	諄	平	臻	合	重三	莙	見	文	平	臻	合	三
魭	疑	元	平	山	合	三	魭	疑	桓	平	山	合	一
獂	疑	元	平	山	合	三	獂	疑	桓	平	山	合	一
蟠	並	元	平	山	合	三	蟠	並	桓	平	山	合	一
黿	疑	元	平	山	合	三	黿	疑	桓	平	山	合	一
鯿	幫	刪	平	山	開	二	鯿	幫	仙	平	山	開	重四
潺	崇	山	平	山	開	二	潺	崇	仙	平	山	開	三
輚	崇	山	平	山	開	二	輚	崇	仙	平	山	開	三
掔	溪	山	平	山	開	二	掔	溪	先	平	山	開	四
艘	心	蕭	平	效	開	四	艘	心	豪	平	效	開	一
蘢	來	東	平	通	合	一	蘢	來	鍾	平	通	合	三
菴	影	鹽	平	咸	開	重三	菴	影	覃	平	咸	開	
蹇	見	元	上	山	開	三	蹇	見	仙	上	山	開	重三
鴢	影	蕭	上	效	開	四	鴢	影	肴	上	效	開	二
打〔註18〕	端	庚	上	梗	開	二	打	端	青	上	梗	開	四

〔註17〕葛信益認爲「貓」字異讀來自方言，見《〈廣韻〉異讀字發生之原因》，收在《〈廣韻〉叢考》，北京師範大學版，1993，頁3～6。

〔註18〕葛信益認爲「打」字異讀來自方言。見《〈廣韻〉異讀字發生之原因》，收在葛信益《〈廣韻〉叢考》，北京師範大學版，1993，頁3～6。

鬐	群	脂	去	止	開	重三	鬐	群	之	去	止	開	三
釱	定	齊	去	蟹	開	四	釱	定	泰	去	蟹	開	一
藹	影	祭	去	蟹	開	重三	藹	影	泰	去	蟹	開	一
喭	疑	寒	去	山	開	一	喭	疑	仙	去	山	開	重三
孿	生	刪	去	山	合	二	孿	生	仙	去	山	合	三
娽	來	燭	入	通	合	三	娽	來	屋	入	通	合	一
刷	生	鎋	入	山	合	二	刷	生	薛	入	山	合	三
鶗	見	黠	入	山	開	二	鶗	見	屑	入	山	開	四
袺	見	黠	入	山	開	二	袺	見	屑	入	山	開	四
榝	生	黠	入	山	開	二	榝	生	薛	入	山	開	三
瞥	滂	屑	入	山	開	四	瞥	滂	薛	入	山	開	重四

十三、韻類、開合、等不同

宋	明	陽	平	宕	合	三	宋	明	唐	平	宕	開	一
㚇	明	添	上	咸	開	四	㚇	明	凡	上	咸	合	三
芒	明	陽	平	宕	合	三	芒	明	唐	平	宕	開	一
瞰	明	脂	平	止	開	重三	瞰	明	微	平	止	合	三
楨	並	皆	平	蟹	開	二	楨	並	灰	平	蟹	合	一
𥤱	明	脂	平	止	開	重三	𥤱	明	微	平	止	合	三
閩	明	眞	平	臻	開	重三	閩	明	文	平	臻	合	三
挽	明	元	上	山	合	三	挽	明	仙	上	山	開	重三
皈	幫	桓	上	山	合	一	皈	幫	刪	上	山	開	二
閞	並	元	去	山	合	三	閞	並	仙	去	山	開	重三
粖	明	末	入	山	合	一	粖	明	屑	入	山	開	四
朅	溪	月	入	山	合	三	朅	溪	薛	入	山	開	重三

十四、調類及等不同

趣	溪	眞	上	臻	開	重三	趣	溪	眞	去	臻	開	重四
吚	曉	脂	去	止	開	重三	吚	曉	脂	平	止	開	三

十五、聲類開合不同

趏	曉	鎋	入	山	開	二	趏	見	鎋	入	山	合	二

十六、聲、韻、攝、等不同

犫 〔註19〕	昌	尤	平	流	開	三	犫	透	豪	平	效	開	一

十七、聲、韻、調、攝不同

臸 〔註20〕	日	質	入	臻	開	三	臸	章	之	平	止	開	三

第二節　三　音

一、聲、韻、調、攝、開合、等皆不同

㨂	端	東	去	通	合	一	㨂	澄	眞	平	臻	開	三	㨂	端	東	平	通	合	一
鮦	定	東	平	通	合	一	鮦	澄	腫	上	通	合	三	鮦	澄	有	上	流	開	三
淙	從	冬	平	通	合	一	淙	崇	江	平	江	開	二	淙	生	絳	去	江	開	二
憃	書	鍾	平	通	合	三	憃	徹	江	平	江	開	二	憃	徹	用	去	通	合	三
掫	精	虞	平	遇	合	三	掫	精	侯	平	流	開	一	掫	莊	尤	上	流	開	三
笯	泥	模	平	遇	合	一	笯	娘	麻	平	假	開	二	笯	泥	模	去	遇	合	一
緅	莊	尤	平	流	開	三	緅	精	侯	平	流	開	一	緅	精	虞	去	遇	合	三
䯽	以	虞	平	遇	合	三	䯽	定	侯	平	流	開	一	䯽	澄	虞	去	遇	合	三
鯫	清	虞	平	遇	合	三	鯫	從	侯	平	流	開	一	鯫	從	侯	上	流	開	一
殍 〔註21〕	滂	虞	平	遇	合	三	殍	並	脂	上	止	開	重三	殍	並	宵	上	效	開	重三
䯱	並	侯	平	流	開	一	䯱	滂	虞	上	遇	合	三	䯱	滂	侯	上	流	開	一
䫌	溪	之	平	止	開	三	䫌	溪	灰	上	蟹	合	一	䫌	疑	灰	上	蟹	合	一
朏	滂	微	上	止	合	三	朏	滂	咍	上	蟹	開	一	朏	溪	沒	去	臻	合	一
燹 〔註22〕	心	先	上	山	開	四	燹	心	仙	上	山	開	三	燹	曉	脂	去	止	合	重三

〔註19〕葛信益認爲「犫」異讀「昌來切」當爲「昌求切」，當是。葛信益《〈廣韻〉訛奪舉正》，見《〈廣韻〉叢考》，北京師範大學版，1993，頁35。

〔註20〕葛信益認爲「臸」字「又如一也」當爲「又如一反」，屬於異讀。葛信益《〈廣韻〉訛奪舉正》，見《〈廣韻〉叢考》，北京師範大學版，1993，頁48。

〔註21〕殍，《廣韻》「餓死」義屬幫虞、並宵二聲。

〔註22〕燹，《廣韻》「火」義屬心先、曉脂二聲。

奼〔註23〕	徹	麻	上	假	開	二	奼	端	模	去	遇	合	一	奼	知	麻	去	假	開	二
搏	幫	虞	去	遇	合	三	搏	滂	鐸	入	宕	開	一	搏	幫	鐸	入	宕	開	一
斁	定	模	去	遇	合	一	斁	端	模	去	遇	合	一	斁	以	昔	入	梗	開	三
蚚	群	微	平	止	開	三	蚚	匣	灰	去	蟹	合	一	蚚	心	錫	入	梗	開	四
茷	幫	泰	去	蟹	開	一	茷	並	廢	去	蟹	合	三	茷	並	月	入	山	合	三
涑〔註24〕	溪	侯	平	流	開	一	涑	心	屋	入	通	合	一	涑	心	燭	入	通	合	三
𧼮	滂	虞	去	遇	合	三	𧼮	滂	侯	去	流	開	一	𧼮	並	德	入	曾	開	一

二、聲、韻、等不同

潼〔註25〕	定	東	平	通	合	一	潼	透	東	平	通	合	一	潼	昌	鍾	平	通	合	三
跲	見	洽	入	咸	開	二	跲	見	業	入	咸	開	三	跲	群	業	入	咸	開	三
浹	匣	帖	入	咸	開	四	浹	精	帖	入	咸	開	四	浹	匣	狎	入	咸	開	二
潨	章	東	平	通	合	三	潨	從	東	平	通	合	一	潨	從	冬	平	通	合	一
齎	精	齊	平	蟹	開	四	齎	莊	皆	平	蟹	開	二	齎	從	齊	平	蟹	開	四
齌	從	齊	平	蟹	開	四	齌	崇	皆	平	蟹	開	二	齌	精	齊	平	蟹	開	四
貆	曉	元	平	山	合	三	貆	匣	桓	平	山	合	一	貆	曉	桓	平	山	合	一
靬	見	山	平	山	開	二	靬〔註26〕	見	元	平	山	開	三	靬	溪	寒	平	山	開	一
壥	崇	山	平	山	開	二	壥	從	山	平	山	開	二	壥	崇	仙	平	山	開	三
焉	影	元	平	山	開	三	焉	影	仙	平	山	開	重三	焉	云	仙	平	山	開	三
猇	匣	肴	平	效	開	二	猇	曉	肴	平	效	開	二	猇	澄	支	平	止	開	三
棷〔註27〕	莊	尤	平	流	開	三	棷	精	侯	平	流	開	一	棷	莊	侯	平	流	開	一
妗	昌	鹽	平	咸	開	三	妗	曉	添	平	咸	開	四	妗	曉	咸	平	咸	開	二
髀	幫	支	上	止	開	重四	髀	幫	脂	上	止	開	重四	髀	並	齊	上	蟹	開	四
疕	滂	支	上	止	開	重三	疕	幫	脂	上	止	開	重四	疕	滂	脂	上	止	開	重三
懘	定	齊	去	蟹	開	四	懘	徹	祭	去	蟹	開	三	懘	徹	夬	去	蟹	開	二

〔註23〕奼，《廣韻》「美女」義屬知麻、端模二聲。

〔註24〕涑，《廣韻》水名義屬心屋、心燭二聲。

〔註25〕潼，《廣韻》「水名，出廣漢郡，亦關名」，在此義項上屬「異音同義」。

〔註26〕靬，《廣韻》「干革」義上屬見元、溪寒二聲，「弓衣」義上屬溪寒、匣寒二聲。

〔註27〕棷，《廣韻》「薪也」義屬莊尤、精侯、莊侯、心侯四聲。

忕	禪	祭	去	蟹	開	三	忕	透	泰	去	蟹	開	一	忕	定	泰	去	蟹	開	一
斸	定	屋	入	通	合	一	斸	章	燭	入	通	合	三	斸	禪	燭	入	通	合	三
谷〔註 28〕	見	屋	入	通	合	一	谷	來	屋	入	通	合	一	谷	以	燭	入	通	合	三
碡	定	屋	入	通	合	一	碡	澄	屋	入	通	合	三	碡	定	沃	入	通	合	一
鵽	端	末	入	山	合	一	鵽	知	黠	入	山	合	二	鵽	知	鎋	入	山	合	二
箑	精	葉	入	咸	開	三	箑	生	洽	入	咸	開	二	箑	生	狎	入	咸	開	二

三、聲、調不同

曈	定	東	平	通	合	一	曈	透	東	平	通	合	一	曈	透	東	上	通	合	一
觭	溪	支	平	止	開	重三	觭	見	支	平	止	開	重三	觭	見	支	上	止	開	重三
傂	心	支	平	止	開	三	傂	澄	支	平	止	開	三	傂	澄	支	上	止	開	三
寙	日	魚	平	遇	合	三	寙	日	魚	上	遇	合	三	寙	影	魚	去	遇	合	三
椐	見	魚	平	遇	合	三	椐	溪	魚	平	遇	合	三	椐	見	魚	去	遇	合	三
迂	云	虞	平	遇	合	三	迂	影	虞	平	遇	合	三	迂	影	虞	上	遇	合	三
簠	幫	虞	平	遇	合	三	簠	幫	虞	上	遇	合	三	簠	滂	虞	去	遇	合	三
酤〔註 29〕	見	模	平	遇	合	一	酤	匣	模	上	遇	合	一	酤	見	模	去	遇	合	一
阠	生	眞	平	臻	開	三	阠	心	眞	去	臻	開	三	阠	書	眞	去	臻	開	三
滇〔註 30〕	定	先	平	山	開	四	滇	端	先	平	山	開	四	滇	透	先	去	山	開	四
邅	知	仙	平	山	開	三	邅	澄	仙	上	山	開	三	邅	澄	仙	去	山	開	三
越〔註 31〕	透	蕭	平	效	開	四	越	定	蕭	平	效	開	四	越	透	蕭	去	效	開	四
醮	從	宵	平	效	開	三	醮	精	宵	平	效	開	三	醮	精	宵	去	效	開	三
嬌〔註 32〕	見	宵	平	效	開	重三	嬌	群	宵	平	效	開	重三	嬌	見	宵	上	效	開	重三
詨〔註 33〕	見	肴	平	效	開	二	詨	匣	肴	去	效	開	二	詨	曉	肴	去	效	開	二
袉〔註 34〕	定	歌	平	果	開	一	袉	定	歌	上	果	開	一	袉	透	歌	上	果	開	一

〔註 28〕谷，《廣韻》「山谷」義屬見屋、以燭二聲。

〔註 29〕酤，《廣韻》「賣也」義上屬見模平去二調。

〔註 30〕滇，《廣韻》「大水皃」義屬定先、透先二聲。

〔註 31〕越，《廣韻》「雀行」義屬透蕭、定蕭二聲。

〔註 32〕嬌，《廣韻》「女字」義屬見宵平去二聲。

〔註 33〕詨，《廣韻》「嘐叫」義屬匣肴、曉肴二聲。

踼	定	唐	平	宕	開	一	踼	透	唐	平	宕	開	一	踼	定	唐	去	宕	開	一
炕〔註35〕	曉	唐	平	宕	開	一	炕	溪	唐	上	宕	開	一	炕	溪	唐	去	宕	開	一
婧〔註36〕	精	清	平	梗	開	三	婧	從	清	上	梗	開	三	婧	從	清	去	梗	開	三
倗〔註37〕	並	登	平	曾	開	一	倗	滂	登	上	曾	開	一	倗	滂	登	去	曾	開	一
紑	滂	尤	平	流	開	三	紑	幫	尤	平	流	開	三	紑	滂	尤	上	流	開	三
棸	莊	尤	平	流	開	三	棸	澄	尤	平	流	開	三	棸	澄	尤	上	流	開	三
䳄	明	幽	平	流	開	三	䳄	群	幽	平	流	開	三	䳄	來	幽	去	流	開	三
蟉	群	幽	平	流	開	三	蟉	來	幽	平	流	開	三	蟉	群	幽	上	流	開	三
㑴	日	侵	平	深	開	三	㑴	娘	侵	平	深	開	三	㑴	日	侵	去	深	開	三
梫	精	侵	平	深	開	三	梫	初	侵	平	深	開	三	梫	清	侵	上	深	開	三
眈〔註38〕	定	覃	平	咸	開	一	眈	端	覃	平	咸	開	一	眈	端	覃	上	咸	開	一
杝	以	支	平	止	開	三	杝	澄	支	上	止	開	三	杝	徹	支	上	止	開	三
蜰〔註39〕	並	微	平	止	合	三	蜰	幫	微	上	止	合	三	蜰	並	微	去	止	合	三
戽	曉	模	上	遇	合	一	戽	匣	模	上	遇	合	一	戽	曉	模	去	遇	合	一
載〔註40〕	精	咍	上	蟹	開	一	載	精	咍	去	蟹	開	一	載	從	咍	去	蟹	開	一
睔	匣	魂	上	臻	合	一	睔	來	魂	上	臻	合	一	睔	見	魂	去	臻	合	一
觛	端	寒	上	山	開	一	觛	定	寒	上	山	開	一	觛	端	寒	去	山	開	一
梡〔註41〕	匣	桓	平	山	合	一	梡	匣	桓	上	山	合	一	梡	溪	桓	上	山	合	一
斷	端	桓	上	山	合	一	斷	定	桓	上	山	合	一	斷	端	桓	去	山	合	一
燀	昌	仙	平	山	開	三	燀	章	仙	上	山	開	三	燀	昌	仙	上	山	開	三
彊〔註42〕	群	陽	平	宕	開	三	彊	群	陽	上	宕	開	三	彊	見	陽	去	宕	開	三

〔註34〕袉，《廣韻》「裾也」義屬定歌平上二聲。

〔註35〕炕，《廣韻》「炙肱」義屬曉唐、溪唐二聲。

〔註36〕婧，《廣韻》「竦立」義屬精清、從清二聲。

〔註37〕倗，《廣韻》「輔也」義屬並登平去二聲。

〔註38〕眈，《廣韻》「視近而志遠」義屬定覃、端覃二聲。

〔註39〕蜰，《廣韻》「負盤蟲」義屬並微、幫微二聲。

〔註40〕載，《廣韻》「年也」義屬精咍去上二聲。

〔註41〕梡，《廣韻》「木名」義屬匣桓平上二聲。

〔註42〕彊，《廣韻》「強有力」義屬群陽平上二聲。

爌	曉	唐	上	宕	合	一	爌	溪	唐	上	宕	合	一	爌	溪	唐	去	宕	合	一
僸〔註 43〕	見	侵	平	深	開	重三	僸	疑	侵	上	深	開	重三	僸	見	侵	去	深	開	重三
輢	影	支	上	止	開	重三	輢	群	支	去	止	開	重三	輢	影	支	去	止	開	重三
掎〔註 44〕	見	支	平	止	開	重三	掎	見	支	上	止	開	重三	掎	溪	支	去	止	開	重三
⿸疒除〔註 45〕	澄	魚	平	遇	合	三	⿸疒除	澄	魚	去	遇	合	三	⿸疒除	徹	魚	去	遇	合	三
覭	幫	眞	平	臻	開	重四	覭	幫	眞	去	臻	開	重四	覭	滂	眞	去	臻	開	重四
攤	透	寒	平	山	開	一	攤	泥	寒	上	山	開	一	攤	泥	寒	去	山	開	一
蜆〔註 46〕	匣	先	上	山	開	四	蜆	曉	先	上	山	開	四	蜆	溪	先	去	山	開	四
卲	禪	宵	平	效	開	三	卲	章	宵	去	效	開	三	卲	禪	宵	去	效	開	三
猶〔註 47〕	以	尤	平	流	開	三	猶	見	尤	去	流	開	三	猶	以	尤	去	流	開	三
蜏	以	尤	上	流	開	三	蜏	心	尤	去	流	開	三	蜏	以	尤	去	流	開	三

四、聲、韻、攝、開合、等不同

橦〔註 48〕	定	東	平	通	合	一	橦	澄	江	平	江	開	二	橦	章	鍾	平	通	合	三
⿰山兒	來	東	平	通	合	一	⿰山兒	疑	東	平	通	合	一	⿰山兒	疑	江	平	江	開	二
獶	泥	冬	平	通	合	一	獶	娘	肴	平	效	合	二	獶	泥	豪	平	效	開	一
誰	以	脂	平	止	合	三	誰	禪	脂	平	止	合	三	誰	清	侯	平	流	開	一
艽〔註 49〕	群	脂	平	止	合	重三	艽	群	尤	平	流	開	三	艽	見	肴	平	效	開	三
⿺尢而〔註 50〕	日	之	平	止	開	三	⿺尢而	匣	桓	平	山	合	一	⿺尢而	泥	戈	平	果	合	一
陬	精	虞	平	遇	合	三	陬	莊	尤	平	流	開	三	陬	精	侯	平	流	開	一

〔註 43〕僸，《廣韻》「仰頭皃」義屬見侵、疑侵二聲。

〔註 44〕掎，《廣韻》跛角義屬見支上、溪支二聲。

〔註 45〕⿸疒除，《廣韻》「痴⿸疒除不達」義屬澄魚、徹魚二聲。

〔註 46〕蜆，《廣韻》「小黑蟲」義屬匣先、溪先三聲。

〔註 47〕猶，《廣韻》「獸似麂」義屬見尤、以尤二聲。

〔註 48〕橦，在《廣韻》「木名」義項上屬‘異音同義’。

〔註 49〕艽，《廣韻》「遠荒之地」義分屬群母脂尤二韻。

〔註 50〕⿺尢而，《廣韻》「丸熟」義上分屬日之、泥戈二音。

跧	莊	刪	平	山	開	二	跧	精	諄	平	臻	合	三	跧	莊	仙	平	山	合	三
荼	定	模	平	遇	合	一	荼	船	麻	平	假	開	三	荼	澄	麻	平	假	開	二
鱸	莊	魚	平	遇	合	三	鱸	崇	麻	平	假	開	二	鱸	莊	麻	平	假	開	二
鷽	影	沃	入	通	合	一	鷽	疑	覺	入	江	開	二	鷽	匣	覺	入	江	開	二
翯	匣	沃	入	通	合	一	翯	匣	覺	入	江	開	二	翯	曉	覺	入	江	開	二
猲〔註51〕	曉	月	入	山	開	三	猲	曉	曷	入	山	開	一	猲	溪	乏	入	咸	合	三

五、聲、韻不同

篕	溪	東	平	通	合	三	篕	群	鍾	平	通	合	三	篕	溪	鍾	平	通	合	三
纚〔註52〕	書	支	平	止	開	三	纚	心	支	平	止	開	三	纚	昌	支	平	止	開	三
殸〔註53〕	章	眞	平	臻	開	三	殸	禪	眞	平	臻	開	三	殸	章	臻	平	臻	開	三
磿	溪	覃	平	咸	開	一	磿	見	談	平	咸	開	一	磿	匣	談	平	咸	開	一
豎	溪	之	去	止	開	三	豎	溪	微	去	止	開	三	豎	曉	微	去	止	開	三
穧	精	齊	去	蟹	開	四	穧	從	齊	去	蟹	開	四	穧	精	祭	去	蟹	開	三
譪	曉	皆	去	蟹	開	二	譪	明	夬	去	蟹	開	二	譪	曉	夬	去	蟹	開	二
黬	影	屋	入	通	合	三	黬	云	職	入	曾	合	三	黬	曉	職	入	曾	合	三

六、韻、開合、等不同

釭〔註54〕	見	東	平	通	合	一	釭	見	冬	平	通	合	一	釭	見	江	平	江	開	二

七、韻、調、攝、開合不同

霿〔註55〕	明	東	平	通	合	一	霿	明	東	去	通	合	一	霿	明	候	去	流	開	一
釃	生	支	平	止	開	三	釃	生	魚	平	遇	合	三	釃	生	支	上	止	開	三
醵	群	魚	平	遇	合	三	醵	群	魚	去	遇	合	三	醵	群	藥	入	宕	開	三
舀〔註56〕	以	虞	平	遇	合	三	舀	以	尤	平	流	開	三	舀	以	宵	上	效	開	三

〔註51〕猲，《廣韻》「恐」義屬曉曷、溪乏二聲。

〔註52〕纚，《廣韻》「粗緒」義分屬書昌二母。

〔註53〕殸，《廣韻》「擊也」義屬章眞、禪眞二聲。

〔註54〕釭，《廣韻》「燈也」，分屬冬江韻。

〔註55〕霿，《廣韻》「天氣下地不應」，分屬東冬去聲韻。

〔註56〕舀，《廣韻》「曰也」義上分屬宵尤二韻。

勠	來	尤	平	流	開	三	勠	來	尤	去	流	開	三	勠	來	屋	入	通	合	三
縙	心	鍾	上	通	合	三	縙	心	虞	上	遇	合	三	縙	心	尤	上	流	開	三
婄	並	灰	平	蟹	合	一	婄	並	侯	上	流	開	一	婄	滂	侯	上	流	開	一
隶	來	脂	去	止	合	三	隶	來	脂	去	止	開	三	隶	來	緝	入	深	開	三
瑁〔註57〕	明	灰	去	蟹	合	一	瑁	明	豪	去	效	開	一	瑁	明	沃	入	通	合	一
懊〔註58〕	影	豪	上	效	開	一	懊	影	豪	去	效	開	一	懊	影	屋	入	通	合	三
作〔註59〕	精	模	去	遇	合	一	作	精	歌	去	果	開	一	作	精	鐸	入	宕	開	一
呿〔註60〕	溪	戈	平	果	開	三	呿	溪	魚	去	遇	合	三	呿	溪	業	入	咸	開	三

八、聲、韻、調不同

檧	心	東	平	通	合	一	檧	心	東	上	通	合	一	檧	定	冬	平	通	合	一
噋	匣	冬	平	通	合	一	噋	定	東	去	通	合	一	噋	匣	冬	去	通	合	一
偵	徹	清	平	梗	開	三	偵	知	庚	去	梗	開	三	偵	徹	清	去	梗	開	三
枏	日	鹽	平	咸	開	三	枏	泥	覃	平	咸	開	三	枏	日	鹽	上	咸	開	三
顩	疑	咸	平	咸	開	二	顩	疑	咸	上	咸	開	二	顩	溪	銜	上	咸	開	二

九、聲、韻、調、等不同

凇	邪	鍾	平	通	合	三	凇	心	鍾	平	通	合	三	凇	心	送	去	通	合	一
苴〔註61〕	清	魚	平	遇	合	三	苴	精	模	平	遇	合	一	苴	精	模	上	遇	合	一
膴〔註62〕	明	虞	平	遇	合	三	膴	曉	模	平	遇	合	一	膴	明	虞	上	遇	合	三
珢	疑	眞	平	臻	開	重三	珢	見	痕	平	臻	開	一	珢	見	痕	去	臻	開	一
豻	溪	刪	平	山	開	二	豻	疑	寒	平	山	開	一	豻	匣	寒	去	山	開	一
莞	匣	桓	平	山	合	一	莞	見	桓	平	山	合	一	莞	匣	山	上	山	合	二
婠	影	桓	平	山	合	一	婠	見	桓	去	山	合	一	婠	影	匣	入	山	合	二

〔註57〕瑁，《廣韻》「瑇瑁」義屬明灰、明沃二聲。

〔註58〕懊，《廣韻》懊悔義屬影豪上、去二聲。

〔註59〕作，《廣韻》「造也」義屬精模、精歌二聲。

〔註60〕呿，《廣韻》「臥聲」屬溪魚、溪業二聲。

〔註61〕苴，《廣韻》「茅藉」義上分屬精模平上二音。

〔註62〕膴，《廣韻》「無骨腊」義上分屬明虞、曉模二聲。

萹	幫	先	平	山	開	四	萹	滂	仙	平	山	開	重四	萹	幫	先	上	山	開	四
澶〔註63〕	禪	仙	平	山	開	三	澶	澄	仙	平	山	開	三	澶	定	寒	去	山	開	一
朓〔註64〕	透	蕭	平	效	開	四	朓	透	蕭	上	效	開	四	朓	徹	宵	去	效	開	三
銚	透	蕭	平	效	開	四	銚	以	宵	平	效	開	三	銚	定	蕭	去	效	開	四
瞀〔註65〕	以	清	平	梗	合	三	瞀	匣	青	平	梗	合	四	瞀	影	庚	上	梗	合	二
㡇	端	添	平	咸	開	四	㡇	知	葉	入	咸	開	三	㡇	透	帖	入	咸	開	四
貼	端	添	平	咸	開	四	貼	知	鹽	去	咸	開	三	貼	端	添	去	咸	開	四
仳〔註66〕	幫	脂	平	止	開	重四	仳	滂	支	上	止	開	重四	仳	並	脂	上	止	開	重三
堇〔註67〕	群	眞	平	臻	開	重三	堇	群	欣	平	臻	開	三	堇	見	欣	上	臻	開	三
㡒	澄	諄	平	臻	合	三	㡒	知	諄	平	臻	合	三	㡒	端	魂	上	臻	合	一
䠷	定	豪	平	效	開	一	䠷	澄	宵	上	效	開	三	䠷	定	豪	上	效	開	一
併	幫	清	上	梗	開	三	併	並	青	上	梗	開	四	併	幫	清	去	梗	開	三
撣〔註68〕	定	寒	平	山	開	一	撣	禪	仙	平	山	開	三	撣	定	寒	去	山	開	一
湯〔註69〕	書	陽	平	宕	開	三	湯	透	唐	平	宕	開	一	湯	透	唐	去	宕	開	一
譀	曉	銜	去	咸	開	二	譀	匣	談	去	咸	開	一	譀	曉	狎	入	咸	開	二

十、韻、調、攝、開合、等不同

悾	溪	東	平	通	合	一	悾	溪	江	平	江	開	二	悾	溪	東	去	通	合	一
衙〔註70〕	疑	魚	平	遇	合	三	衙	疑	麻	平	假	開	二	衙	疑	魚	上	遇	合	三
不	幫	尤	平	流	開	三	不	幫	尤	上	流	開	三	不	幫	物	入	臻	合	三
蔞	來	虞	平	遇	合	三	蔞	來	侯	平	流	開	一	蔞	來	虞	上	遇	合	三

〔註63〕澶，《廣韻》「澶淵」義屬禪仙、澄仙二聲。

〔註64〕朓，《廣韻》「月出西方」義上屬透蕭平上二聲。

〔註65〕瞀，《廣韻》「惑也」義屬以清、匣青二聲。

〔註66〕仳，《廣韻》「離」義屬滂支、並脂二聲。

〔註67〕堇，《廣韻》「黏土」義屬群眞、群欣二聲。

〔註68〕撣，《廣韻》「觸也」義屬定寒平去二聲。

〔註69〕湯，《廣韻》熱水義屬透唐平去二聲。

〔註70〕衙，《廣韻》「衙衙行皃」義上分屬疑魚平上二音。

僂	來	侯	平	流	開	一	僂	來	虞	上	遇	合	三	僂	來	侯	去	流	開	一
䐿〔註71〕	影	豪	上	效	開	一	䐿	影	豪	去	效	開	一	䐿	影	屋	入	通	合	三
燠	影	豪	上	效	開	一	燠	影	豪	去	效	開	一	燠	影	屋	入	通	合	三
謱	來	侯	平	流	開	一	謱	來	虞	上	遇	合	三	謱	來	侯	上	流	開	一

十一、聲、韻、調、攝、等不同

扵	澄	江	平	江	開	二	扵	知	蒸	平	曾	開	三	扵	徹	獮	上	山	開	三
栘〔註72〕	以	支	平	止	開	三	栘	禪	齊	平	蟹	開	四	栘	以	支	上	止	開	三
鬌	澄	支	平	止	合	三	鬌	端	戈	上	果	合	一	鬌	定	戈	上	果	合	一
欐〔註73〕	生	支	平	止	開	三	欐	來	齊	上	蟹	開	四	欐	來	齊	去	蟹	開	四
惢	精	支	平	止	合	三	惢	從	支	上	止	合	三	惢	心	戈	上	果	合	一
槜	精	脂	平	止	合	三	槜	從	灰	平	蟹	合	一	槜	精	脂	去	止	合	三
陾	日	之	平	止	開	三	陾	日	蒸	平	曾	開	三	陾	泥	侯	上	流	開	一
媞	定	齊	平	蟹	開	四	媞	禪	支	上	止	開	三	媞	定	齊	上	蟹	開	四
褆	定	齊	平	蟹	開	四	褆	禪	支	上	止	開	三	褆	澄	支	上	止	開	三
呰〔註74〕	精	齊	平	蟹	開	四	呰	精	支	上	止	開	三	呰	從	齊	上	蟹	開	四
纔〔註75〕	從	咍	平	蟹	開	一	纔	生	銜	平	咸	開	二	纔	從	咍	去	蟹	開	一
捘	清	諄	平	臻	合	三	捘	精	灰	去	蟹	合	一	捘	精	魂	去	臻	合	一
俓〔註76〕	疑	先	平	山	開	四	俓	疑	庚	平	梗	開	二	俓	見	青	去	梗	開	四
鄗	溪	肴	平	效	開	二	鄗	匣	豪	上	效	開	一	鄗	曉	鐸	入	宕	開	一
瘥〔註77〕	從	歌	平	果	開	一	瘥	精	麻	平	假	開	三	瘥	初	佳	去	蟹	開	二
溠〔註78〕	清	歌	平	果	開	一	溠	莊	麻	平	假	開	二	溠	莊	麻	去	假	開	二

〔註71〕**䐿**，《廣韻》「藏肉」義屬影豪上去二聲，「烏胃」義屬影豪、影屋二聲。

〔註72〕栘，《廣韻》「棠栘木也」，分屬禪齊、以支二音。

〔註73〕欐，《廣韻》「梁棟」義上分屬生支、來齊二聲。

〔註74〕呰，《廣韻》「弱也」義上分屬精從二母。

〔註75〕纔，《廣韻》「僅也」義屬從咍平去二聲。

〔註76〕俓，《廣韻》「急也」義屬疑先、疑耕二聲。

〔註77〕瘥，《廣韻》「病也」義屬從歌、精麻二聲。

〔註78〕溠，《廣韻》「水名」義屬清歌、莊麻二聲。

鐼	溪	侵	平	深	開	重三	鐼	溪	侵	上	深	開	重四	鐼	疑	覃	上	咸	開	一
厰	疑	侵	平	深	開	重三	厰	透	談	上	咸	開	一	厰	溪	談	上	咸	開	一
坻	澄	脂	平	止	開	三	坻	章	支	上	止	開	三	坻	端	齊	上	蟹	開	四
薙	邪	脂	上	止	開	三	薙	澄	脂	上	止	開	三	薙	透	齊	去	蟹	開	四
箈	見	咍	平	蟹	開	一	箈	心	之	上	止	開	三	箈	定	咍	上	蟹	開	一
蘼	幫	支	上	止	開	重四	蘼	並	齊	上	蟹	開	四	蘼	幫	脂	去	止	開	重四
錞〔註79〕	禪	諄	平	臻	合	三	錞	定	灰	上	蟹	合	一	錞	定	灰	去	蟹	合	一
煇〔註80〕	曉	微	平	止	合	三	煇	匣	魂	平	臻	合	一	煇	匣	魂	上	臻	合	一
愞	日	仙	上	山	合	三	愞	泥	桓	去	山	合	一	愞	泥	戈	去	果	合	一
葰〔註81〕	心	脂	平	止	合	三	葰	心	戈	上	果	合	一	葰	生	麻	上	假	合	二
蘳	曉	支	平	止	合	重四	蘳	邪	麻	上	假	合	二	蘳	匣	皆	去	蟹	合	二
瑒	以	陽	平	宕	開	三	瑒	定	庚	上	梗	開	二	瑒	徹	陽	去	宕	開	三
畀	溪	庚	上	梗	合	二	畀	見	青	上	梗	合	四	畀	見	虞	去	遇	合	三
魿	從	侵	平	深	開	三	魿	書	侵	上	深	開	三	魿	從	覃	上	咸	開	一
呰	崇	佳	平	蟹	開	二	呰	群	支	去	止	開	重三	呰	從	支	去	止	開	三
瘛	匣	齊	去	蟹	開	四	瘛	昌	祭	去	蟹	開	三	瘛	昌	薛	入	山	開	三
祱〔註82〕	書	祭	去	蟹	合	三	祱	透	泰	去	蟹	合	一	祱	透	末	入	山	合	一
謑〔註83〕	匣	齊	上	蟹	開	四	謑	曉	佳	去	蟹	開	二	謑	曉	麻	去	假	開	二
曬	徹	支	平	止	開	三	曬	生	支	去	止	開	三	曬	生	佳	去	蟹	開	二
瑱	定	先	平	山	開	四	瑱	知	真	去	臻	開	三	瑱	透	先	去	山	開	四
堧〔註84〕	日	仙	平	山	合	三	堧	日	仙	上	山	合	三	堧	泥	戈	去	果	合	一
誩	群	陽	上	宕	開	三	誩	群	庚	去	梗	開	三	誩	透	覃	去	咸	開	一

〔註79〕錞，《廣韻》「矛戟下銅鐏」義屬定灰上去二聲。

〔註80〕煇，《廣韻》「光也」屬匣魂、曉微二聲。

〔註81〕葰，《廣韻》「葰人縣名」義屬生麻、心戈二聲。

〔註82〕祱，《廣韻》「送死衣」義屬書祭、透泰二聲。

〔註83〕謑，《廣韻》「怒言」義屬曉佳、曉麻二聲。

〔註84〕堧，《廣韻》「江河邊地」屬日仙平上二聲。

泌〔註85〕	幫	脂	去	止	開	重三	泌	並	質	入	臻	開	重四	泌	幫	質	入	臻	開	重三
噦〔註86〕	曉	泰	去	蟹	合	一	噦	影	月	入	山	合	三	噦	影	薛	入	山	合	重三
齴	見	先	平	山	開	四	齴	疑	薛	入	山	開	重三	齴	端	帖	入	咸	開	四
[石育]	疑	眞	上	臻	開	重三	[石育]	昌	藥	入	宕	開	三	[石育]	疑	藥	入	宕	開	三
埻	章	諄	上	臻	合	三	埻	見	鐸	入	宕	合	一	埻	見	麥	入	梗	合	二
皛〔註87〕	匣	蕭	上	效	開	四	皛	明	陌	入	梗	開	二	皛	滂	陌	入	梗	開	二

十二、聲、韻、攝、等不同

禔	章	支	平	止	開	三	禔	禪	支	平	止	開	三	禔	定	齊	平	蟹	開	四
捼	日	脂	平	止	合	三	捼	泥	灰	平	蟹	合	一	捼	泥	戈	平	果	合	一
圻〔註88〕	群	微	平	止	開	三	圻	疑	欣	平	臻	開	三	圻	疑	痕	平	臻	開	一
謕〔註89〕	心	支	平	止	開	三	鯷	透	齊	平	蟹	開	四	鯷	定	齊	平	蟹	開	四
臡	泥	齊	平	蟹	開	四	臡	日	齊	平	蟹	開	四	臡	泥	歌	平	果	開	一
虨	幫	山	平	山	開	二	虨	幫	眞	平	臻	開	重三	虨	滂	眞	平	臻	開	重三
窀〔註90〕	澄	山	平	山	合	二	窀	知	諄	平	臻	合	三	窀	定	魂	平	臻	合	一
驒	端	先	平	山	開	四	驒	定	寒	平	山	開	一	驒	定	歌	平	果	開	一
[金孱]	崇	山	平	山	開	二	[金孱]	莊	眞	平	臻	開	三	[金孱]	崇	仙	平	山	開	三
嬛	曉	仙	平	山	合	重三	嬛	影	仙	平	山	合	重四	嬛	群	清	平	梗	合	三
髟	幫	宵	平	效	開	重四	髟	幫	幽	平	流	開	三	髟	生	銜	平	咸	開	二
蒫	精	脂	平	止	開	三	蒫	從	歌	平	果	開	一	蒫	精	麻	平	假	開	三

〔註85〕泌，《廣韻》水流義屬並質、幫質二聲。

〔註86〕噦，《廣韻》逆氣義屬影月、影薛二聲。

〔註87〕皛，《廣韻》「明也」義屬匣蕭、明陌二聲。

〔註88〕圻，《廣韻》「岸也」義上分屬欣、痕二韻。

〔註89〕鯷，《廣韻》「轉語」義上分屬定透二母。

〔註90〕窀，《廣韻》「穴中見火」義屬澄山、定魂二聲。

騯	並	唐	平	宕	開	一	騯	幫	庚	平	梗	開	二	騯	並	庚	平	梗	開	二
犙〔註91〕	生	尤	平	流	開	三	犙	生	幽	平	流	開	三	犙	心	覃	平	咸	開	一
鐔	邪	侵	平	深	開	三	鐔	以	侵	平	深	開	三	鐔	定	覃	平	咸	開	一
嬜	曉	侵	平	深	開	重三	嬜	影	覃	平	咸	開	一	嬜	曉	談	平	咸	開	一
痞	幫	脂	上	止	開	重三	痞	並	脂	上	止	開	重三	痞	幫	尤	上	流	開	三
鰖	以	脂	上	止	合	三	鰖	定	戈	上	果	合	一	鰖	透	戈	上	果	合	一
歂〔註92〕	初	支	上	止	合	三	歂	昌	仙	上	山	合	三	歂	端	戈	上	果	合	
汛	生	佳	去	蟹	開	二	汛	心	眞	去	臻	開	三	汛	心	先	去	山	開	四
鵽	定	魂	去	臻	合	一	鵽	透	桓	去	山	合	一	鵽	徹	仙	去	山	合	三
咭〔註93〕	曉	質	入	臻	開	重四	咭	群	質	入	臻	開	重三	咭	溪	黠	入	山	開	二
蛭〔註94〕	端	質	入	臻	開	三	蛭	章	質	入	臻	開	三	蛭	端	屑	入	山	開	四
鱊	船	術	入	臻	合	二	鱊	以	術	入	臻	合	三	鱊	見	黠	入	山	合	二
鶻	見	沒	入	臻	合	一	鶻	匣	沒	入	臻	合	一	鶻	匣	黠	入	山	合	二
棁	透	沒	入	臻	合	一	棁	透	末	入	山	合	一	棁	章	薛	入	山	合	三
苶	泥	屑	入	山	開	四	苶	日	薛	入	山	開	三	苶	泥	帖	入	咸	開	四
馲	來	鐸	入	宕	開	一	馲	透	鐸	入	宕	開	一	馲	知	陌	入	梗	開	二
索〔註95〕	心	鐸	入	宕	開	一	索	生	陌	入	梗	開	二	索	生	麥	入	梗	開	二
溹〔註96〕	心	鐸	入	宕	開	一	溹	生	陌	入	梗	開	二	溹	生	麥	入	梗	開	二
郝	曉	鐸	入	宕	開	一	郝	書	昔	入	梗	開	三	郝	昌	昔	入	梗	開	三
筴〔註97〕	初	麥	入	梗	開	二	筴	見	帖	入	咸	開	四	筴	見	洽	入	咸	開	二
褶	禪	緝	入	深	開	三	褶	邪	緝	入	深	開	三	褶	定	帖	入	咸	開	四

〔註91〕犙，《廣韻》「牛三歲」義屬生幽、生尤二聲。

〔註92〕歂，《廣韻》「試也」義屬初支、端戈二聲。

〔註93〕咭，《廣韻》「笑」義屬曉質、群質二聲。

〔註94〕蛭，《廣韻》水蛭義屬章質、端屑二聲。

〔註95〕索，《廣韻》「同索」屬生陌、生麥二聲。

〔註96〕溹，《廣韻》水名義屬心鐸、生陌二聲。

〔註97〕筴，《廣韻》「箸」義屬見帖、見洽二聲。

十三、聲、調、等不同

罷	並	支	平	止	開	重三	罷	並	支	上	止	開	重三	罷	並	佳	上	蟹	開	二
惢	精	支	平	止	合	三	惢	從	支	上	止	合	三	惢	心	戈	上	果	合	一
嵔	影	微	平	止	合	三	嵔	影	微	上	止	合	三	嵔	影	灰	上	蟹	合	一
儽	來	脂	平	止	合	三	儽	來	灰	上	蟹	合	一	儽	來	灰	去	蟹	合	一
鷤〔註98〕	定	齊	平	蟹	開	四	鷤	定	寒	平	山	開	一	鷤	定	齊	去	蟹	開	四
虺	曉	皆	平	蟹	合	二	虺	曉	灰	平	蟹	合	一	虺	曉	微	上	止	合	三
轔	來	眞	平	臻	開	三	轔	來	青	平	梗	開	四	轔	來	眞	去	臻	開	三
蟼	見	麻	平	假	開	二	蟼	見	庚	平	梗	開	三	蟼	見	庚	上	梗	開	三
瞪	澄	耕	平	梗	開	二	瞪	澄	蒸	平	曾	開	三	瞪	澄	蒸	去	曾	開	三
疝	見	尤	平	流	開	三	疝	見	幽	平	流	開	三	疝	見	肴	上	效	開	二
喑	影	侵	平	深	開	重三	喑	影	覃	平	咸	開	一	喑	影	侵	去	深	開	重三
劙	來	支	平	止	開	三	劙	來	齊	上	蟹	開	四	劙	來	齊	去	蟹	開	四
顲〔註99〕	來	侵	上	深	開	三	顲	來	覃	上	咸	開	一	顲	來	覃	去	咸	開	一
瓃	來	脂	平	止	合	三	瓃	來	灰	平	蟹	合	一	瓃	來	脂	去	止	合	三
糲	來	祭	去	蟹	開	三	糲	來	泰	去	蟹	開	一	糲	來	曷	入	山	開	一
訐	見	祭	去	蟹	開	重三	訐	見	月	入	山	開	三	訐	見	薛	入	山	開	重四
爆〔註100〕	幫	肴	去	效	開	二	爆	幫	覺	入	江	開	二	爆	幫	鐸	入	宕	開	一

十四、韻、調、攝、等不同

汥	章	支	平	止	開	三	汥〔註101〕	群	支	平	止	開	重四	汥	群	支	去	止	開	重三
敧〔註102〕	溪	支	平	止	開	重三	敧	見	支	平	止	開	重三	敧	見	支	上	止	開	重三
掎	見	支	平	止	開	重三	掎〔註103〕	見	支	上	止	開	重三	掎	溪	支	去	止	開	重三

〔註98〕鷤，《廣韻》「鷤鳺鳥」義上分屬定齊平去二聲。

〔註99〕顲，《廣韻》面色黃義屬來覃上去二聲。

〔註100〕爆，《廣韻》「火烈」義屬幫肴、幫覺二聲。

〔註101〕汥，《廣韻》「水都」義上分屬章群二母。

〔註102〕敧，《廣韻》三音皆有「持去」義。

〔註103〕掎，《廣韻》「跛也」義上屬見溪二母。

蹻〔註104〕	群	宵	平	效	開	重三	蹻	溪	宵	平	效	開	重四	蹻	見	宵	上	效	開	重三
矊	匣	先	平	山	合	四	矊	曉	先	平	山	合	重四	矊	匣	先	上	山	合	四
担	莊	麻	平	假	開	二	担	邪	麻	上	假	開	三	担	精	麻	上	假	開	三

十五、調、開合不同

觜〔註105〕	精	支	平	止	開	三	觜	精	支	平	止	合	三	觜	精	支	上	止	合	三

十六、韻、調、攝不同

⿱艹寅	以	脂	平	止	開	三	⿱艹寅	以	眞	平	臻	開	三	⿱艹寅	以	仙	上	山	開	三
⿰目辰	徹	脂	平	止	開	三	⿰目辰	徹	眞	平	臻	開	三	⿰目辰	徹	眞	上	臻	開	三
霓	疑	齊	平	蟹	開	四	霓	疑	齊	去	蟹	開	四	霓	疑	屑	入	山	開	四
⿰礻兒	疑	齊	平	蟹	開	四	⿰礻兒	疑	齊	上	蟹	開	四	⿰礻兒	疑	屑	入	山	開	四
輐	影	文	平	臻	合	三	輐	影	元	平	山	合	三	輐	影	文	上	臻	合	三
瞑	明	先	平	山	開	四	瞑	明	青	平	梗	開	四	瞑	明	先	去	山	開	四
顝	溪	灰	平	蟹	合	一	顝	溪	灰	上	蟹	合	一	顝	溪	沒	入	臻	合	一
⿰氵懣	明	魂	上	臻	合	一	⿰氵懣	明	桓	上	山	合	一	⿰氵懣	明	魂	去	臻	合	一
蜓	定	青	平	梗	開	四	蜓	定	先	上	山	開	四	蜓	定	青	上	梗	開	四
啞〔註106〕	影	麻	上	假	開	二	啞	影	麻	去	假	開	二	啞	影	陌	入	梗	開	二
濘	泥	青	上	梗	開	四	濘	泥	齊	去	蟹	開	四	濘	泥	青	去	梗	開	四
鶾	溪	咍	去	蟹	開	一	鶾	溪	寒	去	山	開	一	鶾	溪	曷	入	山	開	一
杷〔註107〕	並	麻	平	假	開	二	杷	並	佳	去	蟹	開	二	杷	並	麻	去	假	開	二
堁	溪	戈	上	果	合	一	堁	溪	灰	去	蟹	合	一	堁	溪	戈	去	果	合	一
詇	影	陽	上	宕	開	三	詇	影	陽	去	宕	開	三	詇	影	庚	去	梗	開	三
零	來	先	平	山	開	四	零	來	清	平	梗	開	四	零	來	清	去	梗	開	四

〔註104〕蹻，《廣韻》「驕慢」義屬群宵、見宵二聲，「舉足」義屬溪宵、群藥二聲。

〔註105〕觜，《廣韻》「星名」義上分屬開合二呼。

〔註106〕啞，《廣韻》「笑聲」義屬影麥、影陌二聲。

〔註107〕杷，《廣韻》「田器」義屬並麻、並佳二聲。

十七、韻、調、等不同

机	見	微	平	止	開	三	机〔註108〕	見	脂	平	止	開	重三	机	見	脂	上	止	開	重三
蘬〔註109〕	溪	脂	平	止	合	重三	蘬	溪	微	平	止	合	三	蘬	溪	脂	上	止	合	重三
齬	疑	魚	平	遇	合	三	齬	疑	模	平	遇	合	一	齬	疑	魚	上	遇	合	三
憮	明	虞	平	遇	合	三	憮	明	虞	上	遇	合	三	憮	明	模	上	遇	合	一
鋪〔註110〕	滂	虞	平	遇	合	三	鋪	滂	模	平	遇	合	一	鋪	滂	模	去	遇	合	一
鄔	影	模	平	遇	合	一	鄔	影	模	上	遇	合	一	鄔	影	魚	去	遇	合	三
論	來	諄	平	臻	合	三	論	來	魂	平	臻	合	一	論	來	魂	去	臻	合	一
蜿	影	元	平	山	合	三	蜿	影	桓	平	山	合	一	蜿	影	元	上	山	合	三
編	幫	先	平	山	開	四	編	幫	仙	平	山	開	重四	編	幫	先	上	山	開	四
鍵	群	仙	平	山	開	重三	鍵	群	元	上	山	開	三	鍵	群	仙	上	山	開	重三
踉	來	陽	平	宕	開	三	踉	來	唐	平	宕	開	一	踉	來	陽	去	宕	開	三
冷	來	青	平	梗	開	四	冷	來	庚	上	梗	開	二	冷	來	青	上	梗	開	四
箄	幫	支	平	止	開	重四	箄	幫	齊	平	蟹	開	四	箄	幫	支	上	止	開	重四
堰	影	元	上	山	開	三	堰	影	元	去	山	開	三	堰	影	仙	去	山	開	重三
圈〔註111〕	群	元	上	山	合	三	圈	群	仙	上	山	合	重三	圈	群	元	去	山	合	三
選	心	桓	上	山	合	一	選	心	仙	上	山	合	三	選	心	仙	去	山	合	三
謊	曉	唐	平	宕	合	一	謊	曉	陽	上	宕	合	三	謊	曉	唐	上	宕	合	一
罨	影	鹽	上	咸	開	重三	罨	影	合	入	咸	開	一	罨	影	葉	入	咸	開	三
湩〔註112〕	端	鍾	上	通	合	三	湩	端	東	去	通	合	一	湩	知	鍾	去	通	合	三
㜳	溪	佳	上	蟹	開	二	㜳	溪	齊	去	蟹	開	四	㜳	溪	佳	去	蟹	開	二
䁥	影	先	上	山	開	四	䁥	影	仙	去	山	開	重三	䁥	影	黠	入	山	開	二
驃	滂	宵	平	效	開	重四	驃	並	宵	去	效	開	重四	驃	幫	宵	去	效	開	重三

〔註108〕机，《廣韻》「木名」義分屬見脂平上聲調。

〔註109〕蘬，《廣韻》「龍古大者」義上分屬平上二調。

〔註110〕鋪，《廣韻》「設也」屬滂模平去二聲。

〔註111〕圈，《廣韻》「獸圈」義屬群元、群仙二聲。

〔註112〕湩，《廣韻》「乳汁」義屬端東、知鍾二聲。

十八、聲不同

軒	云	虞	平	遇	合	三	軒	曉	虞	平	遇	合	三	軒	影	虞	平	遇	合	三
醧〔註113〕	云	虞	平	遇	合	三	醧	曉	虞	平	遇	合	三	醧	影	虞	平	遇	合	三
龥	幫	眞	平	臻	開	重四	龥	滂	眞	平	臻	開	重四	龥	並	眞	平	臻	開	重四
藩〔註114〕	並	元	平	山	合	三	藩	滂	元	平	山	合	三	藩	幫	元	平	山	合	三
鑲	日	陽	平	宕	開	三	鑲	心	陽	平	宕	開	三	鑲	娘	陽	平	宕	開	三
鮋	以	尤	平	流	開	三	鮋	禪	尤	平	流	開	三	鮋	澄	尤	平	流	開	三
鄯	禪	尤	平	流	開	三	鄯	澄	尤	平	流	開	三	鄯	禪	尤	上	流	開	三
恀	章	支	上	止	開	三	恀	禪	支	上	止	開	三	恀	昌	支	上	止	開	三
時	章	之	上	止	開	三	時	禪	之	上	止	開	三	時	澄	之	上	止	開	三
槥	心	祭	去	蟹	合	三	槥	邪	祭	去	蟹	合	三	槥	云	祭	去	蟹	合	三
彉	曉	鐸	入	宕	合	一	彉	見	鐸	入	宕	合	一	彉	溪	鐸	入	宕	合	一

十九、調不同

柢	端	齊	平	蟹	開	四	柢	端	齊	上	蟹	開	四	柢	端	齊	去	蟹	開	四
但	定	寒	平	山	開	一	但	定	寒	上	山	開		但	定	寒	去	山	開	一
讕	來	寒	平	山	開	一	讕	來	寒	上	山	開		讕	來	寒	去	山	開	一
悹	見	桓	平	山	合	一	悹	見	桓	上	山	合	一	悹	見	桓	去	山	合	一
箾	清	宵	平	效	開	三	箾	清	尤	平	流	開	三	箾	清	宵	去	效	開	三
燎	來	宵	平	效	開	三	燎	來	宵	上	效	開	三	燎	來	宵	去	效	開	三
鉸	見	肴	平	效	開	二	鉸	見	肴	上	效	開	二	鉸	見	肴	去	效	開	二
澇	來	豪	平	效	開	一	澇	來	豪	上	效	開	一	澇	來	豪	去	效	開	一
軻	溪	歌	平	果	開	一	軻	溪	歌	上	果	開	一	軻	溪	歌	去	果	開	一
頗	滂	戈	平	果	合	一	頗	滂	戈	上	果	合	一	頗	滂	戈	去	果	合	一
饟	書	陽	平	宕	開	三	饟	書	陽	上	宕	開	三	饟	書	陽	去	宕	開	三
吭〔註115〕	匣	唐	平	宕	開	一	吭	匣	唐	上	宕	開	一	吭	匣	唐	去	宕	開	一
駉〔註116〕	疑	唐	平	宕	開	一	駉	疑	唐	上	宕	開	一	駉	疑	唐	去	宕	開	一
醒	心	青	平	梗	開	四	醒	心	青	上	梗	開	四	醒	心	青	去	梗	開	四

〔註113〕醧，《廣韻》「宴也」義屬云、曉二母。

〔註114〕藩，《廣韻》「藩芫」義屬並元、滂元二聲。

〔註115〕吭，《廣韻》鳥胭喉義屬匣唐平去二聲。

〔註116〕駉，《廣韻》「馬怒」義屬疑唐上去二聲。

殑〔註117〕	群	蒸	平	曾	開	三	殑	群	蒸	上	曾	開	三	殑	群	蒸	去	曾	開	三
輶	以	尤	平	流	開	三	輶	以	尤	上	流	開	三	輶	以	尤	去	流	開	三
蹂	日	尤	平	流	開	三	蹂	日	尤	上	流	開	三	蹂	日	尤	去	流	開	三
蟦	並	微	平	止	合	三	蟦	並	微	上	止	合	三	蟦	並	微	去	止	合	三
歟	以	魚	平	遇	合	三	歟	以	魚	上	遇	合	三	歟	以	魚	去	遇	合	三
瘕	見	麻	平	假	開	二	瘕	見	麻	上	假	開	二	瘕	見	麻	去	假	開	二
濦	影	欣	平	臻	開	三	濦	影	欣	上	臻	開	二	濦	影	欣	去	臻	開	三

二十、聲、韻、開合、等不同

鮭	見	齊	平	蟹	合	四	鮭	溪	齊	平	蟹	合	四	鮭	匣	佳	平	蟹	開	二
砏〔註118〕	幫	眞	平	臻	開	重三	砏	滂	眞	平	臻	開	重三	砏	滂	文	平	臻	合	三
甇	影	耕	平	梗	開	二	甇	影	清	平	梗	合	三	甇	匣	青	平	梗	合	四
昄	幫	桓	上	山	合	一	昄	幫	刪	上	山	開	二	昄	並	刪	上	山	開	二
摵〔註119〕	生	屋	入	通	合	三	摵	精	屋	入	通	合	三	摵	生	麥	入	梗	開	二

二十一、韻、攝、等不同

郫	並	支	平	止	開	重三	郫	並	支	平	止	開	重四	郫	並	佳	平	蟹	開	二
樠	明	元	平	山	合	三	樠	明	魂	平	臻	合	一	樠	明	桓	平	山	合	一
蝗	匣	唐	平	宕	合	一	蝗	匣	庚	平	梗	合	二	蝗	匣	庚	去	梗	合	二
棚	並	庚	平	梗	開	二	棚	並	耕	平	梗	開	二	棚	並	登	平	曾	開	一
霥	疑	佳	平	蟹	開	二	霥	疑	皆	平	蟹	開	二	霥	疑	侵	平	深	開	重三
黽〔註120〕	明	眞	上	臻	開	重四	黽	明	仙	上	山	開	重四	黽	明	耕	上	梗	開	二
蝍〔註121〕	精	質	入	臻	開	三	蝍	精	屑	入	山	開	四	蝍	精	職	入	曾	開	三
刖	疑	月	入	山	合	三	刖	疑	沒	入	臻	合	一	刖	疑	鎋	入	山	合	二
轢	來	曷	入	山	開	一	轢	來	鐸	入	宕	開	一	轢	來	錫	入	梗	開	四

〔註117〕殑，《廣韻》「殑殑欲死」義屬群蒸平去二聲。

〔註118〕砏，《廣韻》「石」義屬幫眞、滂文兩聲。

〔註119〕摵，《廣韻》「到也」義屬生屋、精屋二聲。

〔註120〕黽，《廣韻》「澠池縣」屬明眞、明仙二聲。

〔註121〕蝍，《廣韻》飛蟲義屬精職、精蟹二聲。

韄〔註122〕	影	藥	入	宕	合	三	韄	影	陌	入	梗	合	二	韄	匣	麥	入	梗	合	二
葃	從	鐸	入	宕	開	一	葃	從	麥	入	梗	開	二	葃	從	昔	入	梗	開	三

二十二、韻、調不同

薢	見	皆	平	蟹	開	二	薢	見	佳	上	蟹	開	二	薢	見	佳	去	蟹	開	二
鬜	溪	刪	平	山	開	二	鬜	溪	山	平	山	開	二	鬜	溪	黠	入	山	開	二
倓	定	談	平	咸	開	一	倓	定	覃	上	咸	開	一	倓	定	談	去	咸	開	一
䝷	日	脂	平	止	合	三	䝷	日	支	上	止	合	三	䝷	日	脂	上	止	合	三
譩	影	之	平	止	開	三	譩	影	微	平	止	開	三	譩	影	之	上	止	開	三
笪〔註123〕	端	寒	上	山	開	一	笪	端	寒	去	山	開	一	笪	端	曷	入	山	開	一
㺑〔註124〕	生	咸	平	咸	開	二	㺑	生	咸	上	咸	開	二	㺑	生	銜	上	咸	開	二
治〔註125〕	澄	之	平	止	開	三	治	澄	脂	去	止	開	三	治	澄	之	去	止	開	三
噍〔註126〕	精	宵	平	效	開	三	噍	精	尤	平	流	開	三	噍	從	宵	去	效	開	三
甔〔註127〕	端	覃	平	咸	開	一	甔	端	談	平	咸	開	一	甔	端	談	去	咸	開	一

二十三、聲、韻、調、攝不同

僎〔註128〕	清	諄	平	臻	合	三	僎	崇	仙	上	山	合	三	僎	崇	仙	去	山	合	三
吅〔註129〕	曉	元	平	山	合	三	吅	心	仙	平	山	合	三	吅	邪	鍾	去	通	合	三
麉	見	先	平	山	開	四	麉	溪	先	平	山	開	四	麉	溪	青	去	梗	開	四
皽	章	宵	平	效	開	三	皽	知	仙	上	山	開	三	皽	章	仙	上	山	開	三

〔註122〕韄，《廣韻》「度也」義屬影藥、匣麥二聲。

〔註123〕笪，《廣韻》「笞也」屬端寒上去二聲。

〔註124〕㺑，《廣韻》犬吠聲屬生咸、生銜二聲。

〔註125〕治，《廣韻》「治理」義屬澄脂、澄之二聲。

〔註126〕噍，《廣韻》「啁噍聲」屬精宵、精尤二聲。

〔註127〕甔，《廣韻》「大甖」屬端談、端覃二聲。

〔註128〕僎，《廣韻》「具也」義屬崇仙平去二聲。

〔註129〕吅，《廣韻》「喚聲」義屬曉元、心仙二聲。

虵〔註130〕	以	支	平	止	開	三	虵	船	麻	平	假	開	三	虵	以	麻	上	假	開	三
蜹	日	祭	去	蟹	合	三	蜹	以	祭	去	蟹	合	三	蜹	日	薛	入	山	合	三
啜	知	祭	去	蟹	合	三	啜	禪	祭	去	蟹	合	三	啜	昌	薛	入	山	合	三
誖	並	灰	去	蟹	合	一	誖	幫	灰	去	蟹	合	一	誖	並	沒	入	臻	合	一
毳	日	虞	平	遇	合	三	毳	日	仙	上	山	合	三	毳	精	諄	去	臻	合	三
爝〔註131〕	精	宵	去	效	開	三	爝	精	藥	入	宕	開	三	爝	從	藥	入	宕	開	三
徼	見	蕭	去	效	開	四	徼	見	錫	入	梗	開	四	徼	匣	錫	入	梗	開	四

二十四、韻、調、開合、等不同

甗	疑	元	平	山	合	三	甗	疑	仙	上	山	開	重三	甗	疑	仙	去	山	開	重三
芇	明	桓	平	山	合	一	芇	明	仙	平	山	開	重四	芇	明	仙	上	山	開	四
屖	匣	先	平	山	開	四	屖	匣	刪	平	山	合	二	屖	匣	先	上	山	合	四
獌	明	刪	平	山	開	二	獌	明	元	去	山	合	三	獌	明	桓	去	山	合	一

二十五、韻、等不同

垠	疑	眞	平	臻	開	重三	垠	疑	欣	平	臻	開	三	垠	疑	痕	平	臻	開	一

二十六、調、等不同

瀸〔註132〕	精	先	平	山	開	四	瀸	精	先	去	山	開	四	瀸	精	先	去	山	開	三
諞	並	仙	平	山	開	重四	諞	並	仙	上	山	開	重三	諞	並	仙	上	山	開	重四
贗〔註133〕	影	元	上	山	開	三	贗	影	元	去	山	開	三	贗	影	仙	去	山	開	重三

二十七、韻、調、開合不同

肧	滂	尤	平	流	開	三	肧	滂	灰	平	蟹	合	一	肧	滂	咍	平	蟹	開	一

〔註130〕虵，《廣韻》「俗蛇」義屬以支、船麻二聲。

〔註131〕爝，《廣韻》「炬火」義屬精藥、從藥二聲。

〔註132〕瀸，《廣韻》「疾流皃」義屬精先平去二聲。

〔註133〕贗，《廣韻》引與爲價義屬影元、影仙二聲。

二十八、韻、攝、開合、等不同

嫈〔註134〕	影	耕	平	梗	開	二	嫈	影	清	平	梗	合	二	嫈	影	耕	去	梗	開	二
穲	明	咍	上	蟹	開	一	穲	明	灰	去	蟹	合	一	穲	明	咍	去	蟹	開	一

二十九、聲、韻、攝不同

灊	從	鹽	平	咸	開	三	灊	邪	侵	平	深	開	三	灊	從	侵	平	深	開	三
鬵	從	鹽	平	咸	開	三	鬵	邪	侵	平	深	開	三	鬵	從	侵	平	深	開	三
竁	清	祭	去	蟹	合	三	竁	初	祭	去	蟹	合	三	竁	昌	仙	去	山	合	三

三十、聲、等不同

碕〔註135〕	群	支	平	止	開	重三	碕	群	支	平	止	開	重四	碕	溪	支	平	止	開	重三
㦃	生	山	上	山	開	二	㦃	初	山	上	山	開	二	㦃	初	山	上	山	合	二
膘	並	宵	上	效	開	重四	膘	滂	宵	上	效	開	重四	膘	精	宵	上	效	開	三

三十一、聲、韻、調、攝、開合不同

蜼	來	脂	上	止	合	二	蜼	以	脂	去	止	合	三	蜼	以	尤	去	流	開	三
怚	精	麻	平	假	開	三	怚	從	魚	上	遇	合	三	怚	精	魚	去	遇	合	三
蓩	明	豪	上	效	開	一	蓩	並	屋	入	通	合	一	蓩	明	沃	入	通	合	一
殧	從	尤	去	流	開	三	殧	清	屋	入	通	合	三	殧	精	屋	入	通	合	三
𢄼〔註136〕	生	祭	去	蟹	開	三	𢄼	心	薛	入	山	開	三	𢄼	心	薛	入	山	合	三

三十二、韻、攝、開合不同

莽〔註137〕	明	模	上	遇	合	一	莽	明	唐	上	宕	開	一	莽	明	侯	上	流	開	一
黦〔註138〕	影	物	入	臻	合	三	黦	影	月	入	山	合	三	黦	影	月	入	山	開	三
熇	曉	屋	入	通	合	一	熇	曉	沃	入	通	合	一	熇	曉	鐸	入	宕	開	一

〔註134〕嫈，《廣韻》「小心態」義屬影清、影耕二聲。

〔註135〕碕，《廣韻》「曲岸」義屬群支重三、重四二聲。

〔註136〕𢄼，《廣韻》殘帛義屬生祭、心薛二聲。

〔註137〕莽，《廣韻》「草莽」義屬明唐、明侯二聲。

〔註138〕黦，《廣韻》「黃黑色」義屬影月、影物二聲。

三十三、聲、調、開合不同

攩	透	唐	上	宕	開	一	攩	匣	唐	上	宕	合	一	攩	匣	唐	去	宕	合	一

三十四、韻、攝不同

㾺	明	麻	去	假	開	二	㾺	明	刪	去	山	開	二	㾺	徹	刪	去	山	開	二

三十五、聲、韻、攝、開合不同

菫	曉	屋	入	通	合	三	菫	徹	屋	入	通	合	三	菫	徹	職	入	曾	開	三

第三節　四　音

一、聲、調不同

烘〔註139〕	匣	東	平	通	合	一	烘	曉	東	平	通	合	一	烘	匣	東	去	通	合	一
烘	曉	東	去	通	合	一														
姁〔註140〕	曉	虞	平	遇	合	三	姁	群	虞	平	遇	合	三	姁	曉	虞	上	遇	合	三
姁	曉	虞	去	遇	合	三														
隃	心	虞	平	遇	合	三	隃	以	虞	平	遇	合	三	隃	書	虞	平	遇	合	三
隃	心	虞	去	遇	合	三														
誧〔註141〕	幫	模	平	遇	合	一	誧	滂	模	平	遇	合	一	誧	滂	模	上	遇	合	一
誧	滂	模	去	遇	合	一														
癠	從	齊	平	蟹	開	四	癠	從	齊	上	蟹	開	四	癠	精	齊	上	蟹	開	四
癠	從	齊	去	蟹	開	四														
譂	章	仙	平	山	合	三	譂	禪	仙	平	山	合	三	譂	昌	仙	去	山	合	三
譂	清	仙	去	山	合	三														
訂〔註142〕	透	青	平	梗	開	四	訂	定	青	上	梗	開	四	訂	透	青	上	梗	開	四
訂	端	青	去	梗	開	四														

〔註139〕烘，《廣韻》「火皃」，分屬曉東、匣送二音。

〔註140〕姁，《廣韻》「姁然樂也」義上分屬群虞、曉虞二聲。

〔註141〕誧，《廣韻》「諫也」義屬幫滂兩聲。

〔註142〕訂，《廣韻》「平議」義屬透青平、去、定青三聲。

町	透	青	平	梗	開	四	町	透	先	上	山	開	四	町	定	青	上	梗	開	四
町	透	青	上	梗	開	四														
魵	並	文	平	臻	合	三	魵	並	文	上	臻	合	三	魵	滂	文	上	臻	合	三
魵	滂	文	去	臻	合	三														
𨱼	定	豪	上	效	開	一	𨱼	泥	豪	上	效	開	一	𨱼	定	豪	去	效	開	一
𨱼	泥	豪	去	效	開	一														
曏〔註143〕	曉	陽	上	宕	開	三	曏	書	陽	上	宕	開	三	曏	書	陽	去	宕	開	三
曏	曉	陽	去	宕	開	三														

二、聲、韻、調、攝、開合、等不同

浲	匣	東	平	通	合	一	浲	匣	冬	平	通	合	一	浲	匣	江	平	江	開	二
浲	見	絳	去	江	開	二														
苴	清	魚	平	遇	合	三	苴	精	魚	平	遇	合	三	苴	崇	麻	平	假	開	二
苴〔註144〕	精	魚	上	遇	合	三														
揄	以	虞	平	遇	合	三	揄	以	尤	平	流	開	三	揄	定	侯	平	流	開	一
揄	定	侯	上	流	開	一														
嫢〔註145〕	精	支	平	止	合	三	嫢	從	脂	平	止	合	三	嫢	群	脂	上	止	合	重四
嫢	匣	先	上	山	開	四														
孈	以	支	上	止	開	二	孈	以	脂	上	止	合	三	孈	曉	支	去	止	合	重四
孈	匣	佳	去	蟹	合	二														
數〔註146〕	生	虞	上	遇	合	三	數	生	虞	去	遇	合	三	數	心	屋	入	通	合	一
數	生	覺	入	江	開	二														
娩〔註147〕	明	元	上	山	合	三	娩	明	仙	上	山	開	重三	娩	明	文	去	臻	合	三
娩	明	元	去	山	合	三														
龏	來	鍾	平	通	合	三	龏	見	鍾	平	通	合	三	龏	見	鍾	去	通	合	三
龏	影	覺	入	江	開	二														

〔註143〕曏，《廣韻》「少時」義屬曉陽、書陽上、去三聲。

〔註144〕苴，《廣韻》「履中草」義上分屬精清二母。

〔註145〕嫢，《廣韻》「盈姿皃」屬精支、從脂二聲，「細」義屬群脂、匣先二聲。

〔註146〕數，《廣韻》「筭數」義屬生虞、心屋二聲。

〔註147〕娩，《廣韻》「婉娩媚也」屬明元、明仙二聲。

㞒〔註148〕	溪	魚	去	遇	合	三	㞒	溪	合	入	咸	開	一	㞒	匣	盍	入	咸	開	一
㞒	見	合	入	咸	開	一														
鷃	並	豪	去	效	開	一	鷃	幫	屋	入	通	合	一	鷃	幫	沃	入	通	合	一
鷃	幫	覺	入	江	開	二														
仆〔註149〕	滂	虞	去	遇	合	三	仆	滂	尤	去	流	開	三	仆	滂	侯	去	流	開	一
仆	並	德	入	曾	開	一														
噣〔註150〕	知	尤	去	流	開	三	噣	端	侯	去	流	開	一	噣	章	燭	入	通	合	三
噣	知	覺	入	江	開	二														

三、聲、韻、攝、等不同

眭〔註151〕	曉	支	平	止	合	重三	眭	心	支	平	止	合	三	眭	曉	脂	平	止	合	重四
眭	匣	齊	平	蟹	合	四														
憕〔註152〕	澄	庚	平	梗	開	二	憕	知	耕	平	梗	開	二	憕	澄	耕	平	梗	開	二
憕	澄	蒸	平	曾	開	三														
跐〔註153〕	清	支	上	止	開	三	跐	精	支	上	止	開	三	跐	莊	支	上	止	開	三
跐	莊	佳	上	蟹	開	二														
批〔註154〕	精	支	上	止	開	三	批	莊	支	上	止	開	三	批	精	齊	上	蟹	開	四
批	莊	佳	上	蟹	開	二														
輠〔註155〕	匣	灰	上	蟹	合	一	輠	見	戈	上	果	合	一	輠	匣	戈	上	果	合	一
輠	匣	麻	上	假	合	二														
趌〔註156〕	見	質	入	臻	開	重四	趌	溪	質	入	臻	開	重四	趌	群	質	入	臻	開	重三
趌	見	薛	入	山	開	重四														

〔註148〕㞒，《廣韻》「閉户」義屬溪魚、溪合、匣盍三聲。

〔註149〕仆，《廣韻》「前倒」義屬滂尤、滂侯、並德三聲。

〔註150〕噣，《廣韻》「鳥口」義屬知尤、端侯二聲。

〔註151〕眭，《廣韻》「健皃」，分屬支脂二韻。

〔註152〕憕，《廣韻》「失志皃」義屬澄庚、知耕、澄耕三聲。

〔註153〕跐，《廣韻》「蹈也」義屬清支、莊支、莊佳三聲。

〔註154〕批，《廣韻》「殺也」義屬精齊、莊佳二聲。

〔註155〕輠，《廣韻》「車轉」屬匣灰、匣麻二聲，「車脂角」屬見戈、匣戈二聲。

〔註156〕趌，《廣韻》「怒走」義屬見質、溪質二聲。

揲〔註157〕	船	薛	入	山	開	三	揲	以	葉	入	咸	開	三	揲	定	帖	入	咸	開	四
揲	心	帖	入	咸	開	四														
笈	群	緝	入	深	開	重三	笈	群	葉	入	咸	開	重三	笈	初	洽	入	咸	開	二
笈	群	業	入	咸	開	三														
慹〔註158〕	章	緝	入	深	開	三	慹	從	緝	入	深	開	三	慹	章	葉	入	咸	開	三
慹	泥	帖	入	咸	開	四														

四、聲、韻、調、攝、等不同

誺〔註159〕	徹	支	平	止	開	三	誺	徹	脂	去	止	開	重四	誺	徹	之	去	止	開	三
誺	來	咍	去	蟹	開	一														
湀	溪	齊	平	蟹	合	四	湀	群	脂	上	止	合	重四	湀	見	脂	上	止	合	重四
湀	溪	蟹	入	山	合	四														
填	定	先	平	山	開	四	填	知	真	平	臻	開	三	填	知	真	去	臻	開	三
填	定	先	去	山	開	四														
鳽	見	先	平	山	開	四	鳽	疑	先	平	山	開	四	鳽	溪	耕	平	梗	開	二
鳽	疑	麥	入	梗	開	二														
髫〔註160〕	端	蕭	平	效	開	四	髫	定	蕭	平	效	開	四	髫	澄	尤	平	流	開	三
髫	章	尤	去	流	開	三														
杓〔註161〕	幫	宵	平	效	開	重四	杓	滂	宵	平	效	開	重四	杓	禪	藥	入	宕	開	三
杓	端	錫	入	梗	開	四														
覘	昌	侵	平	深	開	三	覘	定	覃	平	咸	開	一	覘	端	覃	平	咸	開	一
覘	定	覃	上	咸	開	一														
暨〔註162〕	群	脂	去	止	開	重三	暨	見	微	去	止	開	三	暨	見	質	入	臻	開	重三
暨	見	迄	入	臻	開	三														

〔註157〕揲，《廣韻》摺揲義屬定帖、心帖二聲。

〔註158〕慹，《廣韻》「怖也」義屬章緝、從緝二聲；「不動皃」屬章葉、泥帖二聲。

〔註159〕誺，《廣韻》「不知」義分屬之支脂三韻。

〔註160〕髫，《廣韻》「髮多」義屬定蕭、澄尤、章尤三聲。

〔註161〕杓，《廣韻》「北斗柄星」義屬幫宵、滂宵兩聲。

〔註162〕暨，《廣韻》「姓也」屬見質、見迄二聲。

儗〔註163〕	疑	之	上	止	開	三	儗	疑	之	去	止	開	三	儗	疑	咍	去	蟹	開	一
儗	曉	咍	去	蟹	開	一														
塡〔註164〕	定	先	平	山	開	四	塡	知	眞	平	臻	開	三	塡	知	眞	去	臻	開	三
塡	定	先	去	山	開	四														
豩〔註165〕	見	文	去	臻	合	三	豩	見	物	入	臻	合	三	豩	群	物	入	臻	合	三
豩	見	薛	入	山	合	重三														
⿰目耎	日	仙	平	山	合	三	⿰目耎	日	仙	上	山	合	三	⿰目耎	日	仙	去	山	合	三
⿰目耎	泥	戈	去	果	合	一														
⿰鼠勺	幫	肴	去	效	開	二	⿰鼠勺	章	藥	入	宕	開	三	⿰鼠勺	精	藥	入	宕	開	三
⿰鼠勺	端	錫	入	梗	開	四														
咥〔註166〕	曉	脂	去	止	開	重三	咥	徹	質	入	臻	開	三	咥	定	屑	入	山	開	四
咥	端	屑	入	山	開	四														

五、聲、韻、調不同

褫〔註167〕	澄	支	平	止	開	三	褫	澄	支	上	止	開	三	褫	徹	支	上	止	開	三
褫	澄	之	上	止	開	三														
虥〔註168〕	崇	山	平	山	開	二	虥	從	山	平	山	開	二	虥	崇	山	上	山	開	二
虥	崇	刪	去	山	開	二														

六、韻、調、攝、等不同

秠	滂	脂	平	止	開	重三	秠	滂	尤	平	流	開	三	秠	滂	脂	上	止	開	重三
秠	滂	尤	上	流	開	三														
怮〔註169〕	影	蕭	平	效	開	四	怮	影	尤	平	流	開	三	怮	影	幽	平	流	開	三
怮	影	幽	上	流	開	三														

〔註163〕儗，《廣韻》「儓儗」義屬疑之、疑咍、曉咍三聲。

〔註164〕塡，《廣韻》「塞滿」義屬定先平去二聲。

〔註165〕**豩**，《廣韻》豕啄土義屬見物、群物、見薛三聲。

〔註166〕咥，《廣韻》「笑」義屬曉脂、徹質、定屑三聲。

〔註167〕褫，《廣韻》「奪衣」義上分屬澄徹二母。

〔註168〕虥，《廣韻》「虎淺毛」義上屬崇山、從山、崇刪三聲。

〔註169〕怮，《廣韻》「憂皃」義屬影蕭、影幽平去三聲。

聱〔註170〕	疑	肴	平	效	開	二	聱	疑	豪	平	效	開	一	聱	疑	幽	平	流	開	三
聱	疑	豪	去	效	開	一														
灑	生	支	上	止	開	三	灑	生	佳	上	蟹	開	二	灑	生	麻	上	假	開	二
灑	生	支	去	止	開	三														

七、聲、韻、攝不同

蘄〔註171〕	群	之	平	止	開	三	蘄	群	微	平	止	開	三	蘄	見	微	平	止	開	三
蘄	群	欣	平	臻	開	三														
彗	邪	脂	去	止	合	三	彗	心	祭	去	蟹	合	三	彗	云	祭	去	蟹	合	三
彗	邪	祭	去	蟹	合	三														

八、韻、調、攝、開合、等不同

⿰衤區〔註172〕	影	虞	平	遇	合	三	⿰衤區	影	侯	平	流	開	一	⿰衤區	影	侯	上	流	開	一
⿰衤區	影	侯	去	流	開	一														
菩〔註173〕	並	模	平	遇	合	一	菩	並	咍	上	蟹	開	·	菩	並	尤	上	流	開	三
菩	並	德	入	曾	開	一														
趣〔註174〕	清	魚	平	遇	合	三	趣	清	侯	上	流	開	一	趣	清	魚	去	遇	合	三
趣	清	燭	入	通	合	三														
媢	明	豪	上	效	開	一	媢	明	脂	去	止	開	重四	媢	明	豪	去	效	開	一
媢	明	沃	入	通	合	一														

九、聲、韻、調、等不同

侅〔註175〕	溪	咍	平	蟹	開	一	侅	見	咍	平	蟹	開	一	侅	匣	皆	上	蟹	開	二
侅	匣	咍	上	蟹	開	一														

〔註170〕聱，《廣韻》「不聽」義屬疑肴、疑豪二聲，「聱取魚鳥狀」意義上屬疑幽、疑豪二聲。

〔註171〕蘄，《廣韻》「州名」義上分屬之微二部，「草名」義上分屬見微、群欣二聲。

〔註172〕⿰衤區，《廣韻》「頭衣」義屬影侯、影虞二聲。

〔註173〕菩，《廣韻》草義屬並咍、並尤、並德三聲。

〔註174〕趣，《廣韻》「趣馬」義屬清魚、清侯二聲，「趨向」義屬清魚、清燭二聲。

〔註175〕侅，《廣韻》「奇侅非常」義屬溪咍、見咍、匣咍三聲。

單	端	寒	平	山	開	一	單	禪	仙	平	山	開	三	單	禪	仙	上	山	開	三
單	禪	仙	去	山	開	三														
蜎〔註176〕	影	先	平	山	合	四	蜎	影	仙	平	山	合	重四	蜎	影	先	上	山	合	四
蜎	群	仙	上	山	合	重四														
嫣	曉	仙	平	山	開	重三	嫣	影	仙	平	山	開	重三	嫣	影	仙	上	山	開	重三
嫣	影	元	去	山	開	三														
卷	群	仙	平	山	合	重三	卷	群	元	上	山	合	三	卷	見	仙	上	山	合	重三
卷	見	仙	去	山	合	重三														
淡〔註177〕	定	談	平	咸	開	一	淡	定	談	上	咸	開	一	淡	以	鹽	上	咸	開	三
淡	定	談	去	咸	開	一														
槧	清	鹽	平	咸	開	三	槧	從	鹽	上	咸	開	三	槧	從	談	上	咸	開	一
槧	清	鹽	去	咸	開	三														
詀	端	添	平	咸	開	四	詀	知	咸	平	咸	開	二	詀	澄	咸	去	咸	開	二
詀	昌	葉	入	咸	開	三														
嚵	初	咸	平	咸	開	二	嚵	崇	銜	平	咸	開	二	嚵	從	鹽	上	咸	開	三
嚵	初	銜	去	咸	開	二														
韏〔註178〕	見	仙	上	山	合	重三	韏	溪	元	去	山	合	三	韏	見	元	去	山	合	三
韏	群	仙	去	山	合	重三														
磽〔註179〕	溪	肴	平	效	開	二	磽	疑	肴	平	效	開	二	磽	溪	蕭	上	效	開	四
磽	疑	肴	去	效	開	二														
掔	匣	山	上	山	開	二	掔	溪	先	上	山	開	四	掔	溪	仙	上	山	開	重四
掔	匣	屑	入	山	開	四														

〔註176〕蜎，《廣韻》「蜎蠉」義屬影先、群仙二聲，「蠋皃」屬影先、群先二聲。

〔註177〕淡，《廣韻》「水皃」屬定談平上、以鹽三聲。

〔註178〕韏，《廣韻》革中辨義屬見仙、溪元、見元三聲。

〔註179〕磽，《廣韻》「石地」義屬屬溪肴、疑肴二聲。

十、聲、韻、攝、開合、等不同

昀〔註180〕	定	先	平	山	開	四	昀	心	諄	平	臻	合	三	昀	以	諄	平	臻	合	三
昀	邪	諄	平	臻	合	三														
怐〔註181〕	見	虞	去	遇	合	三	怐	溪	侯	去	流	開	一	怐	見	侯	去	流	開	一
怐	曉	侯	去	流	開	一														

十一、韻、調、等不同

緼〔註182〕	影	文	平	臻	合	三	緼	影	魂	平	臻	合	一	緼	影	文	上	臻	合	三
緼	影	文	去	臻	合	三														
閼〔註183〕	影	先	平	山	開	四	閼	影	仙	平	山	開	重三	閼	影	月	入	山	開	三
閼	影	曷	入	山	開	一														
歉〔註184〕	溪	咸	平	咸	開	二	歉	溪	添	上	咸	開	四	歉	溪	咸	上	咸	開	一
歉	溪	咸	去	咸	開	二														
葽〔註185〕	影	蕭	平	效	開	四	葽	影	宵	平	效	開	重四	葽	影	蕭	上	效	開	四
葽	影	宵	去	效	開	重四														

十二、聲、韻、調、攝不同

癉	端	寒	平	山	開	一	癉	定	寒	平	山	開	一							
癉	端	歌	去	果	開	一	癉〔註186〕	端	歌	上	果	開	一							

〔註180〕昀，《廣韻》「墾田」義上屬心諄、以諄、邪諄三音。

〔註181〕怐，《廣韻》「愚皃」屬溪侯、見侯二聲。

〔註182〕緼，《廣韻》「亂麻」義上屬影文平去二聲。

〔註183〕閼，《廣韻》「單于妻」義屬影先、影仙二聲。

〔註184〕歉，《廣韻》「食不飽」義屬溪咸平上、溪添三聲。

〔註185〕葽，《廣韻》「草盛」義屬影蕭、影宵二聲。

〔註186〕癉，《廣韻》「勞也」義見端歌平上二聲。

十三、聲、韻、調、開合、等不同

般	並	桓	平	山	合	一	般	幫	桓	平	山	合	一	般〔註187〕	幫	刪	平	山	開	二
般	幫	末	入	山	合	一														

十四、韻、調、開合、等不同

鄢〔註188〕	影	仙	平	山	開	重三	鄢	影	元	上	山	開	三	鄢	影	元	上	山	合	三
鄢	影	元	去	山	開	三														

十五、聲、韻、等不同

⿱⿰咸欠糸	溪	添	平	咸	開	四	⿱⿰咸欠糸	曉	添	平	咸	開	四	⿱⿰咸欠糸	見	咸	平	咸	開	二
⿱⿰咸欠糸	見	覃	平	咸	開	一														
⿱毳虫	生	祭	去	蟹	合	三	⿱毳虫	清	祭	去	蟹	合	三	⿱毳虫	精	祭	去	蟹	合	三
⿱毳虫	精	泰	去	蟹	合	一														
⿰木合〔註189〕	匣	合	入	咸	開	一	⿰木合	見	合	入	咸	開	一	⿰木合	群	葉	入	咸	開	重三
⿰木合	群	業	入	咸	開	三														
霅〔註190〕	心	合	入	咸	開	一	霅	章	葉	入	咸	開	三	霅	匣	狎	入	咸	開	二
霅	澄	狎	入	咸	開	二														

十六、聲、調、等不同

獫	來	鹽	平	咸	開	三	獫	來	鹽	上	咸	開	三	獫	曉	鹽	上	咸	開	重三
獫	來	鹽	去	咸	開	三														
憸〔註191〕	心	鹽	平	咸	開	三	憸	清	鹽	平	咸	開	三	憸	清	鹽	上	咸	開	三
憸	曉	鹽	上	咸	開	重三														

〔註187〕般，《廣韻》「還師」義上屬幫刪、幫末二聲。

〔註188〕鄢，《廣韻》「楚地名」義屬影元三聲。

〔註189〕**⿰木合**，《廣韻》劔匣義屬見合、群葉、群業三聲。

〔註190〕霅，《廣韻》「雨霅霅」義屬心合、章葉二聲。

〔註191〕憸，《廣韻》「憸詖」義屬清鹽平上、曉鹽上三聲。

十七、韻、攝、開合、等不同

茁	莊	術	入	臻	合	三	茁	莊	月	入	山	開	三	茁	莊	黠	入	山	合	二
茁	莊	薛	入	山	合	三														

第四節　五　音

一、聲、韻、等不同

巨〔註192〕	群	支	平	止	開	重三	巨	群	支	平	止	開	重四	巨	溪	支	平	止	開	重三
巨	群	微	平	止	開	三	巨	溪	支	上	止	開	重三							

二、韻、調、攝、等不同

差〔註193〕	初	支	平	止	開	二	差	初	佳	平	蟹	開	二	差	初	皆	平	止	開	二
差	初	麻	平	假	開	二	差	初	佳	去	蟹	開	二							

三、聲、韻、調、攝、開合、等不同

訑〔註194〕	以	支	平	止	開	三	訑	曉	支	平	止	開	重四	訑	定	歌	平	果	開	一
訑	透	戈	平	果	合	一	訑	定	歌	上	果	開	一							
扮〔註195〕	幫	文	平	臻	合	三	扮	幫	文	上	臻	合	三	扮	並	文	上	臻	合	三
扮	曉	佳	上	蟹	合	二	扮	幫	山	去	山	開	二							
襡〔註196〕	端	侯	上	流	開	一	襡	定	侯	上	流	開	一	襡	定	屋	入	通	合	一
襡	端	侯	去	流	開	一	襡	禪	燭	入	通	合	三							

〔註192〕巨，《廣韻》「石橋」義上屬群溪二韻。

〔註193〕差，《廣韻》「不齊」義分屬支佳二韻。

〔註194〕訑，《廣韻》「欺也」義項分屬定歌、透戈二聲。

〔註195〕扮，《廣韻》打扮義屬幫文、曉佳、幫山三聲。

〔註196〕襡，《廣韻》「短衣」屬定侯、禪燭二聲；「衣袖」屬端侯上去二聲。

四、聲、韻、調、攝不同

比〔註197〕	並	脂	平	止	開	重四	比	幫	脂	上	止	開	重四	比	並	脂	去	止	開	重四
比	幫	脂	去	止	開	重四	比	並	質	入	臻	開	重四							

五、韻、調、攝、開合不同

奞	心	脂	平	止	合	三	奞	心	宵	平	效	開	三	奞	心	諄	上	臻	合	三
奞	心	眞	去	臻	開	三	奞	心	諄	去	臻	合	三							

六、聲、調不同

沮〔註198〕	清	魚	平	遇	合	三	沮	精	魚	平	遇	合	三	沮	莊	魚	平	遇	合	三
沮	從	魚	上	遇	合	三	沮	精	魚	去	遇	合	三							

七、聲、韻、調、攝、等不同

眴	心	諄	平	臻	合	三	眴	日	諄	平	臻	合	三	眴	書	諄	去	臻	合	三
眴	曉	先	去	山	合	四	眴	匣	先	去	山	合	四							
臤〔註199〕	溪	山	平	山	開	二	臤	匣	先	平	山	開	四	臤	溪	寒	平	山	開	一
臤	溪	耕	平	梗	開	二	臤	溪	眞	去	臻	開	重四							
芍〔註200〕	匣	蕭	上	效	開	四	芍	禪	藥	入	宕	開	三	芍	清	藥	入	宕	開	三
芍	知	藥	入	宕	開	三	芍	端	錫	入	梗	開	四							
鯷	禪	支	平	止	開	三	鯷	定	齊	平	蟹	開	四	鯷	禪	支	上	止	開	三
鯷	禪	支	去	止	開	三	鯷	定	齊	去	蟹	開	四							
絭〔註201〕	溪	元	去	山	合	三	絭	見	元	去	山	合	三	絭	溪	仙	去	山	合	重三
絭	見	仙	去	山	合	重三	絭	見	燭	入	通	合	三							

〔註197〕比，《廣韻》「並也」義上分屬幫並母脂韻的平去聲。

〔註198〕沮，《廣韻》「止也」義上分屬清魚、從魚兩聲。

〔註199〕臤，《廣韻》「堅也」義屬溪山、溪寒、溪耕、溪眞四聲。

〔註200〕芍，《廣韻》「芍藥」屬知藥、禪藥二聲。

〔註201〕絭，《廣韻》臂繩義屬見燭、溪仙二聲。

八、聲、韻、調、等不同

蠰〔註202〕	書	陽	平	宕	開	三	蠰	生	陽	平	宕	開	三	蠰	泥	唐	平	宕	開	一
蠰	日	陽	上	宕	開	三	蠰	書	陽	去	宕	開	三							
嵁	溪	覃	平	咸	開	一	嵁	疑	覃	平	咸	開	一	嵁	溪	咸	平	咸	開	二
嵁	崇	咸	上	咸	開	二	嵁	疑	覃	上	咸	開	一							

九、韻、調、開合、等不同

謾〔註203〕	明	刪	平	山	開	二	謾	明	桓	平	山	合	一	謾	明	仙	平	山	開	重四
謾	明	桓	去	山	合	一	謾	明	刪	去	山	開	二							

第五節　六　音

一、聲、韻、調、等不同

塹	從	覃	平	咸	開	一	塹	從	談	平	咸	開	一	塹	崇	咸	平	咸	開	二
塹	從	鹽	上	咸	開	二	塹	從	談	上	咸	開	一	塹	從	談	去	咸	開	一

二、聲、韻、調、攝、等不同

揭〔註204〕	溪	祭	去	蟹	開	重三	揭	見	月	入	山	開	三	揭	群	月	入	山	開	三
揭	群	薛	入	山	開	重三	揭	溪	薛	入	山	開	重三	揭	見	薛	入	山	開	重四

第六節　七　音

一、聲、韻、調、攝、等不同

哆	徹	麻	平	假	開	二	哆	昌	支	上	止	開	三	哆	端	歌	上	果	開	一

〔註202〕蠰，《廣韻》「齧桑蟲」義上屬生陽、書陽二聲。

〔註203〕謾，《廣韻》「欺」義屬明桓平去、明仙、明刪四聲。

〔註204〕揭，《廣韻》高舉義屬溪薛、群薛二聲，揭起義屬見薛、見月二聲。

哆〔註205〕	昌	麻	上	假	開	三	哆	昌	之	去	假	開	三	哆	知	麻	去	假	開	二
哆	端	歌	去	果	開	一														

二、聲、韻、攝、開合、等不同

濼〔註206〕	來	屋	入	通	合	一	濼	滂	屋	入	通	合	一	濼	來	沃	入	通	合	一
濼	以	藥	入	宕	開	三	濼	來	鐸	入	宕	開	一	濼	滂	鐸	入	宕	開	一
濼	來	錫	入	梗	開	四														

第七節　數據分析

一、二　音

同義異讀以二音爲主，即存在兩個讀音。這兩個讀音的聲韻關係比較複雜。存在聲類不同、韻類不同、調類不同、聲韻調皆不同、聲韻不同、聲調不同、韻調不同、等不同、韻攝不同、開合不同、聲等不同、韻等不同、韻開合等不同、調等不同、聲開合不同、聲韻攝等不同、聲韻調攝不同等類型。（如下表）

	二　音								
類目	聲類	韻類	調類	聲韻調	聲韻	聲調	韻調	等	韻攝
數量	284	34	371	69	137	61	132	5	132
類目	開合	聲等	韻等	韻開合等	調等	聲開合	聲韻攝等	聲韻調攝	
數量	4	10	69	12	2	1	1	1	

可見，以調類不同爲主，其次是聲類不同的情況。而調類不同又有不同的分佈，以「平去」爲主。如下表。

	「調類不同」的具體數據		
調類	平上	平去	上去
數據	90	186	95

其次是聲類不同，如下表。

〔註205〕哆，《廣韻》「張口」義屬徹麻、昌支二聲。「語聲」義屬端歌、昌之二聲。

〔註206〕濼，《廣韻》「水名」義屬來屋、滂屋、來沃、以藥、來鐸五聲。

	聲 1	聲 2		聲 1	聲 2		聲 1	聲 2		聲 1	聲 2		聲 1	聲 2
沖	澄	徹	辡	並	幫	斐	精	清	囷	溪	群	脙	曉	群
毻	定	透	巇	見	群	鸍	書	明	酖	澄	禪	茵	以	邪
淞〔註 207〕	心	邪	僯	日	書	痿	影	日	�	心	邪	紬	澄	徹
峕	魚	疑	埍	匣	見	虇	崇	初	犲	船	邪	呼	幫	並
黽	澄	知	遒	精	從	泜	澄	章	紃	船	邪	曉〔註 208〕	影	溪
韥	從	精	啾	精	從	濽	精	從	岕	並	滂	剅	端	來
頞	明	影	嫄	滂	並	稯	日	心	宭	群	見	韝	溪	見
蹷	群	見	鐭	透	端	鈺	並	滂	洹	云	匣	虯	群	見
緊	見	群	笨	幫	並	魾	並	滂	蹇	溪	曉	鼺	幫	曉
芞	曉	溪	趣	疑	溪	頟	並	滂	靬	匣	溪	鱏	邪	以
仡	曉	疑	爛	曉	明	涀	以	邪	轓	滂	幫	梣	徹	生
釳	曉	疑	踓	清	以	轁	初	莊	僤	匣	疑	醧	以	從
怗	徹	知	敁	並	滂	齝	徹	書	劖	從	精	梣	從	崇
驕	船	以	蓁	幫	並	萁	群	見	扳	滂	幫	齡	匣	見
擉	徹	初	桶	透	定	鶩	從	精	掞	見	匣	婁	書	徹
衵	日	娘	鴿	知	溪	幃	曉	云	玕	見	溪	痈	昌	日
搡	並	滂	賴	溪	見	腒	見	群	蹁	並	幫	帪〔註 209〕	章	昌
鷽	影	匣	驖	見	疑	邯	清	精	鋋	以	禪	縱	心	精
嚳	溪	匣	抩	泥	透	扜	曉	影	脡	書	徹	傋	見	曉
晫	知	徹	盅	澄	徹	荂	曉	滂	裖	以	書	偍	禪	澄
曝	滂	幫	鉰	見	溪	鸆	日	心	鏈	徹	來	尳	曉	影
篧	崇	莊	芇	知	澄	袾	知	昌	剢	精	徹	佨	清	心
鶧	船	邪	魟	見	匣	鈰	精	從	鬈	群	溪	朏	以	徹
彩	知	徹	狪	透	定	騠	端	定	釗	見	章	媣	見	疑
膢	以	船	鏞	以	禪	鯷	定	端	馨	曉	群	糈	心	生
臢	以	船	襛	娘	日	爐	端	定	鐎	從	精	奔	見	溪
厙	昌	書	穠	娘	日	蝭	定	端	軺	以	禪	裐	云	曉
謏	曉	見	鲎	澄	徹	梐	幫	並	蟳	並	滂	楀	云	見
姘	幫	滂	夆	並	滂	窐	見	匣	趫	群	溪	俌	幫	滂

〔註 207〕淞，《廣韻》又音松，而《廣韻》「松」有五音，這裡依體例，取邪母鍾韻一音。

〔註 208〕葛信益認爲「**曉**」異讀「若侯切」當爲「苦侯切」，當是。葛信益《〈廣韻〉訛奪舉正》，見《〈廣韻〉叢考》，北京師範大學出版社，1993，頁 36。

〔註 209〕**帪**，據趙庸，章母音爲錯誤音，只有昌母音。筆者認爲可能存在方音。（趙庸《〈廣韻〉不入正切音系之又音釋疑》，《語言科學》2014 年 5 月第 3 期，頁 308～316）

晙	心	精	樅	精	清	茥	見	溪	鷮	見	群	蹻	溪	見
駿	心	精	趑	精	清	鼁	影	匣	蹻	見	群	肚	定	端
痗	明	曉	肛	見	曉	蛣	見	匣	胞	幫	滂	居	端	匣
濾	見	群	膖	滂	並	瑰	匣	見	泡	滂	並	皵	定	端
欬	精	清	眵	章	昌	蠪	見	端	蜪	透	定	蛔	溪	群
樻	群	溪	隝	云	曉	殪	見	疑	翢	透	定	偆	昌	徹
詯〔註 210〕	匣	曉	鴘	云	曉	剴	見	疑	翻	定	清	垷	見	匣
減	匣	見	潙	云	見	裖	章	禪	傞	清	心	娶	見	影
駮	幫	滂	鴜	從	精	晨	禪	船	楖	心	清	噣	見	匣
緶	昌	邪	鱍	幫	滂	毘	從	精	惣	群	見	皤	並	幫
鐃	見	曉	茷	定	透	鍥	見	溪	讁	知	澄	疕	見	溪
顠	並	滂	鈌	見	影	擦	匣	曉	釋	以	書	葭	見	匣
薂	匣	見	擷	匣	曉	䣓	滂	並	籗	定	透	蚆	滂	幫
勦	以	邪	盻	疑	匣	鎢	來	生	樀	定	端	裼	以	書
篘	精	從	毳	初	清	徹	澄	徹	覿	透	從	鴋	書	清
滚	初	生	帨	清	書	妁	章	禪	嫛	初	精	肪	並	幫
扭	娘	知	橥	清	初	爚	以	書	拺	莊	從	瓥	日	娘
瑦	透	定	淅	並	滂	彏	曉	見	瀷	以	昌	軭	溪	群
諗	書	知	害	云	邪	趯	見	群	篁	從	精	闣	定	透
黮	定	透	跐	以	徹	矍	見	群	昪	清	精	芫	見	匣
顉	清	心	啜	知	禪	玃	見	群	熠	云	以	迒	見	匣
伿	章	以	襘	匣	見	巃	來	匣	騽	邪	云	洸	見	影
屣	以	書	眦	以	清	柞	精	從	樴	以	來	弦	匣	影
尌	禪	澄	餡	影	昌	貉	滂	並	橧	書	禪	牼	溪	匣
澍	章	禪	匏	滂	並	攩	從	疑	囁	日	章	郎	知	澄
眛	章	滂	絾	精	莊	鳩	幫	並	鹹	匣	見	蠣	章	禪
痔	滂	並	矗	初	徹	筈	見	溪	炠	匣	曉	顥	匣	曉
遰	定	端	裻	端	心	适	見	溪	脫	定	透			

聲類不同以滂並相轉最多，有 17 例，其次是見匣 16 例，見群 14 例，精從 13 例。

	二音「聲類不同」的具體表現及數量								
聲類	澄徹	幫並	精清	溪群	曉群	定透	見群	書明	澄禪
數量	5	9	6	6	2	11	14	1	3

〔註 210〕葛信益認爲「詯」「胡市」義當爲「胡市反」，可從。葛信益《〈廣韻〉訛奪舉正》，見《〈廣韻〉叢考》，北京師範大學版，1993，頁 48。

聲類	以邪	心邪	日書	影日	魚疑	匣見	崇初	船邪	澄知
數量	4	2	1	1	1	16	1	3	4
聲類	精從	章澄	溪影	滂並	端來	影明	心日	見溪	端透
數量	13	1	1	17	1	1	2	11	1
聲類	云匣	曉溪	幫曉	溪疑	溪匣	疑曉	明曉	幫滂	生徹
數量	1	2	1	1	3	2	2	9	1
聲類	以清	莊初	疑匣	從以	知徹	書徹	崇從	以船	初徹
數量	2	1	2	1	3	3	1	3	2
聲類	娘日	溪知	云曉	日昌	昌章	匣影	疑見	禪以	精心
數量	4	1	4	1	2	3	4	3	3
聲類	透泥	影曉	曉見	滂曉	書以	來徹	莊崇	昌知	徹精
數量	1	2	5	1	5	1	1	1	1
聲類	心清	徹以	定端	章見	生心	書昌	見云	匣端	端見
數量	4	2	8	1	1	1	2	1	1
聲類	徹昌	曉匣	清定	禪章	影見	船禪	邪昌	生來	清初
數量	1	5	1	4	3	1	1	1	2
聲類	從透	清書	生初	精初	知娘	從莊	昌以	知書	邪云
數量	1	2	1	1	1	1	1	1	2
聲類	禪知	以云	章以	匣來	來以	昌影	禪書	疑從	章日
數量	1	1	1	1	1	1	1	1	1
聲類	滂章	精莊	端心	——					
數量	1	1	1	——					

在二音關係中，「韻調不同」有 132 例，其內部較複雜，有如下情況：

	二音關係「韻調不同」具體表現及數據						
類目	純粹韻、調	韻、調、攝	韻、調、攝、開合、等	韻、調、攝、等	韻、調、攝、開合	韵、調、等	韵、調、開合
數量	15	55	10	16	15	20	1

可見，「韻調不同」中，量最大的是「韻、調、攝不同」，有 55 例，單純韻、調不同只有 15 例。

在二音關係中，「韻攝不同」有 132 例，其內部較複雜，有如下情況：

	二音關係「韻攝不同」具體表現及數據			
類目	韻、攝、等	韻、攝	韻、攝、開合	韻、攝、開合、等
數量	56	31	13	32

可見，「韻攝不同」中，量最大的是韻、攝、等不同，有56例，單純韻、攝不同只有31例。

在二音關係中，「等不同」有5例。如下所示。

𡹏	滂	支	平	止	開	重三	𡹏	滂	支	平	止	開	三
駰	影	眞	平	臻	開	重四	駰	影	眞	平	臻	開	重三
暋	明	眞	平	臻	開	重三	暋	明	眞	平	臻	開	重四
懕	影	鹽	去	咸	開	重三	懕	影	鹽	去	咸	開	重四
磟	來	屋	入	通	合	一	磟	來	屋	入	通	合	三

如𡹏，《廣韻．支韻》：敷羈切，器破而未離，又皮美切；《廣韻．支韻》：𡹏，器破也。匹支切。

在二音關係中，「開合不同」有4例，如：

肱	匣	先	平	山	開	四	肱	匣	先	平	山	合	四
庋	見	支	上	止	合	重三	庋	見	支	上	止	開	重三
慶	溪	唐	上	宕	開	一	慶	溪	唐	上	宕	合	一
迅	心	眞	去	臻	開	三	迅	心	諄	去	臻	合	三

如肱，《廣韻．先韻》：胡田切，肚肱，牛百葉也；《廣韻．先韻》：牛百葉，又音絃。又如迅，《廣韻．震韻》：息晉切，疾也，又私閏切；《廣韻．稕韻》：私閏切，疾也，又音信。震、稕同用。

在二音關係中，「調、等不同」有2例：

趣	溪	眞	上	臻	開	重三	趣	溪	眞	去	臻	開	重四
吚	曉	脂	去	止	開	重三	吚	曉	脂	平	止	開	三

如趣，《廣韻．眞韻》：棄忍切，行皃，又去刃切；《廣韻．震韻》：去刃切，行皃。

在二音關係中，「聲、開合不同」有1例，即「趏」，《廣韻．鎋韻》：許鎋切，走皃；《廣韻．鎋韻》：古頒切，走皃，又枯鎋切。趏，曉鎋入山開二；見鎋入山合二。

在二音關係中，「聲、韻、攝、等不同」有1例，即「犙」，《廣韻．咍韻》：昌來切，牛羊無子；《廣韻．豪韻》：土刀切，牛羊無子，又昌來切。〔註211〕

〔註211〕葛信益《〈廣韻〉訛奪舉正》，見《〈廣韻〉叢考》，北京師範大學版，1993，頁35。

葛信益認爲「幬」異讀「昌來切」當爲「昌求切」，當是。幬，昌尤平流開三；透豪平效開一。

在二音關係中，「聲、韻、調、攝不同」有 1 例，即「䇮」，《廣韻・之韻》：止而切，到也，又如一也；《廣韻・質韻》：人質切，到也。葛信益認爲「䇮」字「又如一也」當爲「又如一反」，屬於異讀，當是。〔註 212〕䇮，日質入臻開三；章之平止開三。

二、三　音

「同義異讀」三音部分有聲韻調攝開合等皆異、聲韻等不同、聲調不同、聲韻攝開合等不同、聲韻不同、韻開合等不同、韻調攝開合不同、聲韻調不同、聲韻調等不同、韻調攝開合等不同、聲韻調攝等不同、聲韻攝等不同、聲調等不同、韻調攝等不同、調開合不同、韻調攝不同、韻調等不同、聲不同、調不同、聲韻開合等不同、韻攝等不同、韻調不同、聲韻調攝不同、韻調開合等不同、韻等不同、調等不同、韻調開合不同、韻攝開合等不同、聲韻攝不同、聲等不同、聲韻調攝開合不同、韻攝開合不同、聲調開合不同、韻攝不同、聲韻攝開合不同等情況，如下表所示。

三音音韻類別及數量									
類目	聲韻調攝開合等	聲韻等	聲調	聲韻攝開合等	聲韻	韻開合等	韻調攝開合	聲韻調	聲韻調等
數量	21	22	49	13	8	1	12	5	22
類目	韻調攝開合等	聲韻調攝等	聲韻攝等	聲調等	韻調攝等	調開合	韻調攝	韻調等	聲
數量	8	44	33	6	17	1	16	22	11
類目	調	聲韻開合等	韻攝等	韻調	聲韻調攝	韻調開合等	韻等	調等	韻調開合
數量	21	5	11	10	11	4	1	3	2
類目	韻攝開合等	聲韻攝	聲等	聲韻調攝開合	聲調開合	韻攝	聲韻攝開合	韻攝開合	
數量	1	3	3	5	1	1	1	3	

三音「同義異讀」關係中，以「聲、調不同」最多，有 49 例，其次是「聲

〔註 212〕葛信益《〈廣韻〉訛奪舉正》，見《〈廣韻〉叢考》，北京師範大學版，1993，頁 48。

韻調攝等不同」，有 44 例。

「聲、調不同」的 49 中，聲類雖不同，但多以同發音部位的聲類相轉，如舌音透－透－定、定－定－透、端－透－定、透－泥－泥，牙音見－見－溪、見－見－疑，唇音幫－幫－滂、滂－滂－幫、滂－滂－並、並－並－幫，齒頭音精－從－從、精－精－從等。如下表：

三音「聲調不同」音韻地位表																					
曈	定	東	平	通	合	一	曈	透	東	平	通	合	一	曈	透	東	上	通	合	一
𣧛	溪	支	平	止	開	重三	𣧛	見	支	平	止	開	重三	𣧛	見	支	上	止	開	重三
傂	心	支	平	止	開	三	傂	澄	支	平	止	開	三	傂	澄	支	上	止	開	三
獿	日	魚	平	遇	合	三	獿	日	魚	上	遇	合	三	獿	影	魚	去	遇	合	三
椐	見	魚	平	遇	合	三	椐	溪	魚	平	遇	合	三	椐	見	魚	去	遇	合	三
迂	云	虞	平	遇	合	三	迂	影	虞	平	遇	合	三	迂	影	虞	上	遇	合	三
簠	幫	虞	平	遇	合	三	簠	幫	虞	上	遇	合	三	簠	滂	虞	去	遇	合	三
酤〔註213〕	見	模	平	遇	合	一	酤	匣	模	上	遇	合	一	酤	見	模	去	遇	合	一
阠	生	真	平	臻	開	三	阠	心	真	去	臻	開	三	阠	書	真	去	臻	開	三
滇〔註214〕	定	先	平	山	開	四	滇	端	先	平	山	開	四	滇	透	先	去	山	開	四
邅	知	仙	平	山	開	三	邅	澄	仙	上	山	開	三	邅	澄	仙	去	山	開	三
趒〔註215〕	透	蕭	平	效	開	四	趒	定	蕭	平	效	開	四	趒	透	蕭	去	效	開	四
醮	從	宵	平	效	開	三	醮	精	宵	平	效	開	三	醮	精	宵	去	效	開	三
嬌〔註216〕	見	宵	平	效	開	重三	嬌	群	宵	平	效	開	重三	嬌	見	宵	上	效	開	重三
詨〔註217〕	見	肴	平	效	開	二	詨	匣	肴	去	效	開	二	詨	曉	肴	去	效	開	二
袉〔註218〕	定	歌	平	果	開	一	袉	定	歌	上	果	開	一	袉	透	歌	上	果	開	一
踼	定	唐	平	宕	開	一	踼	透	唐	平	宕	開	一	踼	定	唐	去	宕	開	一

〔註213〕酤，《廣韻》「賣也」義上屬見模平去二調。

〔註214〕滇，《廣韻》「大水皃」義屬定先、透先二聲。

〔註215〕趒，《廣韻》「雀行」義屬透蕭、定蕭二聲。

〔註216〕嬌，《廣韻》「女字」義屬見宵平去二聲。

〔註217〕詨，《廣韻》「嘐叫」義屬匣肴、曉肴二聲。

〔註218〕袉，《廣韻》「裾也」義屬定歌平上二聲。

炕〔註219〕	曉	唐	平	宕	開	一	炕	溪	唐	上	宕	開	一	炕	溪	唐	去	宕	開	一
婧〔註220〕	精	清	平	梗	開	三	婧	從	清	上	梗	開	三	婧	從	清	去	梗	開	三
倗〔註221〕	並	登	平	曾	開	一	倗	滂	登	上	曾	開	一	倗	滂	登	去	曾	開	一
紑	滂	尤	平	流	開	三	紑	幫	尤	平	流	開	三	紑	滂	尤	上	流	開	三
棸	莊	尤	平	流	開	三	棸	澄	尤	平	流	開	三	棸	澄	尤	上	流	開	三
鷚	明	幽	平	流	開	三	鷚	群	幽	平	流	開	三	鷚	來	幽	去	流	開	三
蟉	群	幽	平	流	開	三	蟉	來	幽	平	流	開	三	蟉	群	幽	上	流	開	三
鵀	日	侵	平	深	開	三	鵀	娘	侵	平	深	開	三	鵀	日	侵	去	深	開	三
梫	精	侵	平	深	開	三	梫	初	侵	平	深	開	三	梫	清	侵	上	深	開	三
眈〔註222〕	定	覃	平	咸	開	一	眈	端	覃	平	咸	開	一	眈	端	覃	上	咸	開	一
杝	以	支	平	止	開	三	杝	澄	支	上	止	開	三	杝	徹	支	上	止	開	三
蜰〔註223〕	並	微	平	止	合	三	蜰	幫	微	上	止	合	三	蜰	並	微	去	止	合	三
戽	曉	模	上	遇	合	一	戽	匣	模	上	遇	合	一	戽	曉	模	去	遇	合	一
載〔註224〕	精	咍	上	蟹	開	一	載	精	咍	去	蟹	開	一	載	從	咍	去	蟹	開	一
睔	匣	魂	上	臻	合	一	睔	來	魂	上	臻	合	一	睔	見	魂	去	臻	合	一
舥	端	寒	上	山	開	一	舥	定	寒	上	山	開	一	舥	端	寒	去	山	開	一
梡〔註225〕	匣	桓	平	山	合	一	梡	匣	桓	上	山	合	一	梡	溪	桓	上	山	合	一
斷	端	桓	上	山	合	一	斷	定	桓	上	山	合	一	斷	端	桓	去	山	合	一
燀	昌	仙	平	山	開	三	燀	章	仙	上	山	開	三	燀	昌	仙	上	山	開	三
彊〔註226〕	群	陽	平	宕	開	三	彊	群	陽	上	宕	開	三	彊	見	陽	去	宕	開	三

〔註219〕炕，《廣韻》「煑肱」義屬曉唐、溪唐二聲。

〔註220〕婧，《廣韻》「竦立」義屬精清、從清二聲。

〔註221〕倗，《廣韻》「輔也」義屬並登平去二聲。

〔註222〕眈，《廣韻》「視近而志遠」義屬定覃、端覃二聲。

〔註223〕蜰，《廣韻》「負盤蟲」義屬並微、幫微二聲。

〔註224〕載，《廣韻》「年也」義屬精咍去上二聲。

〔註225〕梡，《廣韻》「木名」義屬匣桓平上二聲。

〔註226〕彊，《廣韻》「強有力」義屬群陽平上二聲。

爌	曉	唐	上	宕	合	一	爌	溪	唐	上	宕	合	一	爌	溪	唐	去	宕	合	一
僸〔註227〕	見	侵	平	深	開	重三	僸	疑	侵	上	深	開	重三	僸	見	侵	去	深	開	重三
輢	影	支	上	止	開	重三	輢	群	支	去	止	開	重三	輢	影	支	去	止	開	重三
掎〔註228〕	見	支	平	止	開	重三	掎	見	支	上	止	開	重三	掎	溪	支	去	止	開	重三
瘵〔註229〕	澄	魚	平	遇	合	三	瘵	澄	魚	去	遇	合	三	瘵	徹	魚	去	遇	合	二
覵	幫	眞	平	臻	開	重四	覵	幫	眞	去	臻	開	重四	覵	滂	眞	去	臻	開	重四
攤	透	寒	平	山	開	一	攤	泥	寒	上	山	開	一	攤	泥	寒	去	山	開	一
蜆〔註230〕	匣	先	上	山	開	四	蜆	曉	先	上	山	開	四	蜆	溪	先	去	山	開	四
卲	禪	宵	平	效	開	三	卲	章	宵	去	效	開	三	卲	禪	宵	去	效	開	三
猶〔註231〕	以	尤	平	流	開	三	猶	見	尤	去	流	開	三	猶	以	尤	去	流	開	三
螃	以	尤	上	流	開	三	螃	心	尤	去	流	開	三	螃	以	尤	去	流	開	三

三、四　音

「同義異讀」四音部分包括聲調不同、聲韻調攝開合等不同、聲韻攝等不同、聲韻調攝等不同、聲韻調不同、韻調攝等不同、聲韻攝不同、韻調攝開合等不同、聲韻調等不同、聲韻攝開合等不同、韻調等不同、聲韻調攝不同、聲韻調開合等不同、韻調開合等不同、聲韻等不同、聲調等不同、韻攝開合等不同等情況。具體如下表：

「同義異讀」四音聲韻類別及數量									
類目	聲調	聲韻調攝開合等	聲韻攝等	聲韻調攝等	聲韻調	韻調攝等	聲韻攝	韻調攝開合等	聲韻調等
數量	11	12	9	14	2	4	2	4	12

〔註227〕僸，《廣韻》「仰頭皃」義屬見侵、疑侵二聲。

〔註228〕掎，《廣韻》跛角義屬見支上、溪支二聲。

〔註229〕瘵，《廣韻》「痴瘵不達」義屬澄魚、徹魚二聲。

〔註230〕蜆，《廣韻》「小黑蟲」義屬匣先、溪先三聲。

〔註231〕猶，《廣韻》「獸似麂」義屬見尤、以尤二聲。

類目	聲韻攝開合等	韻調等	聲韻調攝	聲韻調開合等	韻調開合等	聲韻等	聲調等	韻攝開合等	
數量	2	4	1	1	1	4	2	1	

由上可知，「四音」部分以「聲韻調攝等不同」最多，有 14 例。這就是說，在四個不同的音中，只有開合是相同的，其餘的音韻地位都不是完全相同的，這跟「三音」中量最多的「聲調不同」類有異。這 14 例具體如下表。

舉例說明，㬉，《廣韻》而緣切、而兗切、人絹切、乃臥切，皆有「城下田」義。鼩，《廣韻》北教切、之若切、即略切、都歷切，四音皆指「鼠名」。

四音「聲韻調攝等不同」音韻地位表

誺〔註232〕	徹	支	平	止	開	三	誺	徹	脂	去	止	開	重四	誺	徹	之	去	止	開	三
誺	來	咍	去	蟹	開	一														
湀	溪	齊	平	蟹	合	四	湀	群	脂	上	止	合	重四	湀	見	脂	上	止	合	重四
湀	溪	蟹	入	山	合	四														
塡	定	先	平	山	開	四	塡	知	眞	平	臻	開	二	塡	知	眞	去	臻	開	二
塡	定	先	去	山	開	四														
鴘	見	先	平	山	開	四	鴘	疑	先	平	山	開	四	鴘	溪	耕	平	梗	開	二
鴘	疑	麥	入	梗	開	二														
䯾〔註233〕	端	蕭	平	效	開	四	䯾	定	蕭	平	效	開	四	䯾	澄	尤	平	流	開	三
䯾	章	尤	去	流	開	三														
杓〔註234〕	幫	宵	平	效	開	重四	杓	滂	宵	平	效	開	重四	杓	禪	藥	入	宕	開	三
杓	端	錫	入	梗	開	四														
䚍	昌	侵	平	深	開	三	䚍	定	覃	平	咸	開	一	䚍	端	覃	平	咸	開	一
䚍	定	覃	上	咸	開	一														
暨〔註235〕	群	脂	去	止	開	重三	暨	見	微	去	止	開	三	暨	見	質	入	臻	開	重三
暨	見	迄	入	臻	開	三														
儗〔註236〕	疑	之	上	止	開	三	儗	疑	之	去	止	開	三	儗	疑	咍	去	蟹	開	一
儗	曉	咍	去	蟹	開	一														

〔註232〕誺，《廣韻》「不知」義分屬之支脂三韻。

〔註233〕䯾，《廣韻》「髮多」義屬定蕭、澄尤、章尤三聲。

〔註234〕杓，《廣韻》「北斗柄星」義屬幫宵、滂宵兩聲。

〔註235〕暨，《廣韻》「姓也」屬見質、見迄二聲。

〔註236〕儗，《廣韻》「儓儗」義屬疑之、疑咍、曉咍三聲。

塡〔註237〕	定	先	平	山	開	四	塡	知	眞	平	臻	開	三	塡	知	眞	去	臻	開	三
塡	定	先	去	山	開	四														
⿱㸚豕〔註238〕	見	文	去	臻	合	三	⿱㸚豕	見	物	入	臻	合	三	⿱㸚豕	群	物	入	臻	合	三
⿱㸚豕	見	薛	入	山	合	重三														
⿰目耎	日	仙	平	山	合	三	⿰目耎	日	仙	上	山	合	三	⿰目耎	日	仙	去	山	合	三
⿰目耎	泥	戈	去	果	合	一														
⿰鼻勺	幫	肴	去	效	開	二	⿰鼻勺	章	藥	入	宕	開	三	⿰鼻勺	精	藥	入	宕	開	三
⿰鼻勺	端	錫	入	梗	開	四														
咥〔註239〕	曉	脂	去	止	開	重三	咥	徹	質	入	臻	開	三	咥	定	屑	入	山	開	四
咥	端	屑	入	山	開	四														

四、五　音

「同義異讀」五音部分包括聲韻等不同、韻調攝等不同、聲韻調攝開合等不同、聲韻調攝不同、韻調攝開合不同、聲調不同、聲韻調攝等不同、聲韻調等不同、韻調開合等不同。具體數據如下表。

「五音」音韻地位表									
類目	聲韻等	韻調攝等	聲韻調攝開合等	聲韻調攝	韻調攝開合	聲調	聲韻調攝等	聲韻調等	韻調開合等
數量	1	1	3	1	1	1	5	2	1

「五音」音韻地位中，以「聲韻調攝等不同」最多，有5例，這點與「四音」相同。具體如下表：

舉例如「眴」，《廣韻》：相倫切，眩，又音舜；如匀切，同瞤；舒閏切，同瞬；許縣切，目動，又音舜；黃練切，同旬。筆者案，瞤、瞬、旬，《廣韻》都有目動搖義。

五、六　音

「同義異讀」六音部分包括聲韻調等不同、聲韻調攝等不同兩類，各 1 例。

〔註237〕塡，《廣韻》「塞滿」義屬定先平去二聲。

〔註238〕⿱㸚豕，《廣韻》豕啄土義屬見物、群物、見薛三聲。

〔註239〕咥，《廣韻》「笑」義屬曉脂、徹質、定屑三聲。

聲、韻、調、等不同：

案，「鏨」有六音，《廣韻》：昨含切，小鑿，又才三切；昨甘切，小鑿；士咸切，小鑿，又才三切；慈染切，小鑿名；才敢切，鏨鑿也，又音慙。「鏨」之六音，義皆爲「小鑿」，而聲、韻、調、等小異。

聲、韻、調、攝、等不同：

案，「揭」有六音，《廣韻》：去例切，褰衣渡水，由膝以下曰揭；居竭切，揭起，《說文》曰：高舉也；其謁切，同擖；渠列切，高舉，又揭、許二音；丘竭切，高舉也，又擔也；居列切，揭起。「揭」之六音，皆有「揭起」義，而聲、韻、調、攝、等小異。

六、七　音

「同義異讀」七音部分包括聲韻調攝等不同、聲韻攝開合等不同兩類各 1 例。

聲、韻、調、攝、等不同：

「哆」有七音，內部可分三層，一層義爲「張口也」，「哆吴大口」《廣韻》屬敕加切、尺氏切、陟駕切；一層義爲「語聲」「哆聲」，《廣韻》屬丁可切、丁佐切、昌志切；一層義爲「脣下垂」，《廣韻》屬昌者切。雖分三層，三者意義實相關。

聲、韻、攝、開合、等不同：

「濼」有七音，「水名」義《廣韻》屬盧谷切、普木切、盧毒切、以灼切、盧各切；「陂濼」義屬匹各切；「貫渠」義屬郎擊切。嚴格來看，「濼」字實屬五音同義。

七、小　結

據筆者統計，《廣韻》異讀總量有 2704 例，《廣韻》「同義異讀」部分有 1828 例，占 67.6%。分析「同義異讀」的來源和性質是研究《廣韻》異讀的重要內容。

（一）《廣韻》「同義異讀」來自方言

葛信益在《〈廣韻〉異讀字發生之原因》一文中指出，「一字因方音不同，而有異讀者。如玉名之玒，而兼收東江。蟋蟀之蛬，而鐘腫并出。訓釋無異，音讀有別。揆其所由，實緣方音。其他凡義同而音異者，均屬此類。至如貓切武瀌（宵韻），又音莫交（肴韻），考之慧琳《音義》十一，則曰『貌，莫包反，江外吳音以爲苗字，今不取。』夫慧琳言音，實取則於以秦音爲依據之《韻英》諸書，是以秦音爲正，吳音爲外。今案莫交與莫包同音，當即秦音，武瀌與苗字音同，知爲吳音。打切德冷（梗韻），又音都挺（迥韻）。而慧琳書八云：『打，德耿反，陸法言云都挺反，吳音，今不取。』十一又云：『打，德冷反，今江外吳地音頂，今不取。』是梗韻之字，秦音也，迥韻之字，則陸氏所據之吳音也。又四十六云：『厭、伊琰反，山東音伊葉反。』則《廣韻》厭切於葉，山東音也。又切於琰，乃秦音也。是又考案別籍，可以窺見某音爲某處方音者也。」「又有因讀音有古今之不同，遂發生異讀者。如模韻郝，同都切；魚韻郝，似魚切，並注地名。案《說文》郝，從邑余聲，讀若塗。小徐《繫傳》曰：『古音涂，今音徐。』《廣韻》因之，分收兩韻。」〔註 240〕筆者同意此說。

另外，劉紅花在其碩士論文《〈廣韻〉方言詞研究》（湖南師範大學 2002）中分析了數例由方音不同而形成的又音，如「攻」「虹」「打」「敗」「暨」。亦可參考。

（二）《廣韻》「同義異讀」來自漢魏六朝舊音，是韻部演變的結果

劉莉曾在博士論文中引用吳承仕〔註 241〕、羅常培〔註 242〕、趙振鐸〔註 243〕

〔註 240〕葛信益《〈廣韻〉異讀字發生之原因》，收在《〈廣韻〉叢考》，北京師範大學出版社，1993，頁 3～6。

〔註 241〕吳承仕「陸法言撰集《切韻》，所用切語上下二字，大抵沿襲舊文，不自創作。」（吳承仕《經籍舊音序錄》，《經典釋文序錄疏證》，北京：中華書局，2008 年，第 157 頁）

〔註 242〕羅常培「法言所注的音處處都有來歷」（羅常培《〈切韻〉探賾》，《羅常培文集》第 7 卷，濟南：山東教育出版社，2008 年，第 12 頁）

〔註 243〕趙振鐸「《廣韻》的又讀絕大多數來源於前代舊注和音義之書」「韻書的目的在於讀書正音，它的旨趣雖然和音義之書不盡同，但是在保留一些有影響的讀音這點上和音義之書還是一致的」（趙振鐸《〈廣韻〉的又讀字》，《辭書學論文集》，北京：商務印書館，2006 年，第 235～236）

所論，認爲「漢魏時期的經籍傳注對後世有極大的權威性，後代經師都是依注標音，尤其是漢代的音讀材料是他們最直接的依據。因此，將漢魏音讀材料與《廣韻》中的異讀進行比較，可以追溯《廣韻》異讀的來源。」〔註 244〕作者進一步指出，有的直接沿用漢魏時期同一經師音讀中的異讀，作者舉例說，如「䀠」字，《廣韻・虞韻》「舉朱切」下有：「䀠，左右視也。」《遇韻》「九遇切」下有「䀠，左右視也。」劉莉論證說，《說文・䀠部》：「䀠，左右視也。從二目。凡䀠之屬皆從䀠。讀若拘，又讀若良士瞿瞿。」「讀若拘」，即「舉朱切」，「又若良士瞿瞿」，即「九遇切」。屬於筆者所論的「同義異讀」。又如「痁」字，《廣韻・鹽韻》「處占切」下有「痁，皮剝也。」「汝鹽切」下有「痁，皮剝。又處占切。」劉莉論證說，《說文・疒部》：「痁，皮剝也。從疒冉聲。讀若枏，又讀如襜。」「讀若枏」，即「汝鹽切」，「又讀若襜」，即「處占切」。這也屬於我們所論的「同義異讀」問題。劉莉還討論了「採用漢魏時期不同經師不同注音造成的異讀」問題，認爲「漢魏音讀材料中往往有同一個詞，不同的經師卻注上了不同的讀音，這或許由於師承有別，又或許由於方俗的差異，今不能確定，《廣韻》中完好地保留了這些讀音。」〔註 245〕劉莉舉例說，如「婼」字，《廣韻・支韻》「汝移切」下有：「婼，《前漢・西域傳》有婼羌。」《麻韻》「人賒切」下有：「婼，婼羌，國名。」劉莉論述說，《漢書・趙充國傳》：「長水校尉富昌、酒泉侯奉世將婼、月氏兵四千人。」顏師古《漢書注》云：「服虔曰婼音兒，羌名也。蘇林曰婼音兒遮反。」「音兒」，即「汝移切」，「音兒遮反」，即「人賒切」。

史俊認爲，「韻系見異讀情況與上古韻部歸屬情況的高度一致性，不是偶然的，這就說明這些異讀字是漢語歷史上韻部離散演變的結果。一般說來同一聲符的字上古屬於同一韻部，但是隨著語音的演變，某些聲符的字便會成系統的發生轉移，從某一韻部轉到另一韻部。然後由於某些原因，有些聲符的字轉移并不徹底，其中有的轉到了新的韻部，有的還留在原來的韻部，也有的會兩部兼在。這些兩部兼存的字便會稱爲異讀字。比如『工』聲字，上古屬東部，到劉宋時離開東部，獨立爲江部，但是不徹底，有的已經屬於江

〔註 244〕劉莉《漢魏音讀異讀字研究》，北京大學博士論文，2012。

〔註 245〕劉莉《漢魏音讀異讀字研究》，北京大學博士論文 2012。

部，如『江豇杠腔』等；有的仍屬於東部，如『工功空控貢』等；有的則兩屬，如『虹悾崆涳』等，這些兩屬的字就成了東與江韻系之間的異讀字。」〔註 246〕

以上諸論，已具論《廣韻》又音「同義異讀」的來源。筆者再舉數例以明之。

《廣韻》「同義異讀」見於《經典釋文》〔註 247〕，如「仡」字，《廣韻》魚迄切，壯勇皃；又許訖切，壯勇皃。今考《經典釋文》「仡仡，許訖反，又魚乞反。馬本作訖訖，無所省録之貌。徐云：強狀。」二者實同音。

《廣韻》異讀總量有 2704 例，《廣韻》「同義異讀」部分有 1828 例，占 67.6%。同義異讀以二音爲主，其中又以調類不同爲主，其次是聲類不同情況。調類不同又以平去相對爲主。聲類不同以滂並同部位相轉最多。三音關係以「聲、調不同」最多，有 49 例，「聲、調不同」的 49 中，聲類雖不同，但多以同發音部位的聲類相轉，如舌音透－透－定、定－定－透、端－透－定、透－泥－泥，牙音見－見－溪、見－見－疑，脣音幫－幫－滂、滂－滂－幫、滂－滂－並、並－並－幫，齒頭音精－從－從、精－精－從等。「四音」部分以「聲韻調攝等不同」最多，有 14 例。這就是說，在四個不同的音中，只有開合是相同的，其餘的音韻地位都不是完全相同的，這跟「三音」中量最多的「聲調不同」類有異。「五音」音韻地位中，以「聲韻調攝等不同」最多，有 5 例，這點與「四音」相同。「同義異讀」六音部分包括聲韻調等不同、聲韻調攝等不同兩類，各 1 例。「同義異讀」七音部分包括聲韻調攝等不同、聲韻攝開合等不同兩類各 1 例。《廣韻》同義異讀或來源於方言，或來自漢魏六朝舊音，是韻部演變的結果。

〔註 246〕史俊《〈廣韻〉異讀探討》，蘇州大學碩士學位論文，2005。

〔註 247〕劉海蘭《〈經典釋文〉與〈廣韻〉異讀比較研究》（湖南師範大學碩士論文 2015）曾論及《廣韻》「同義異讀」與《經典釋文》又音的問題，可以參考。

第二章　《廣韻》同義異讀與《經典釋文》關係考

將《廣韻》同義異讀情況與《經典釋文》比較，進一步分析二者關係。所據《經典釋文》爲自己所製作的數據庫。該數據庫所用版本參考了張一弓點校本（上海古籍版 2012）和上海古籍出版社（2013）影印本。

第一節　「《廣韻》同義異讀全部見於《釋文》，且音切數量一致部分」研究

此部分有三百多例。

（1）《廣韻》：蹷，其月切，又音厥。按，《釋文・禮記音義》：「毋蹶，本又作『蹷』，居衞反，又求月反，行急遽貌。」「居衞反」與「厥」同音，「求月反」與「其月切」同。

（2）《廣韻》：芞，許訖切，又音乞。按，《釋文・尚書音義》：「仡仡，許訖反，又魚乞反。馬本作『訖訖』，無所省録之貌。徐云：『強狀。』」「魚乞反」與「乞」同。

（3）《廣韻》：媵，食陵切，又音孕。按，《釋文・毛詩音義》：「衆媵，音孕，又繩證反，國君夫人有左右媵。」「食陵切」與「繩證反」同。

（4）《廣韻》：晙，私閏切，又音俊。按，《釋文・爾雅音義》：「晙，子峻

反，又音峻。」「私閏切」與「子峻反」同，「俊」與「峻」同。

（5）《廣韻》：駿，子峻切，又音峻。按，《釋文・毛詩音義》：「駿命，音峻，又音俊，大也。」「子峻切」與「俊」同。

（6）《廣韻》：痗，莫佩切，又音晦。按，《釋文・毛詩音義》：「心痗，音每，又音悔，病也。」「莫佩切」與「每」同，「晦」與「悔」同。

（7）《廣韻》：減，下斬切，又古斬切。按，《釋文・禮記音義》：「其減，胡斬反，又古斬反。」「下斬切」與「胡斬反」同。

（8）《廣韻》：遒，即由切，又自秋切。按，《釋文・左傳音義》：「是遒，在由反，徐子由反，聚也。」「即由切」與「在由反」同，「自秋切」與「子由反」同。

（9）《廣韻》：桶，他孔切，又音動。按，《釋文・爾雅音義》：「桶，音動，又音甬，甬即斛也。」「他孔切」與「甬」音同。

（10）《廣韻》：痿，人垂切，又於隹切。按，《釋文・爾雅音義》：「案痿，音人垂反。《字林》云：『痹也。』韓信云『痿人不忘起』是也。讀史漢者或於危反。」於危反，影支平止合重三，《廣韻》改爲於隹切。

（11）《廣韻》：魾，符悲切，又音丕。按，《釋文・爾雅音義》：「魾，蒲悲反，或音丕。」

（12）《廣韻》：萁，居之切，又音期。按，《釋文》：「薌萁，字又作『箕』，同，音姬，語辭也。王音期，期，時也。」「居之切」與「姬」音同。

（13）《廣韻》：幃，雨非切，又許歸切。按，《釋文・爾雅音義》：「幃，本或作『褘』，又作『徽』，同，暉、韋二音。」「雨非切」與「韋」音同，「許歸切」與「暉」音同。

（14）《廣韻》：荂，況于切，又音敷。按，《釋文・莊子音義》：「皇荂，況于反，又撫于反，本又作華，音花，司馬本作里華。」「撫于反」與「敷」音同。

（15）《廣韻》：蝭，杜奚切，又音帝。按，《釋文・爾雅音義》：「蝭，音提，又音帝。」「杜奚切」與「提」音同。

（16）《廣韻》：鼃，烏媧切，又戶媧切。按，《釋文・莊子音義》：「之鼃，本又作蛙，戶媧反，司馬云，埳井，壞井也，鼃，水蟲，形似蝦蟇。」又「祝鼃，烏媧反。」

（17）《廣韻》：扳，普班切，又音班。按，《釋文・禮記音義》：「扳，本又作『攀』，普班反，一音班。」

（18）《廣韻》：鬈，巨員切，又音棬。按，《釋文・禮記音義》：「則鬈，音權，又居阮反。」「巨員切」與「居阮反」同，「棬」與「權」音同。

（19）《廣韻》：釗，古堯切，又指遙切。按，《釋文・左傳音義》：「一人釗，古堯反，又音昭。」「指遙切」與「昭」音同。

（20）《廣韻》：鐈，許嬌切，又音喬。按，《釋文・爾雅音義》：「鐈，虛嬌反，又音喬。」「許嬌切」與「虛嬌反」同。

（21）《廣韻》：蹻，其虐切，又居勺切。按，《釋文・爾雅音義》：「蹻蹻，郭居夭反。案《詩・小雅》『小子蹻蹻』，音巨虐反，今依《詩》讀。」「其虐切」與「巨虐反」同，「居勺切」與「居夭反」同。

（22）《廣韻》：翿，徒刀切，又音導。按《釋文・毛詩音義》：「翿，音導，又音陶，翳也。」「徒刀切」與「陶」音同。

（23）《廣韻》：傞，素何切，又千何切。按《釋文・毛詩音義》：「傞傞，素多反，舞不止也，一音倉柯反。」「素何切」與「素多反」同，「千何切」與「倉柯反」同。

（24）《廣韻》：苬，似由切，又音山。按《釋文・爾雅音義》：「苬，沈顧音祥由反，謝音由。」「似由切」與「祥由反」同。

（25）《廣韻》：韝，古侯切，又苦侯切。按《釋文・儀禮音義》：「射韝，古侯反。劉苦侯反。」

（26）《廣韻》：鱏，徐林切，又音淫。按《釋文・爾雅音義》：「鱏，音尋，又音淫。」「徐林切」與「尋」音同。

（27）《廣韻》：蜠，去倫切，又渠殞切。按《釋文・爾雅音義》：「蜠，郭求隕反，又丘筠反。」「去倫切」與「丘筠反」同。「渠殞切」與「求隕反」同。

（28）《廣韻》：葭，古牙切，又音遐。按《釋文・公羊傳音義》：「邾婁葭，音加，又音遐，左氏作邾瑕。」「古牙切」與「加」同。

（29）《廣韻》：蚆，伯加切，又匹加切。按，《釋文・爾雅音義》：「蚆，普巴反，郭音巴，《字林》同，云：『嬴屬，博而頯也。』」「伯加切」與「巴」音同，「匹加切」與「普巴反」同。

（30）《廣韻》：迒，胡郎切，又古郎切。按，《釋文・爾雅音義》：「迒，音剛，又戸郎反。諸詮之云：『兔道也。』阮孝緒云：『獸迹也。』」「胡郎切」與「戸郎反」同，「古郎切」與「剛」音同。

（31）《廣韻》：毳，此芮切，又楚稅切。按，《釋文・毛詩音義》：「毳，昌銳反，本又作脃，七歲反。」七歲反，宋元遞修本作士歲反，恐非。「此芮切」與「七歲反」同，「楚稅切」與「昌銳反」同。

（32）《廣韻》：襘，黃外切，又古外切。按，《釋文・周禮正義》：「襘，古外反，又戸外反。」「黃外切」與「戸外反」同。

（33）《廣韻》：脫，他括切，又徒活切。按，《釋文・莊子音義》：「巳脫，音奪。」又「脫，吐奪反。」「他括切」與「吐奪反」同。「徒活切」與「奪」音同。

（34）《廣韻》：徹，直列切，又丑列切。按，《釋文・尚書音義》：「徹，丑列反，徐直列反。」

（35）《廣韻》：妁，市若切，又音酌。按，《釋文・毛詩音義》：「妁，時酌反，又音酌，《廣雅》云妁酌也。」「市若切」與「時酌反」同。

（36）《廣韻》：柞，則落切，又音昨。按，《釋文・毛詩音義》：「維柞，子洛反，又音昨，木名。」「則落切」與「子洛反」同。

（37）《廣韻》：謫，陟革切，又丈厄切。按，《釋文・左傳音義》：「公謫，直革反，責也，王又丁革反。」「陟革切」與「丁革反」同，「丈厄切」與「直革反」同。

（38）《廣韻》：欃，與涉切，又力葉切。按，《釋文・爾雅音義》：「欃，力輒反，又餘涉反。」「與涉切」與「餘涉反」同，「力葉切」與「力輒反」同。

（39）《廣韻》：璆，巨鳩切，又渠幽切。按，《釋文・爾雅音義》：「璆，音虯，本或作「球」字，渠周反。」「巨鳩切」與「虯」同，「渠幽切」與「渠周反」同。

（40）《廣韻》：幧，七刀切，又七搖切。按，《釋文・禮記音義》：「幧頭，七消反，又七曹反。」「七刀切」與「七曹反」同，「七搖切」與「七消反」同。

（41）《廣韻》：瑗，于願切，又王眷切。按，《釋文・周禮音義》：「之瑗，于眷反，劉于願反。」「王眷切」與「于眷反」同。

（42）《廣韻》：蓄，許竹切，又初六切。按，《釋文・禮記音義》：「以蓄，丑六反，又許六反。」「初六切」與「丑六反」同，「許竹切」與「許六反」同。

（43）《廣韻》：蝀，德紅切，又音董。按，《釋文・爾雅音義》：「蝀，丁孔反，《詩》作『東』，音同。又德紅反。」「董」與「丁孔反」同。

（44）《廣韻》：濟，子禮切，又音霽。按，《釋文・周禮音義》：「曰濟，節細反，又才禮反。」「節細反」與「霽」音同，「子禮切」與「才禮反」同。

（45）《廣韻》：埽，蘇到切，又桑道切。按，《釋文・爾雅音義》：「埽，素老反。」《禮記音義》：「埽，素報反。」「蘇到切」與「素報反」同，「桑道切」與「素老反」同。

（46）《廣韻》：禱，都導切，又當老切。按，《釋文・禮記音義》：「有禱，丁老反，一音丁報反。」「都導切」與「丁報反」同，「當老切」與「丁老反」同。

（47）《廣韻》：敲，苦教切，又苦交切。按，《釋文・周禮音義》：「相敲，苦交反，又苦教反。」

（48）《廣韻》：摇，弋照切，又音遙。按，《釋文・左傳音義》：「則摇，音遥，又餘照反。」「弋照切」與「餘照反」同。

（49）《廣韻》：題，特計切，又徒雞切。按，《釋文・毛詩音義》：「題彼，大計反，視也。」《儀禮音義》：「題肩，大西反。」「特計切」與「大計反」同，「徒雞切」與「大西反」同。

（50）《廣韻》：驅，區遇切，又羌愚切。按，《釋文・毛詩音義》：「載驅，欺具反，又如字，下皆同，本亦作駈。」「區遇切」與「欺具反」同，「羌愚切」當爲如字音。

（51）《廣韻》：覦，羊戍切，又音俞。按，《釋文・左傳音義》：「覦，羊朱反，《字林》羊住反，說文云欲也。」「羊住反」與「羊戍切」同，「羊朱反」與「俞」音同。

（52）《廣韻》：輿，羊洳切，又音余。按，《釋文・左傳音義》：「士輿，音預。」《左傳音義》:「七輿，音餘。」「羊洳切」與「預」音同,「余」與「餘」音同。

(53)《廣韻》: 鶅，側吏切，又音甾。按,《釋文・爾雅音義》:「鶅，側其、側事二反。」「側其反」與「甾」音同。「側事反」與「側吏切」同。

(54)《廣韻》: 灉，於用切，又義容切。按,《釋文・爾雅音義》:「灉，於用反，又於恭反。」「義容切」與「於恭反」同。

(55)《廣韻》: 封，方用切，又方容切。按,《釋文・論語音義》:「之封，甫用反，又如字。」「方用切」與「甫用反」同,「方容切」當同如字音。

(56)《廣韻》: 衷，陟仲切，又陟沖切。按,《釋文・左傳音義》:「衷戎，丁仲反，又音忠。」「陟仲切」與「丁仲反」同,「陟沖切」與「忠」音同。

(57)《廣韻》: 走，子苟切，又音奏。按,《釋文・左傳音義》:「以走，如字，一音奏。」「子苟切」同如字音。

(58)《廣韻》: 後，胡口切，又胡豆切。按,《釋文・毛詩音義》:「將後，胡豆反，又如字。」「胡口切」當同如字音。

(59)《廣韻》: 卣，與久切，又音由。按,《釋文・爾雅音義》:「卣，由、酉二音，下同。」「與久切」與「酉」音同。

(60)《廣韻》: 霆，徒鼎切，又音庭。按,《釋文・毛詩音義》:「雷霆，音廷，又音挺。」「徒鼎切」與「挺」音同。「庭」與「廷」同。

(61)《廣韻》: 莛，徒鼎切，又音庭。按,《釋文・莊子音義》:「莛，徐音庭，李音挺，司馬云屋梁也。」「徒鼎切」與「挺」音同。

(62)《廣韻》: 艼，他鼎切，又禿鈴切。按,《釋文・爾雅音義》:「艼，天頂反，又天丁反。」「他鼎切」與「天頂反」同,「禿鈴切」與「天丁反」同。

(63)《廣韻》: 楩，符善切，又父綿切。按,《釋文・爾雅音義》:「楩，鼻緜反，又婢衍反。《上林賦》云『楩柟豫章』是也。《字指》云:『木似豫章。』」「鼻緜反」與「父綿切」同,「符善切」與「婢衍反」同。

(64)《廣韻》: 望，巫放切，又音亡。按,《釋文・毛詩音義》:「令望，如字，協韻音亡。」「巫放切」當同如字音。

(65)《廣韻》: 宴，於殄切，又烏見切。按,《釋文・左傳音義》:「享宴，宴音於見反，徐於顯反。」「於殄切」與「於顯反」同，「烏見切」與「於見反」同。

（66）《廣韻》：引，羊晉切，又羊忍切。按，《釋文・毛詩音義》：「引也，夷忍反，又夷刃反。」「羊忍切」與「夷忍反」同，「羊晉切」與「夷刃反」同。

（67）《廣韻》：鼐，奴亥切，又奴代切。按，《釋文・毛詩音義》：「鼐，乃代反，郭音乃，大鼎也。」「奴代切」與「乃代反」同，「奴亥切」與「乃」音同。

（68）《廣韻》：煦，況羽切，又香句切。按，《釋文・禮記音義》：「煦，許具反，徐況甫反。」「況羽切」與「況甫反」同，「香句切」與「許具反」同。

（69）《廣韻》：披，匹靡切，又偏羈切。按，《釋文・左傳音義》：「必披，普靡反，又普知反。」「匹靡切」與「普靡反」同，「偏羈切」與「普知反」同。

（70）《廣韻》：兇，許拱切，又音凶。按，《釋文・左傳音義》：「衆兇，音凶，一音凶勇反。」「許拱切」與「凶勇反」同。

（71）《廣韻》：恐，丘隴切，又丘用切。按，《釋文・莊子音義》：「子恐，丘勇反。」又《莊子音義》：「唯恐，丘用反。」「丘隴切」與「丘勇反」同。

（72）《廣韻》：祲，子鴆切，又子心切。按，《釋文・周禮音義》：「眡祲，子鴆反，李且衽反。」「子心切」與「且衽反」同。

（73）《廣韻》：燾，徒刀切，又徒到切。按，《釋文・公羊傳音義》：「公燾，徒報反，一本作濤，音同，冒也。」「徒刀切」與「濤」音同，「徒到切」與「徒報反」同。

（74）《廣韻》：供，九容切，又居用切。按，《釋文・爾雅音義》：「供，如字，又居用反。」「九容切」當同如字音。

（75）《廣韻》：迆，弋支切，又移爾切。按，《釋文・爾雅音義》：「迆，字或作『迤』，余紙、余支二反。《說文》云：『迤，邪行也。』」「移爾切」與「余紙反」同，「弋支切」與「余支反」同。

(76)《廣韻》：匜，弋支切，又羊氏切。按，《釋文‧禮記音義》：「匜，羊支反，一音以氏反。杜預注《左傳》云：『沃盥器也。』」「弋支切」與「羊支反」同，「羊氏切」與「以氏反」同。

(77)《廣韻》：藣，彼為切，又彼義切。按，《釋文‧爾雅音義》：「藣，方皮、方賜二反。」「彼為切」與「方皮切」同，「彼義切」與「方賜反」同。

(78)《廣韻》：蟻，魚羈切，又音蟻。按，《釋文‧爾雅音義》：「蟻，郭音儀，施音蟻。」「魚羈切」與「儀」音同。

(79)《廣韻》：遲，直利切，又直尸切。按，《釋文‧周易音義》：「遲，雉夷反，晚也，緩也。陸云：『待也。』一音直冀反。」「直利切」與「直冀反」同，「直尸切」與「雉夷反」同。

(80)《廣韻》：遺，以醉切，又音惟。按，《釋文‧周禮音義》：「遺人，維季反，注饋遺同，司農音維。」「以醉切」與「維季反」同。

(81)《廣韻》：壝，以追切，又以癸切。按，《釋文‧儀禮音義》：「為壝，劉以垂反。一音以癸反。」「以追切」與「以垂反」同。

(82)《廣韻》：巋，丘追切，又丘誄切。按，《釋文‧莊子音義》：「巋，丘軌反，巋然高峻貌。《字林》：丘追反，小山而衆也。」「丘誄切」與「丘軌反」同。

(83)《廣韻》：思，息茲切，又息吏切。按，《釋文‧禮記音義》：「思，息嗣反，又如字，下同。」「息茲切」當同如字音。「息吏切」與「息嗣反」同。

(84)《廣韻》：伺，息茲切，又息吏切。按，《釋文‧公羊傳音義》：「候伺，音司，又息嗣反。」「息茲切」與「司」音同，「息吏切」與「息嗣反」同。

(85)《廣韻》：誹，甫微切，又方味切。按，《釋文‧莊子音義》：「怨誹，非謂反，徐音非，李云非世無道怨己不遇也。」「甫微切」與「非」音同，「方味切」與「非謂反」同。

(86)《廣韻》：譽，以諸切，又音預。按，《釋文‧周易音義》：「无譽，音餘，又音預。」「以諸切」與「餘」音同。

(87)《廣韻》：耡，士魚切，又音助。按，《釋文‧周禮音義》：「興耡，音助，李又音鉏。」「士魚切」與「鉏」音同。

（88）《廣韻》：瓠，戶吳切，又音護。按，《釋文・左傳音義》：「瓠丘，徐侯吳反，音戶故反。」「戶吳切」與「侯吳反」同，「護」與「戶故反」同。

（89）《廣韻》：謼，荒烏切，又火故切。按，《釋文・爾雅音義》：「謼也，火故反，又如字，又作呼。」「荒烏切」當同如字音。

（90）《廣韻》：脢，莫杯切，又莫佩切。按，《釋文・周易音義》：「脢，武杯反，又音每，心之上口之下也。鄭云：『背脊肉也。』《說文》同。」「莫杯切」與「武杯反」同，「莫佩切」與「每」音同。

（91）《廣韻》：振，側鄰切，又之刃切。按，《釋文・左傳音義》：「堇振，之刃反，一音眞，注同。」「側鄰切」與「眞」同。

（92）《廣韻》：畛，側鄰切，又之忍切。按，《釋文・左傳音義》：「封畛，之忍反，一音眞。」「側鄰切」與「眞」同。

（93）《廣韻》：鼢，扶分切，又房吻切。按，《釋文・爾雅音義》：「鼢，字亦作『蚡』，扶粉、扶云二反，《說文》云：『地中行鼠，伯勞所作也。』」「扶分切」與「扶云反」同，「房吻切」與「扶粉反」同。

（94）《廣韻》：宛，於袁切，又音苑。按，《釋文・左傳音義》：「宛陵，於阮反，又於元反。」「於袁切」與「於元反」同，「於阮反」與「苑」音同。

（95）《廣韻》：翰，胡安切，又侯旰切。按，《釋文・左傳音義》：「有翰，戶旦反，一音韓。」「胡安切」與「韓」音同，「侯旰切」與「戶旦反」同。

（96）《廣韻》：觀，古丸切，又古玩切。按，《釋文・左傳音義》：「觀於公，古亂反，注同，又如字。」「古玩切」與「古亂反」同，「古丸切」當同如字音。

（97）《廣韻》：冠，古丸切，又古玩切。按，《釋文・禮記音義》：「冠者，如字，徐古亂反。」「古玩切」與「古亂反」同，「古丸切」當同如字音。

（98）《廣韻》：先，蘇前切，又蘇薦切。按，《釋文・禮記音義》：「出乎大門而先，如字，絶句。又悉遍反。」「蘇前切」當同如字音。「蘇薦切」與「悉遍反」同。

（99）《廣韻》：佃，徒年切。佃，堂練切。按，《釋文・毛詩音義》：「所佃，音田，又音電。」「徒年切」與「田」音同。「堂練切」與「電」音同。

（100）《廣韻》：料，落蕭切，又力弔切。按，《釋文・穀梁傳音義》：「臣料，力彫反，又力弔反。」「落蕭切」與「力彫反」同。

（101）《廣韻》：燒，失照切，又失昭切。按，《釋文・禮記音義》：「燒石，如字，又舒照反。」「失照切」與「舒照反」同，「失昭切」當同如字音。

（102）《廣韻》：鷂，餘昭切，又音曜。按，《釋文・爾雅音義》：「鷂，以照反，《字林》云：『鷙鳥。』下同。」又《爾雅音義》：「鷂，羊召反。」「餘昭切」與「羊召反」同，「以照反」與「曜」音同。

（103）《廣韻》：號，胡刀切，又胡到切。按，《釋文・左傳音義》：「公號，戶刀反，王戶報反。」「胡刀切」與「戶刀反」同，「胡到切」與「戶報反」同。

（104）《廣韻》：芼，莫袍切，又莫報切。按，《釋文・毛詩音義》：「芼，莫報反，沈音毛。」「莫袍切」與「毛」音同。

（105）《廣韻》：瑳，七何切，又千可切。按，《釋文・毛詩音義》：「之瑳，七可反，沈又七何反，笑貌。」「千可切」與「七可反」同。

（106）《廣韻》：操，七刀切，又七到切。按，《釋文・穀梁傳音義》：「于操，七報反。」又《莊子音義》：「操弦，七刀反。」「七到切」與「七報反」同。

（107）《廣韻》：猒，一鹽切，又於豔切。按，《釋文・尚書音義》：「猒，於鹽反，又於豔反。」「一鹽切」與「於鹽反」同。

（108）《廣韻》：監，古銜切，又格懺切。按，《釋文・尚書音義》：「監我，上工銜反，注同。」「監，古蹔反視也。」

（109）《廣韻》：圃，博故切，又音補。按，《釋文・禮記音義》：「之圃，音補，徐音布。樹菜蔬曰圃。」「博故切」與「布」音同。

（110）《廣韻》：弟，徒禮切，又特計切。按，《釋文・毛詩音義》：「弟，如字，本亦作悌，音同，易也，後皆放此。」「徒禮切」當與如字同。「特計切」與「悌」音同。

（111）《廣韻》：飯，扶晚切，又扶万切。按，《釋文・儀禮音義》：「三飯，扶晚切。」又《爾雅音義》：「飰，字又作『餅』（宋元遞修本作餴），俗作『飯』，同符萬反。」

（112）《廣韻》：盥，古滿切，又古玩切。按，《釋文・尚書音義》：「盥，音管。又音灌。」「古滿切」與「管」音同，「古玩切」與「灌」音同。

（113）《廣韻》：障，諸良切，又音去聲。按，《釋文・禮記音義》：「有障，之亮反，又音章。」「諸良切」與「章」音同。「之亮反」當爲《廣韻》去聲。

（114）《廣韻》：漲，陟良切，又音帳。按，《釋文・爾雅音義》：「漲，音張，又音帳。」「陟良切」與「張」音同。

（115）《廣韻》：禜，永兵切，又音詠。按，《釋文・左傳音義》：「禜之，音詠，徐又音營。」「永兵切」與「營」音同。

（116）《廣韻》：腥，蘇佞切，又音星。按，《釋文・禮記音義》：「腥魚，音星。」又《禮記音義》：「腥，依注作『星』，皇云：『肉中如米者。』《說文》云：『腥星見食豕，令肉中生小息肉也。』《字林》音先定反。」「蘇佞切」與「先定反」同。

（117）《廣韻》：聽，他丁切，又湯定切。按，《釋文・左傳音義》：「聽迫，吐定反。」又《左傳音義》：「故聽，吐丁反。」「他丁切」與「吐丁反」同。「湯定切」與「吐定反」同。

（118）《廣韻》：庮，以周切，又弋久切。按，《釋文・周禮音義》：「庮，音由，徐餘柳反，干云病也，司農云朽木臭也。」「以周切」與「由」音同，「弋久切」與「餘柳反」同。

（119）《廣韻》：稻，土刀切，又他浩切。按，《釋文・爾雅音義》：「稻，地刀反，郭又他皓反。」「土刀切」與「地刀反」同。「他浩切」與「他皓反」同。

（120）《廣韻》：簸，布火切，又布箇切。按，《釋文・毛詩音義》：「簸揚，波我反，徐又府佐反。」「布火切」與「波我反」同。「布箇切」與「府佐反」同。

（121）《廣韻》：犩，語韋切，又魚貴切。按，《釋文・爾雅音義》：「犩，郭魚威反，張揖同。《字林》生畏反，云：『黑色而大重三千斤。』」「語韋切」與「魚威反」同，「魚貴切」與「生畏反」同。

（122）《廣韻》：腓，符非切，又扶沸切。按，《釋文・莊子音義》：「腓，音肥，又符畏反。」「符非切」與「肥」音同，「扶沸切」與「符畏反」同。

（123）《廣韻》：棺，古丸切，又古玩切。按，《釋文・儀禮音義》：「棺，古患反。一讀如字。」「古玩切」與「古患反」同。「古丸切」當同如字音。

（124）《廣韻》：訕，所晏切，又所攀切。按，《釋文・禮記音義》：「無訕，所諫反，徐所姦反。」「所晏切」與「所諫反」同，「所攀切」與「所姦反」同。

（125）《廣韻》：磨，摸臥切，又莫禾切。按，《釋文・莊子音義》：「若磨，末佐反，又如字。」「摸臥切」與「末佐反」同，「莫禾切」當同如字音。

（126）《廣韻》：涼，力讓切，又呂張切。按，《釋文・左傳音義》：「於涼，音良，薄也，徐音亮。」「力讓切」與「亮」音同，「呂張切」與「良」音同。

（127）《廣韻》：張，知亮切，又陟良切。按，《釋文・穀梁傳音義》：「張設，如字，又陟亮反。」「知亮切」與「陟亮反」同，「陟良切」當同如字音。

（128）《廣韻》：仰，魚向切，又魚兩切。按，《釋文・周易音義》：「委仰，如字，又魚亮反。」「魚向切」與「魚亮反」同，「魚兩切」當同如字音。

（129）《廣韻》：妨，敷亮切，又敷方切。按，《釋文・儀禮音義》：「其妨，如字，一音芳亮反。」「敷亮切」與「芳亮反」同，「敷方切」當同如字音。

（130）《廣韻》：忘，巫放切，又音亡。按，《釋文・禮記音義》：「未忘，音亡。」《周禮音義》：「遺忘，音妄。」「巫放切」與「妄」音同。

（131）《廣韻》：傍，蒲光切，又蒲郎切。按，《釋文・毛詩音義》：「牽傍，薄浪反。」又《儀禮音義》：「從傍，蒲郎反。或作旁。」「蒲光切」與「薄浪反」同。

（132）《廣韻》：喪，息郎切，又息浪切。按，《釋文・禮記音義》：「不喪，如字，下同。徐息浪反，下放此。」「息郎切」當同如字音。

（133）《廣韻》：生，所敬切，又所京切。按，《釋文・論語音義》：「生，所幸反，又如字。」「所敬切」與「所幸反」同，「所京切」當同如字音。

（134）《廣韻》：輕，墟正切，又去盈切。按，《釋文・毛詩音義》：「輕也，遣政反，又如字下同。」「墟正切」與「遣政反」同，「去盈切」當同如字音。

（135）《廣韻》：廷，徒徑切，又音亭。按，《釋文・穀梁傳音義》：「廷道，徒佞反，朝廷之道也，一音庭。」「徒徑切」與「徒佞反」同，「亭」與「庭」音同。

（136）《廣韻》：扔，而證切，又音仍。按，《釋文・老子音義》：「而扔，人證反，又音仍，引也，因也，字林云，就也，數也，原也。」「而證切」與「人證反」同。

（137）《廣韻》：應，於證切，又音膺。按，《釋文・周易音義》：「所應，如字。舊音應對之應。」「於證切」與「應對之應」音同。「膺」當同如字音。

（138）《廣韻》：右，于救切，又于久切。按，《釋文・毛詩音義》：「右之，毛音又，勸也，鄭如字，薦右也。」「于救切」與「又」音同，「于久切」當同如字音。

（139）《廣韻》：任，汝鴆切，又音壬。按，《釋文・論語音義》：「言任，音壬，又而鴆反。」「汝鴆切」與「而鴆反」同。

（140）《廣韻》：針，之任切，又之林切。按，《釋文・莊子音義》：「於針，之鴆反，或之林反。」「之任切」與「之鴆反」同。

（141）《廣韻》：飲，於禁切，又於錦切。按，《釋文・論語音義》：「而飲，王於鴆反，注同又如字。」「於禁切」與「於鴆反」同。「於錦切」當同如字音。

（142）《廣韻》：染，而豔切，又如檢切。按，《釋文・周禮音義》：「染人，如豔反，劉而險反。」「而豔切」與「如豔反」同，「如撿切」與「而險反」同。

（143）《廣韻》：髯，而豔切，又人占切。按，《釋文・莊子音義》：「美髯，人鹽反。」又《爾雅音義》：「髯，而占反。」「而豔切」與「人鹽反」同，「人占切」與「而占反」同。

（144）《廣韻》：忝，他念切，又他玷切。按，《釋文・毛詩音義》：「毋忝，音無，下他簟反，《字林》他念反。」「他玷切」與「他簟反」同。

（145）《廣韻》：兼，古念切，又古嫌切。按，《釋文・禮記音義》：「或兼，如字，一音古念反。」「古嫌切」當同如字音。

（146）《廣韻》：邴，兵永切，又音柄。按，《釋文・左傳音義》：「邴，音丙，又彼病反。」「兵永切」與「丙」音同。「彼病反」與「柄」音同。

（147）《廣韻》：莖，直尼切，又徒結切。按，《釋文・爾雅音義》：「莖，謝大結反，郭直基反。」「直尼切」與「直基反」同，「徒結切」與「大結反」同。

（148）《廣韻》：祓，方肺切，又敷勿切。按，《釋文・毛詩音義》：「祓也，音拂，又音廢下同。」「方肺切」與「廢」音同，「敷勿切」與「拂」音同。

（149）《廣韻》：贖，常句切，又神蜀切。按，《釋文・毛詩音義》：「贖刑，音樹，一音常欲反。」「常句切」與「常欲反」同，「神蜀切」與「樹」音同。

（150）《廣韻》：鵯，府移切，又譬吉切。按，《釋文・毛詩音義》：「卑居，本亦作鵯同，音匹，又必移反。」「府移切」與「必移反」同，「譬吉切」與「匹」音同。

（151）《廣韻》：洟，以脂切，又他計切。按，《釋文・周易音義》：「洟，他麗反，又音夷。鄭云：『自目曰涕，自鼻曰洟。』」「以脂切」與 「夷」音同，「他計切」與「他麗反」同。

（152）《廣韻》：帑，乃都切，又他朗切。按，《釋文・毛詩音義》：「妻帑，依字吐蕩反，經典通爲妻帑字，今讀音奴子也。」「吐蕩反」與「他朗切」同，「乃都切」與「奴」音同。

（153）《廣韻》：悝，苦回切，又良士切。按，《釋文・爾雅音義》：「悝，音里。」又《禮記音義》：「孔悝，口回反。」「苦回切」與「口回反」同，「良士切」與「里」音同。

（154）《廣韻》：箾，蘇彫切。又所角切。按，《釋文・左傳音義》：「象箾，徐音朔。」又《左傳音義》：「韶箾，音簫。」「蘇彫切」與「簫」音同。「所角切」與「朔」音同。

（155）《廣韻》：檝，即葉切，又秦入切。按，《釋文・爾雅音義》：「檝，本或作『㨗』，又作『接』，同，子葉、才入二反。《方言》曰：『檝，橈也。』《說文》云：『檝舟棹也。』《釋名》曰：『在旁撥水曰櫂，又謂之檝，檝捷也。』」「即葉切」與「子葉」同，「秦入切」與「才入反」同。

（156）《廣韻》：蜮，雨逼切，又胡國切。按，《釋文・毛詩音義》：「蜮，音或，沈又音域，短狐也，狀如鼈，三足，一名射工，俗呼之水弩，在水中含沙射人，一云射人影。」「雨逼切」與「域」音同，「胡國切」與「或」音同。

（157）《廣韻》：掇，丁括切，又陟劣切。按，《釋文・毛詩音義》：「掇，都奪反，拾也，一音知劣反。」「丁括切」與「都奪反」同，「陟劣切」與「知劣反」同。

（158）《廣韻》：窒，陟栗切，又丁結切。按，《釋文・毛詩音義》：「窒，珍悉反，《爾雅》云塞也，崔、李同，《說文》都節反。」「陟栗切」與「珍悉反」同，「丁結切」與「都節反」同。

（159）《廣韻》：姪，直一切，又徒結切。按，《釋文・爾雅音義》：「姪，大結反，《字林》云：『兄女。』又丈乙反。」「直一切」與「丈乙反」同，「徒結切」與「大結反」同。

（160）《廣韻》：軼，夷質切，又徒結切。按，《釋文・左傳音義》：「侵軼，直結反，又音逸，突也。」「夷質切」與「逸」音同，「徒結切」與「直結反」同，徒，定母，直，澄，母，古無舌上音。

（161）《廣韻》：漱，所祐切，又蘇奏切。按，《釋文・禮記音義》：「漱，所救反，徐素遘反。漱，漱口也。」「所祐切」與「所救反」同，「蘇奏切」與「素遘反」同。

（162）《廣韻》：韗，王問切，又虛願切。按，《釋文・禮記音義》：「煇，依注作『韗』，同，況萬反，又音運，下同。甲吏也。」「王問切」與「運」音同，「虛願切」與「況萬反」同。

（163）《廣韻》：愾，許既切，又苦愛切。按，《釋文・毛詩音義》：「愾，苦愛反，嘆息也，《說文》云太息也，音火既反。」「許既切」與「火既切」同。

（164）《廣韻》：愀，親小切，又在九切。按，《釋文・穀梁傳音義》：「愀然，在九反，又親小反。」

（165）《廣韻》：簪，側吟切，又作含切。按，《釋文・儀禮音義》：「簪裳，側林反。劉左南反。」「側吟切」與「側林反」同，「作含切」與「左南反」同。

（166）《廣韻》：蟫，餘針切，又徒含切。按，《釋文・爾雅音義》：「蟫，郭音淫，又徒南反。」「餘針切」與「淫」音同，「徒含切」與「徒南反」同。

（167）《廣韻》：鼶，息移切，又杜奚切。按，《釋文・爾雅音義》：「鼶，私移反，又徒奚反。」「息移切」與「私移反」同，「杜奚切」與「徒奚反」同。

（168）《廣韻》：推，尺隹切，又他回切。按，《釋文・周禮音義》：「三推，出誰反，又他回反。」「尺隹切」與「出誰反」同。

（169）《廣韻》：桴，芳無切，又縛謀切。按，《釋文・爾雅音義》：「桴，郭音浮，又音孚。《字林》云：『極也，棟也。』」「縛謀切」與「浮」音同，「芳無切」與「孚」音同。

（170）《廣韻》：惇，章倫切，又都昆切。按，《釋文・禮記音義》：「惇和，音純，本又作『敦』」。「章倫切」與「純」音同，「都昆切」當爲「敦」字。

（171）《廣韻》：焞，常倫切，又他昆切。按，《釋文・周禮音義》：「楚焞，吐敦反，又徒敦反，又在悶反，又祖悶反，一音純，李一音祖館反。」「常倫切」與「純」音同，「他昆切」與「徒敦反」同。

（172）《廣韻》：綸，古頑切，又力迍切。按，《釋文・禮記音義》：「如綸，音倫，又古頑反，綬也。」「力迍切」與「倫」音同。

（173）《廣韻》：還，戶關切，又似宣切。按，《釋文・莊子音義》：「之還，音旋，一音環。」「戶關切」與「環」音同，「似宣切」與「旋」音同。

（174）《廣韻》：穜，徒紅切，又直容切。按，《釋文・周禮音義》：「穜，直龍反，本或作重，音同，先種後熟曰穜，案如字，書禾旁作重是種稑之字，作童是穜殖之字，今俗則反之。」「徒紅切」與「重」音同，古無舌上音。「直容切」與「直龍反」同。

（175）《廣韻》：蹻，許嬌切，又五刀切。按，《釋文・儀禮音義》：「蹻，許驕反。劉五高反。下同。」「五刀切」與「五高反」同。

（176）《廣韻》：俔，胡典切，又苦甸切。按，《釋文・爾雅音義》：「蜆，下顯反，《字林》下研反，孫音俔。案俔字下顯、苦見二反。」「胡典切」與「下顯反」同，「苦甸切」與「苦見反」同。

（177）《廣韻》：粗，倉胡切，又徂古切。按，《釋文・禮記音義》：「粗以，采都反，又才古反。」「倉胡切」與「采都反」同，「徂古切」與「才古反」同。

（178）《廣韻》：瞿，其俱切，又九遇切。按，《釋文・爾雅音義》：「瞿，求于反。」又《毛詩音義》：「瞿瞿，俱具反，無守之貌。」「其俱切」與「求于反」同，「九遇切」與「俱具反」同。

（179）《廣韻》：娠，失人切，又章刃切。按，《釋文・禮記音義》：「有娠，音身，一音震，謂懷妊。」「失人切」與「身」音同，「章刃切」與「震」音同。

（180）《廣韻》：犈，巨員切，又居倦切。按，《釋文・爾雅音義》：「犈，音權，又音眷。」「巨員切」與「權」音同，「居倦切」與「眷」音同。

（181）《廣韻》：庳，府移切，又便俾切。按，《釋文・左傳音義》：「卑庳，庳音婢，亦音卑。」「便俾切」與「婢」音同，「府移切」與「卑」音同。

（182）《廣韻》：菀，於阮切，又紆物切。按，《釋文・毛詩音義》：「有菀，音鬱，茂也，徐又於阮反。」「紆物切」與「鬱」音同。

（183）《廣韻》：郜，古到切，又古沃切。按，《釋文・左傳音義》：「取郜，古報反，《字林》又工竺反。」「古到切」與「古報反」同，「古沃切」與「工竺反」同。

（184）《廣韻》：隩，烏到切，又於六切。按，《釋文・爾雅音義》：「隩，《字林》烏到反，郭於六反，注及下同。本或作『澳』」。

（185）《廣韻》：復，扶富切，又音服。按，《釋文・毛詩音義》：「復降，音服，又扶又反。」「扶富切」與「扶又反」同。

（186）《廣韻》：炙，之夜切，又之石切。按，《釋文・儀禮音義》：「肝炙，支夜反。」又《禮記音義》：「以炙，之石反。」「之夜切」與「支夜反」同。

（187）《廣韻》：借，子夜切，又資昔切。按，《釋文・穀梁傳音義》：「假借，音嫁，又古雅反，下子夜反，又子亦反。」「資昔切」與「子亦反」同。

（188）《廣韻》：濯，直教切，又直角切。按，《釋文・儀禮音義》：「濯，直孝反。」又《禮記音義》：「濯，音濁。」「直教切」與「直孝切」同，「直角切」與「濁」音同。

（189）《廣韻》：倌，古患切，又音官。按，《釋文・毛詩音義》：「倌人，音官，徐古患反，主駕人也《說文》云小臣也。」

（190）《廣韻》：悖，蒲昧切，又蒲沒切。按，《釋文・左傳音義》：「悖焉，蒲忽反，一作勃，同，盛貌。」又《左傳音義》：「悖心，必內反。」「蒲昧切」與「必內反」同，「蒲沒切」與「蒲忽反」同。

（191）《廣韻》：檜，古外切，又古活切。按，《釋文・毛詩音義》：「檜，古活反，又古會反，木名。」「古外切」與「古會反」同。

（192）《廣韻》：栵，力制切，又音列。按，《釋文・毛詩音義》：「栵，音例，又音列，栭也。」「力制切」與「例」音同。

（193）《廣韻》：洌，力制切，又音列。按，《釋文・周易音義》：「洌，音列，絜也。《說文》云：『水淸也。』王肅音例。」「力制切」與「例」音同。

（194）《廣韻》：鷩，必袂切，又并列切。按，《釋文・爾雅音義》：「鷩，謝必滅反，吕、郭方世反。」「必袂切」與「方世反」同，「并列切」與「必滅反」同。

（195）《廣韻》：綴，陟衛切，又陟劣切。按，《釋文・尙書音義》：「綴，徐丁衛反，又丁劣反。」「陟衛切」與「丁衛反」同，「陟劣切」與「丁劣反」同，古無舌上音。

（196）《廣韻》：畷，陟衛切，又陟劣切。按，《釋文・周禮音義》：「畷，音綴，井田間道，左思吳都賦云，畛畷無數，又陟劣反。」「陟衛切」與「綴」音同。

（197）《廣韻》：膬，此芮切，又七劣切。按，《釋文・周禮音義》：「脃之脃，七歲反，舊作脺，誤，劉淸劣反，或倉没反，字書無此字，但有膬字，音千劣反。其脆，七歲反，河上本作膬，昌睿反。」「此芮切」與「昌睿反」同，「七劣切」與「千劣反」同。

（198）《廣韻》：墆，特計切，又徒結切。按，《釋文・周禮音義》：「墆，達結、達計二反，高貌也。」「特計切」與「達計反」同，「徒結切」與「達結反」同。

（199）《廣韻》：藐，亡沼切，又莫角切。按，《釋文・左傳音義》：「藐諸，妙小反，又亡角反。」「亡沼切」與「妙小反」同，「莫角切」與「亡角反」同。

（200）《廣韻》：嶷，魚紀切，又魚力切。按，《釋文・毛詩音義》：「嶷嶷，魚起反，徐又魚力反，茂盛也。」「魚紀切」與「魚起反」同。

（201）《廣韻》：妃，芳非切，又滂佩切。按，《釋文・禮記音義》：「妃匹，音配，一音如字。」「芳非切」當同如字音，「滂佩切」與「配」音同。

（202）《廣韻》：且，子魚切，又七也切。按，《釋文・莊子音義》：「且適，如字，舊子餘反，下同。」「子魚切」與「子餘反」同，「七也切」當同如字音。

（203）《廣韻》：麌，五乎切，又虞矩切。按，《釋文・爾雅音義》：「麌，一作『麢』，魚矩反。《字林》音吳。」「五乎切」與「吳」音同。「虞矩切」與「魚矩反」同。

（204）《廣韻》：蛾，五何切，又魚倚切。按，《釋文・左傳音義》：「蛾，魚綺反，本或作蟻，　音五何反。」

（205）《廣韻》：瀎，尺氏切，又尺制切。按，《釋文・禮記音義》：「瀎，昌制反，又昌紙反，敗也。」「尺氏切」與「昌紙反」同，「尺制切」與「昌制反」同。

（206）《廣韻》：帥，所類切，又所律切。按，《釋文・論語音義》：「之帥，所類反，又所律反，字從巾同，訓並與率同。」

（207）《廣韻》：嫉，疾二切，又秦悉切。按，《釋文・周易音義》：「所嫉，音疾，《字林》音自。本亦作『疾』，下同。」「疾二切」與「自」音同，「秦悉切」與「疾」音同。

（208）《廣韻》：出，尺類切，又赤律切。按，《釋文・周易音義》：「河出，如字，又尺遂反，下同。」「尺類切」與「尺遂反」同，「赤律切」當同如字音。

（209）《廣韻》：侐，火季切，又況逼切。按，《釋文・毛詩音義》：「有侐，況域反，清靜也，《說文》云靜也，一音火季反。」「況逼切」與「況域反」同。

（210）《廣韻》：囿，于救切，又于六切。按，《釋文・左傳音義》：「為囿，音又，徐于目反，苑也。」「于救切」與「又」音同，「于六切」與「于目反」同。

（211）《廣韻》：祝，職救切，又之六切。按，《釋文・左傳音義》：「為祝，之六反，又之又反，注同。」「職救切」與「之又反」同。

（212）《廣韻》：蟰，蘇彫切，又息逐切。按，《釋文・爾雅音義》：「蟰，《詩》作『蠨』，同，悉彫反，或音肅。」「蘇彫切」與「悉彫反」同，「息逐切」與「肅」音同。

（213）《廣韻》：寅，以脂切，又翼眞切。按，《釋文・尚書音義》：「寅，徐以眞反，又音夷，下同。」「以脂切」與「夷」音同，「翼眞切」與「以眞反」同。

（214）《廣韻》：楅，方六切，又彼側切。按，《釋文・周禮音義》：「楅，音福，又音逼。」「方六切」與「福」音同，「彼側切」與「逼」音同。

（215）《廣韻》：苾，毗必切，又蒲結切。按，《釋文・毛詩音義》：「苾，蒲蔑反，一音蒲必反，下篇同。」「毗必切」與「蒲必反」同，「蒲結切」與「蒲蔑反」同。

（216）《廣韻》：軏，魚厥切，又五忽切。按，《釋文・論語音義》：「無軏，五忽反，又音月，轅端上曲勾衡。」「魚厥切」與「月」音同。

（217）《廣韻》：扤，魚厥切，又五忽切。按，《釋文・毛詩音義》：「扤我，五忽反，徐又音月，動也。」「魚厥切」與「月」音同。

（218）《廣韻》：臛，火酷切，又音郝。按，《釋文・爾雅音義》：「臛，火各、火沃二反，《字林》云：『肉羹也。』」「火酷切」與「火沃反」同，「火各反」與「郝」音同。

（219）《廣韻》：匐，房六切，又蒲北切。按，《釋文・毛詩音義》：「匐，蒲北反，一音服，鄭云匍匐盡力。」「房六切」與「服」音同。

（220）《廣韻》：剭，烏谷切，又音握。按，《釋文・周禮音義》：「刑剭，徐音屋，劉音渥。」「烏谷切」與「屋」音同，「握」與「渥」音同。

（221）《廣韻》：窆，方驗切，又方隥切。按，《釋文・儀禮音義》：「窆事，彼驗反。劉逋鄧反。」「方驗切」與「彼驗反」同，「方隥切」與「逋鄧反」同。

（222）《廣韻》：大，徒蓋切，又唐佐切。按，《釋文・禮記音義》：「大温，音泰，徐他佐反。」「徒蓋切」與「泰」音同，「唐佐切」與「他佐反」同。

（223）《廣韻》：鼓，去刃切，又苦甸切。按，《釋文・爾雅音義》：「鼓，本亦作『蟿』，去刃反。讀者或作苦見反。」「苦甸切」與「苦見反」同。

（224）《廣韻》：喟，丘愧切，又苦怪切。按，《釋文・禮記音義》：「喟然，去媿反，又苦怪反。《說文》云：『大息。』」「丘愧切」與「去媿反」同。

（225）《廣韻》：瓬，方矩切，又分網切。按，《釋文・周禮音義》：「陶瓬，甫罔反，又音甫。」「方矩切」與「甫」音同，「分網切」與「甫罔反」音同。

（226）《廣韻》：齎，即夷切，又祖稽切。按，《釋文·周禮音義》：「幣齎，音咨，注同，又祖係反。」「即夷切」與「咨」音同，「祖稽切」與「祖係反」同。

（227）《廣韻》：韹，胡光切，又戶盲切。按，《釋文·爾雅音義》：「韹韹，詩作『喤喤』，華盲反。《字書》：『鍠鍠，樂之聲也。』又作鍠，一音胡光反。」「戶盲切」與「華盲反」同。

（228）《廣韻》：涯，魚羈切，又五佳切。按，《釋文·左傳音義》：「水涯，本又作崖，魚佳反，一音宜。」「魚羈切」與「宜」音同，「五佳切」與「魚佳反」同。

（229）《廣韻》：崖，魚羈切，又五佳切。按，《釋文·左傳音義》：「水涯，本又作崖，魚佳反，一音宜。」「魚羈切」與「宜」音同，「五佳切」與「魚佳反」同。

（230）《廣韻》：挐，女余切，又女加切。按，《釋文·穀梁傳音義》：「莒挐，女居反，又女加反。」「女余切」與「女居反」同。

（231）《廣韻》：鷜，力朱切，又落侯切。按，《釋文·爾雅音義》：「鷜，郭力于反，謝施力侯反。」「力朱切」與「力于反」同，「落侯切」與「力侯反」同。

（232）《廣韻》：鴛，於袁切，又烏渾切。按，《釋文·毛詩音義》：「鴛鴦，於袁反，沈又音温。」「烏渾切」與「溫」音同。

（233）《廣韻》：黚，巨淹切，又巨金切。按，《釋文·左傳音義》：「黚牟，其廉反，又音琴。」「巨淹切」與「其廉反」同，「巨金切」與「琴」音同。

（234）《廣韻》：碞，魚金切，又五咸切。按，《釋文·尚書音義》：「碞，五咸反，徐又音吟。」「魚金切」與「吟」音同。

（235）《廣韻》：泚，雌氏切，又千禮切。按，《釋文·毛詩音義》：「泚，音此，徐又七禮反，鮮明貌，說文作玼，云新色鮮也。」「雌氏切」與「此」音同，「千禮切」與「七禮反」同。

（236）《廣韻》：佛，扶沸切，又符弗切。《釋文·莊子音義》：「則佛，符弗反，郭敷謂反。」「扶沸切」與「敷謂反」同。

（237）《廣韻》：迅，私閏切，又音信。按，《釋文・禮記音義》：「迅雷，音峻，又音信。」「私閏切」與「峻」音同。

（238）《廣韻》：羱，愚袁切，又五丸切。按，《釋文・爾雅音義》：「羱，魚袁反，又五丸反，《字林》云：『野羊大角。』」「愚袁切」與「魚袁反」同。

（239）《廣韻》：歃，山輒切，又山洽切。按，《釋文・周禮音義》：「歃之，色洽反，徐霜獵反。」「山輒切」與「霜獵反」同，「山洽切」與「色洽反」同。

（240）《廣韻》：鷊，五革切，又五歷切。按，《釋文・爾雅音義》：「鷊，又作『鷁』，五歷反，郭音五革反。」

（241）《廣韻》：鴰，古活切，又古頒切。按，《釋文・爾雅音義》：「鴰，古活反，《說文》音刮。」「古頒切」與「刮」音同。

（242）《廣韻》：蛶，郎括切，又力輟切。按，《釋文・爾雅音義》：「蛶，本或作『捋』，郭音劣，又力活反。」「郎括切」與「力活反」同，「力輟切」與「劣」音同。

（243）《廣韻》：逮，特計切，又徒耐切。按，《釋文・周易音義》：「上逮，音代，一音大計反。」「特計切」與「大計反」同，「徒耐切」與「代」音同。

（244）《廣韻》：崤，胡茅切，又胡刀切。按，《釋文・周禮音義》：「於殽，本又作崤，戸交反，劉昌宗音豪。」「胡茅切」與「戸交反」同，「胡刀切」與「豪」音同。

（245）《廣韻》：鴦，於良切，又烏郎切。按，《釋文・毛詩音義》：「鴛鴦，於袁反，沈又音温，下於崗反，又於良反，鴛鴦匹鳥也。」「烏郎切」與「於崗反」同。

（246）《廣韻》：於，央居切，又哀都切。按，《釋文・尚書音義》：「於，如字。或音烏，而絶句者，非。」「央居切」與「如字」音同，「哀都切」與「烏」字音同。

（247）《廣韻》：槐，戸乖切，又戸恢切。按，《釋文・禮記音義》：「槐，回、懷二音。」「戸乖切」與「懷」音同，「戸恢切」與「回」音同。

（248）《廣韻》：荄，古諧切，又古哀切。按，《釋文・爾雅音義》：「荄，古來反，一音皆。」「古哀切」與「古來反」同，「古諧切」與「皆」音同。

（249）《廣韻》：菤，居筠切，又渠殞切。按，《釋文・爾雅音義》：「菤，其隕反，孫居筠反。」「渠殞切」與「其隕反」同。

（250）《廣韻》：蟠，附袁切，又薄官切。按，《釋文・莊子音義》：「下蟠，音盤，郭音煩。」「附袁切」與「煩」音同，「薄官切」與「盤」音同。

（251）《廣韻》：掔，苦閑切，又苦堅切。按，《釋文・莊子音義》：「掔，苦田反，又口閑反，《爾雅》云固也，崔云引去也，司馬云牽也。」「苦閑切」與「口閑反」同，「苦堅切」與「苦田反」同。

（252）《廣韻》：蘢，盧紅切，又力鍾切。按，《釋文・爾雅音義》：「蘢，郭音聾，施音龍。」「盧紅切」與「聾」同，「力鍾切」與「龍」同。

（253）《廣韻》：蹇，居偃切，又九輦切。按，《釋文・周易音義》：「蹇，紀免反。《彖》及《序卦》皆云：『難也。』王肅、徐紀偃反。兊宮四世卦。」「居偃切」與「紀偃反」同，「九輦切」與「紀免反」同。

（254）《廣韻》：打，德冷切，又都挺切。按，《釋文・穀梁傳音義》：「打，音頂。」「都挺切」與「頂」音同。

（255）《廣韻》：鱀，具冀切，又渠記切。按，《釋文・爾雅音義》：「鱀，其冀反，《字林》作音旣，云：『胎生魚。』」「具冀切」與「其冀反」同，「渠記切」與「旣」音同。

（256）《廣韻》：喭，五旰切，又魚變切。按，《釋文・論語音義》：「也喭，五旦反。」又《爾雅音義》：「喭，音彥，本今作『彥』。』」「五旰切」與「五旦反」同，「魚變切」與「彥」音同。

（257）《廣韻》：袺，古黠切，又古屑切。按，《釋文・爾雅音義》：「袺，音結，郭居黠反。」「古黠切」與「居黠反」同，「古屑切」與「結」音同。

（258）《廣韻》：芒，武方切，又莫郎切。按，《釋文・毛詩音義》：「芒芒，音亡，依韻音忙。」「武方切」與「亡」音同，「莫郎切」與「忙」音同。

（259）《廣韻》：揭，去月切，又丘竭切。按，《釋文・毛詩音義》：「揭，欺列反，徐起謁反，武壯貌，韓詩作桀，云健也。」「去月切」與「起謁反」同，「丘竭切」與「欺列反」同。

（260）《廣韻》：搏，方遇切，又匹各切，又補各切。按，《釋文・周禮音義》：「而搏，注作膊，同，普博反，磔也。」又《莊子音義》：「搏之，郭音博，徐音付。」「方遇切」與「付」音同，「匹各切」與「普博反」同，

「補各切」與「博」音同。

（261）《廣韻》：斁，徒故切，又當故切，又羊益切。按，《釋文・尚書音義》：「斁，多路反，徐同路反，敗也。斁，音亦。」「徒故切」與「同路反」同，「當故切」與「多路反」同，「羊益切」與「亦」音同。

（262）《廣韻》：茷，博蓋切，又符廢切，又房越切。按，《釋文・左傳音義》：「茷，徐扶廢反，一音蒲發反，又蒲艾反。」「符廢切」與「扶廢反」同，「博蓋切」與「蒲艾反」同，「房越切」與「蒲發反」同。

（263）《廣韻》：跲，古洽切，又居怯切，又巨業切。按，《釋文・爾雅音義》：「跲，其業反，又居業反，郭又音甲。《廣雅》云：『跲，我也。』」「古洽切」與「甲」音同，「居怯切」與「居業反」同，「巨業切」與「其業反」同。

（264）《廣韻》：貆，況袁切，又胡官切，又呼官切。按，《釋文・周禮音義》：「用貆，呼丸反，又音丸，李一音喜元反。」「況袁切」與「喜元反」與，「胡官切」與「丸」音同，「呼官切」與「呼丸反」同。

（265）《廣韻》：酤，古胡切，又侯古切，又古暮切。按，《釋文・毛詩音義》：「酤我，毛音戶，一宿酒也，《說文》同，鄭音顧，又音沽，買也。」「古胡切」與「沽」音同，「侯古切」與「戶」音同，「古暮切」與「顧」音同。

（266）《廣韻》：斷，都管切，又徒管切，又丁貫切。按《釋文・禮記音義》：「不斷，音短，直卵反，絕也。又丁亂反。注同。」「都管切」與「短」音同，「徒管切」與「直卵反」同，「丁貫切」與「丁亂反」同。

（267）《廣韻》：郰，子于切，又側鳩切，子侯切。按，《釋文・左傳音義》：「郰縣，側留反，又子侯反，韋昭音諏。」「子于切」與「諏」音同，「側鳩切」與「側留反」同。

（268）《廣韻》：鐔，徐林切，又餘針切，又徒含切。按，《釋文・周禮音義》：「鐔，戚音淫，徐、劉音尋；一音徒南反。」「徐林切」與「尋」音同，「餘針切」與「淫」音同，「徒含切」與「徒南反」同。

（269）《廣韻》：虺，呼懷切，又呼恢切，許偉切。按，《釋文・爾雅音義》：「虺，虎回反。又呼懷反。」「虺，虛鬼反。」「呼恢切」與「虎回反」同，「許偉切」與「虛鬼反」同。

（270）《廣韻》：觜，即移切，又姊規切，即委切。按，《釋文・禮記音義》：「仲秋觜，子斯反，又子髓反。」又《爾雅音義》：「觜，咨移反，又子髓反。」「即移切」與「咨移反」同，「姊規切」與「子斯反」同，「即委切」與「子髓反」同。

（271）《廣韻》：梲，五稽切，又研啓切，五結切。按，《釋文・爾雅音義》：「梲，五兮反，又五啓反，又五結反，倶謂梳也。」「五稽切」與「五兮反」同，「研啓切」與「五啓反」同。

（272）《廣韻》：懣，模本切，又莫旱切，莫困切。按，《釋文・禮記音義》：「志懣，亡本反，又音滿。范音悶。下同。」「模本切」與「亡本反」同，「莫困切」與「悶」音同，「莫旱切」與「滿」音同。

（273）《廣韻》：蜓，特丁切，又徒典切，又徒鼎切。按，《釋文・爾雅音義》：「蜓，謝徒頂反，沈音殄，施音亭。」「特丁切」與「亭」音同，「徒典切」與「殄」音同，「徒鼎切」與「徒頂反」同。

（274）《廣韻》：論，力迍切，又盧昆切，盧困切。按，《釋文・莊子音義》：「齊物論，力頓反，李如字。」又《周易音義》「經論，音倫，鄭如字，謂論撰書禮樂施政事。黃穎云：『經論，匡濟也。』本亦作『綸』。」「盧昆切」與「倫」音同，「盧困切」與「力頓反」同，「力迍切」當同如字音。

（275）《廣韻》：選，蘇管切，又思兗切，息絹切。按，《釋文・左傳音義》：「於選，息兗反，又息戀反。」又《左傳音義》：「懼選，息轉反，徐素短反，注及下同數也。」「蘇管切」與「素短反」同，「思兗切」與「息兗反」同，「息絹切」與「息戀反」同。

（276）《廣韻》：蝗，胡光切，又戶盲切，戶孟切。按，《釋文・禮記音義》：「則蝗，徐華孟反，范音橫，《字林》音黃。」「胡光切」與「黃」音同，「戶盲切」與「橫」音同，「戶孟切」與「華孟反」同。

（277）《廣韻》：黽，武盡切，又彌兗切，武幸切。按，《釋文・左傳音義》：「鼆，本又作黽，莫幸反。僶，字又作『黽』，亡忍反，又亡衍反。」「武幸切」與「莫幸反」同，「武盡切」與「亡忍反」同，「彌兗切」與「亡衍反」同。

（278）《廣韻》：獥，古弔切，又古歷切，胡狄切。按，《釋文・爾雅音義》：「獥，胡狄、古狄、工弔三反。」「古歷切」與「古狄反」同。

（279）《廣韻》：甗，語軒切，又魚蹇切，又魚變切。按《釋文・爾雅音義》：「甗，郭音言，又魚輦反。《字林》牛建反，云：『甑也。』舍人云：『{足昆}蹄者，溷蹄也。研，平也。謂蹄平正。善陞甗者，能登山隒也。一云甗者阪也，言騉善登高歷險，上下於阪。』李云：『騉者其蹄正堅而平，似研也。』顧云：『山嶺曰甗。』孫同。郭云：『甗山形似甑也，上大下小。騉蹄蹄如研而健上山。』」「語軒切」與「言」音同，「魚蹇切」與「魚輦反」同，「魚變切」與「牛建反」同。

（280）《廣韻》：數，所矩切，又色句切，桑谷切，所角切。按，《釋文・禮記音義》：「數也，色角切。」又《禮記音義》：「于數，色住反。」《禮記音義》：「數，音速。」《禮記音義》：「連數，色主反。」「所矩切」與「色主反」同，「色句切」與「色住反」同，「桑谷切」與「速」音同，「所角切」與「色角切」同。

（281）《廣韻》：鄢，於乾切，又於幰切，於阮切，於建切。按，《釋文・左傳音義》：「于鄢，音偃。」又《公羊傳音義》：「鄢陵，於晚反，又於建反。」又《左傳音義》：「于鄢，於晚反，又於建反，又於然反。」「於乾切」與「於然反」同，「於阮切」與「於晚反」同，「於幰切」與「偃」音同。

（282）《廣韻》：比，房脂切，又卑履切，毗至切，必至切，毗必切。按，《釋文・禮記音義》：「之比，必履反，一音必利反。」《禮記音義》：「比投，毗志反，頻也。徐扶質反，注同。」又《左傳音義》：「皐比，音毗，注同。」「房脂切」與「毗」音同，「卑履切」與「必履反」同，「毗至切」與「毗志反」同，「必至切」與「必利反」同，「毗必切」與「扶質反」同。

（283）《廣韻》：訟，祥容切，又徐用切。按，《釋文・毛詩音義》：「我訟，如字，徐取韻音，才容反。」「祥容切」與「才容反」同，「徐用切」當同如字音。

（284）《廣韻》：援，雨元切，又爲眷切。按，《釋文・禮記音義》：「援，音袁，徐于願反。」「雨元切」與「袁」音同。「爲眷切」與「于願反」同。

（285）《廣韻》：嶠，巨嬌切，又其廟切。按，《釋文・爾雅音義》：「嶠，渠驕反，郭又音驕，《字林》作『嶠』，云：『山銳而長也。』巨照反。」「巨嬌切」與「渠驕反」同。「其廟切」與「巨照反」同。

（286）《廣韻》：償，時亮切，又音常。按《釋文・左傳音義》：「可償，市亮反，又音常。」「時亮切」與「市亮反」同。

（287）《廣韻》：餾，力求切，又力救切。按，《釋文・毛詩音義》：「餾，力又反，又音留，《爾雅》：饋，餾飪也。孫炎云：蒸之曰餴，均之曰餾。郭云餴熟爲餾。」「力求切」與「留」音同。「力救切」與「力又反」同。

（288）《廣韻》：撓，呼毛切，又奴巧切。按，《釋文・禮記音義》：「撓，而小反，下同，曲屈也。一音女孝反。」又《左傳音義》：「撓亂，乃卯反，徐許高反。」「奴巧切」與「乃卯反」同，「呼毛切」與「許高反」同。

（289）《廣韻》：觿，許規切，又戶圭切。按，《釋文》：「觿，許規反，解結之器。」「觿，戶圭反，又戶規反。」二者音同。

（290）《廣韻》：庋，過委切，又居綺切。按，《釋文・禮記音義》：「庋食，字又作『庋』，九委反。或居彼反。本亦作『庪』。」「過委切」與「九委反」同。「居綺切」與「居彼反」同。

（291）《廣韻》：湯，式羊切，又吐郎切，他浪切。按，《釋文・尚書音義》：「湯湯，音傷。」又《毛詩音義》：「湯湯，失章反，大貌。」又《毛詩音義》：「之湯，佗郎反，蕩也，舊他浪反。」「式羊切」與「傷」音同，「吐郎切」與「佗郎反」同，與《廣韻》全同。

（292）《廣韻》：纔，昨哉切，又所銜切，昨代切。按，《釋文・爾雅音義》：「音才」。才，《廣韻》：昨哉切，所銜切，昨代切。二者音同。

（293）《廣韻》：獌，莫還切，又無販切，莫半切。按，《釋文・爾雅音義》：「獌，本亦作貓，音萬，又亡姦反，或亡半反。《字林》音幔，云：『狼屬，一曰貙也。』」「無販切」與「萬」音同，「莫還切」與「亡姦反」同。「莫半切」與「幔」音同。有三音同。

（294）《廣韻》：聚，才句切，又秦雨切。按，《釋文・禮記音義》：「積聚，子賜反，下才柱反，又並如字。仲冬同。」「才句切」與「才柱反」同，

「秦雨切」當同如字。

（295）《廣韻》：併，必郢切，又蒲迥切，畀政切。按，《釋文・禮記音義》：「不併，步頂反，徐扶頂反。」又《爾雅音義》：「併，步頂反，又并之去聲。」「必郢切」與「扶頂反」同，「蒲迥切」與「步頂反」同，「畀政切」與「并之去聲」同。有三音同。

（296）《廣韻》：植，直吏切，又常職切。按，《釋文・周禮音義》：「植璧，音值，又時力反，一音置。」「直吏切」與「置」「值」音同，「常職切」與「時力反」同。此條《釋文》雖有三音，實有二音。

（297）《廣韻》：瑩，永兵切，又烏定切。按，《釋文・莊子音義》：「瑩，音榮，徐又音營，又音瑩，磨之瑩琇，瑩，美石也。」「永兵切」與「營」「榮」音同，「烏定切」與「瑩」音同。此條《釋文》雖有三音，實有二音。

（298）《廣韻》：琇，與久切，又音秀。按，《釋文・毛詩音義》：「琇，音秀，沈又音誘，說文作琇，云石之次玉者，弋久反。」「與久切」與「弋久反」「誘」同。此條《釋文》雖有三音，實有二音。

（299）《廣韻》：約，於笑切，又於略切。按，《釋文・孝經音義》：「約，於畧反。」《莊子音義》：「約，徐於妙反，又如字，司馬云約誓在惠王二十六年。」「於笑切」與「於妙反」同。

（300）《廣韻》：晢，征例切，又旨熱切。按，《釋文・周易音義》：「晢，章舌反。王廙作晣，同音。徐李之世反。又作哲字。鄭本作遰，云：讀如明星晢晢。陸本作逝。虞作折。」「征例切」與「之世反」同，「旨熱切」與「章舌反」同。此條《釋文》雖有三音，實有二音。

（301）《廣韻》：耒，力軌切，又盧對切。按，《釋文・周禮音義》：「耒，力對反，劉音誄，或良水反。」「力軌切」與「誄」「良水反」音同，「盧對切」與「力對反」同。此條《釋文》雖有三音，實有二音。

（302）《廣韻》：髃，遇俱切，又五口切。按，《釋文・公羊音義》：「右髃，本又作腢，魚俱反，又五茍反，《說文》云肩前也，《字林》云肩前兩乳骨也，五口反。」「遇俱切」與「魚俱反」同，「五口切」與「五茍反」同。此條《釋文》雖有三音，實有二音。

（303）《廣韻》：翨，施智切，又居企切。按，《釋文・周禮音義》：「翨氏，音翅，失豉反，又吉豉反，鳥翮。」「施智切」與「翅」音同，「居企切」

與「吉豉反」同。此條《釋文》雖有三音，實有二音。

（304）《廣韻》：貓，武瀌切，又莫交切。按，《釋文・毛詩音義》：「有貓，如字，又武交反，似虎淺毛也，本又作猫，音同，爾雅云虎竊毛曰虥猫，虥音仕版反。」「武瀌切」與「猫」音同，「莫交切」與「武交反」同。此條《釋文》雖有三音，實有二音。

第二節　「《廣韻》同義異讀全部見於《釋文》但音切數量少於《釋文》」研究

此部分有 80 多例。

（1）《廣韻》：斂，力驗切，又力琰切。按，《釋文・尚書音義》：「斂，力檢反，馬、鄭力豔反，謂賦斂也。徐云：『鄭力劒反。』」「力驗切」與「力劒反」同，「力琰切」與「力檢反」同。此條《釋文》有三音。

（2）《廣韻》：驈，食聿切，又音聿。按，《釋文・毛詩音義》：「有驈，戶橘反，阮孝緒于密反，顧野王餘橘反，郭音述，驪馬白跨曰驈。」「食聿切」與「述」同，「聿」與「餘橘反」同。

（3）《廣韻》：擉，測角切，又音踔。按，《釋文・莊子音義》：「擉，初角反，又敕角反。司馬云刺也。郭音觸，徐丁綠反，一音促。」「初角反」與「測角切」同，「踔」與「敕角反」同。

（4）《廣韻》：鷽，於角切，又音學。按，《釋文・爾雅音義》：「鷽，郭音握，又音學，又才五反，《字林》乙竺反。」「於角切」與「握」同。

（5）《廣韻》：嚗，北角切，又孚邈切。按，《釋文・莊子音義》：「嚗然，音剝，又孚邈反，又孚貌反。李云放杖聲也。」「北角切」與「剝」同。

（6）《廣韻》：籗，士角切，音捉。按，《釋文・爾雅音義》：「籗，郭七角反，又捉、廓二音。」又《毛詩音義》：「籗，助角反，郭云捕魚籠也，沈音穫，又音護，說其形非也。」「助角反」與「士角切」同。

（7）《廣韻》：樻，求位切，又口愧切。按，《釋文・毛詩音義》：「樻，去愧反，又去軌反，何音匱。《草木疏》云：節中腫以扶老，即今靈壽是也。今人以爲馬鞭及杖。」「求位切」與「去愧反」同，「口愧切」與「匱」同。

（8）《廣韻》：菶，蒲蠓切，又方孔切。按，《釋文・毛詩音義》：「菶菶，布孔反，又薄孔反，又薄公反。」「蒲蠓切」與「布孔反」同，「方孔切」與「薄孔反」同。

（9）《廣韻》：樅，即容切，又七恭切。按，《釋文・毛詩音義》：「樅，徐七凶反，又音衝，衝牙也，沈又音子容反。」「即容切」與「子容反」同，「七恭切」與「七凶反」同。

（10）《廣韻》：洹，雨元切，又音桓。按，《釋文・左傳音義》：「涉洹，音桓，一音恒，今土俗音袁。」「雨元切」與「袁」音同。

（11）《廣韻》：螵，符霄切，又撫招切。按，《釋文・禮記音義》：「螵，匹遙反。」《周禮音義》：「桑螵，戚毗昭反，劉平堯反。」「符霄切」與「平堯反」同，「撫招切」與「毗昭反」同。

（12）《廣韻》：俌，方武切，又音甫。按《釋文・爾雅音義》：「俌，音輔，郭方輔反，《字林》音甫。」「方武切」與「方輔反」同。

（13）《廣韻》：牝，扶履切，又毗忍切。按，《釋文・周易音義》：「利牝，頻忍反，徐邈扶忍反，又扶死反。」「扶履切」與「扶死反」同，「毗忍切」與「頻忍反」同。

（14）《廣韻》：鐐，力弔切，又音僚。按，《釋文・毛詩音義》：「鐐，音遼，《爾雅》云，白金謂之銀，其美者謂之鐐，徐何盧到反，又力弔反，本又作璙，亦音遼，又力小反，說文云王也，字書力召反。」

（15）《廣韻》：隮，子計切，又子奚切。按，《釋文・尚書音義》：「隮，子細反，《玉篇》子兮反，《切韻》祖稽反。」「子計切」與「子細反」同。「子奚切」與「子兮反」同。

（16）《廣韻》：聚，才句切，又秦雨切。按，《釋文・禮記音義》：「積聚，子賜反，下才柱反，又並如字。仲冬同。」「才句切」與「才柱反」同，「秦雨切」當同如字。

（17）《廣韻》：姎，烏朗切，又烏郎切。按，《釋文・爾雅音義》：「姎，烏郎、烏黨、烏浪三反。《說文》云：『女人稱我曰姎。』」「烏朗切」與「烏黨反」同。

（18）《廣韻》：衿，居吟切，又其禁切。按，《釋文・爾雅音義》：「衿謂，又音紟，郭同今、鉗二音，顧渠鳩、渠金二反。」「居吟切」與「今」音同，「其禁切」與「紟」音同。

（19）《廣韻》：夢，莫鳳切，又亡中切。按，《釋文》：「無工反，又亡忠反，又亡弄反，本或作薨，左氏作夢。」「莫鳳切」與「亡弄反」同，「亡中切」與「亡忠反」同。

（20）《廣韻》：眩，胡涓切，又胡練切。按，《釋文・周禮音義》：「眩，玄見反，徐音玄，劉虎縣反。」「胡涓切」與「玄」音同，「胡練切」與「玄見反」同。

（21）《廣韻》：標，甫遙切，又必小切。按，《釋文・莊子音義》：「如標，方小反，徐方遥反，又方妙反，言樹杪之枝無心在上也。」「甫遙切」與「方遥反」同，「必小切」與「方小反」同。

（22）《廣韻》：遞，徒禮切，又亭繼切。按，《釋文・周禮音義》：「遞焉，徒禮反，又音弟，本又作適，音釋。」「亭繼切」與「弟」音同。

（23）《廣韻》：賑，章忍切，又之刃切。按，《釋文・爾雅音義》：「賑，之忍反，又之人、之刃二反。《字林》云：『富也，刃引反。』」「章忍切」與「之忍反」同。

（24）《廣韻》：眄，彌殄切，又亡見切。按，《釋文・莊子音義》：「眄，莫練反，舊莫顯反，本或作睥，普計反。」「彌殄切」與「莫顯反」同。「亡見切」與「莫練反」同。

（25）《廣韻》：鶤，古渾切，又王問切。按，《釋文・爾雅音義》：「鶤，音昆，字或作『鵾』，同。或音運，又音輝。」「古渾切」與「昆」音同，「王問切」與「運」音同。

（26）《廣韻》：晅，況晚切，又古鄧切。按，《釋文・周易音義》：「晅，況晚反。京云：『乾也。』本又作『晅』。徐古鄧反，又一音香元反。」

（27）《廣韻》：懦，人朱切，又乃亂切。按，《釋文・禮記音義》：「懦者，乃亂反，又奴臥反，怯懦也。又作『儒』，人于反，弱也。皇云：『學士。』」「人朱切」與「人于反」同。

（28）《廣韻》：蘆，昨何切，又采古切。按，《釋文・爾雅音義》：「蘆，施、謝才古反，郭才河、采苦二反，《字林》千古反。」「昨何切」與「才河反」同，「采古切」與「才古反」同。

（29）《廣韻》：晢，丑列切，又他歷切。按，《釋文・周禮音義》：「晢，音摘，他歷反，徐丈列反，沈勑徹反，李又思亦反。」「丈列反」與「丑列切」同。

（30）《廣韻》：漷，苦郭切，又虎伯切。按，《釋文・左傳音義》：「漷水，好虢反，徐音郭，又虎伯反，《字林》口郭、口獲二反。」「好虢反」與「虎伯切」同，「口郭反」與「苦郭切」同。

（31）《廣韻》：柣，直一切，又七結切。按，《釋文・爾雅音義》：「柣，郭千結反，顧丈乙反，吕伯雍大一反。《廣雅》云：『砌也。』」「直一切」與「丈乙反」同，「七結切」與「千結反」同。

（32）《廣韻》：貰，舒制切，又神夜切。按，《釋文・周禮音義》：「賒貰，音世，貸也，劉傷夜反，一時夜反。」「舒制切」與「世」音同，「神夜切」與「傷夜反」同。

（33）《廣韻》：蜡，七慮切，又鋤駕切。按，《釋文・周禮音義》：「蜡氏，讀爲狙，清預反，注同。」「大蜡，士嫁反。」「七慮切」與「清預反」同，「鋤駕切」與「士嫁反」同。

（34）《廣韻》：喙，昌芮切，又許穢切。按，《釋文・毛詩音義》：「喙也，虛穢反，又尺稅反，又陟角反，鳥口也。」「昌芮切」與「尺稅反」同，「許穢切」與「虛穢反」同。

（35）《廣韻》：鑴，許規切，又戶圭切。按，《釋文・周禮音義》：「曰鑴，鄭許規反，劉思隨反，或下圭反。」「下圭反」與「戶圭切」同。

（36）《廣韻》：闍，當孤切，又視遮切。按，《釋文・禮記音義》：「堵者，本又作『闍』，音都。又丁古反，徐音常邪反。」「當孤切」與「都」音同，「視遮切」與「常邪反」同。

（37）《廣韻》：鼒，子之切，又昨哉切。按，《釋文・毛詩音義》：「鼒，音兹，小鼎也，徐音災，《爾雅》云，圜弇上謂之鼒。郭音才，《說文》作鎡字，音兹。」「子之切」與「兹」音同，「才」與「昨哉切」音同。

（38）《廣韻》：湮，於眞切，又烏前切。按，《釋文・爾雅音義》：「湮，郭音因，又音烟，又音翳。」「於眞切」與「因」音同，「烏前切」與「烟」音同。

（39）《廣韻》：菑，側持切，又音栽。按，《釋文・周禮音義》：「謂菑，音災。」又《周禮音義》：「菑，側冀反，又側其反，沈子冀反，劉音廁。」「側持切」與「側其反」同，「栽」與「災」音同。

（40）《廣韻》：鴝，其俱切，又古侯切。按，《釋文・左傳音義》：「鸜，其俱反，嵇康音權，本又作鴝，音劬。」「鉤，古侯反，本今作『鴝』」。

（41）《廣韻》：琇，與久切，又音秀。按，《釋文・毛詩音義》：「琇，音秀，沈又音誘，說文作琇，云石之次玉者，弋久反。」「與久切」與「弋久反」同。

（42）《廣韻》：頸，巨成切，又居郢切。按，《釋文・禮記音義》：「壺頸，吉幷反，又九領反，徐其聲反。」「巨成切」與「其聲反」同，「居郢切」與「九領反」同。

（43）《廣韻》：遁，徒損切，又徒困切。按，《釋文・禮記音義》：「孫腯，徐本作『遁』，徒本反，又徒遜反。」《釋文・禮記音義》「遁」又有巡音。「徒損切」與「徒本反」同，「徒困切」與「徒遜反」同。

（44）《廣韻》：孛，蒲昧切，又蒲沒切。按，《釋文・左傳音義》：「星孛，音佩，徐扶憒反，嵇康音渤海字。」「蒲昧切」與「佩」音同，「蒲沒切」與「渤」音同。

（45）《廣韻》：殺，所拜切，又所八切。按，《釋文・左傳音義》：「而殺，如字，又色界反，徐色例反。」「所拜切」與「色界反」同，「所八切」當同如字音。

（46）《廣韻》：拲，居悚切，又居玉切。按，《釋文・周禮音義》：「拲，劉云三家姜奉反，一家居辱反，《漢書音義》韋昭音拱，云兩手共一木曰拲，兩手各一木曰梏，李奇音恐。」「居悚切」與「姜奉反」同，「居玉切」與「居辱反」同。

（47）《廣韻》：槌，直追切，又馳僞切。按，《釋文・禮記音義》：「槌也，直追反，又直類反，又丈僞反。」「馳僞切」與「丈僞切」同。

（48）《廣韻》：摸，莫胡切，又慕各切。按，《釋文・爾雅音義》：「摸，亡各、樓胡二反。」按，樓，宋元遞修本作亡。「慕各切」與「亡各切」同。

(49)《廣韻》：寰，戶關切，又黃練切。按，《釋文・穀梁傳音義》：「寰內，音縣，古縣字，一音環，又音患，寰內圻內也。」「戶關切」與「環」音同，「黃練切」與「縣」音同。

(50)《廣韻》：蜺，五稽切，又五結切。按，《釋文・周禮音義》：「蜺，五兮反，又五歷反，又五結反。」「五稽切」與「五兮反」同。

(51)《廣韻》：閉，博計切，又方結切。按，《釋文・左傳音義》：「閉，必計反，又必結反，《字林》方結反。」「博計切」與「必計反」同。

(52)《廣韻》：駰，於眞切，又於巾切。按，《釋文・爾雅音義》：「駰，《字林》乙巾反，郭央珍反，今人多作因音。」「於眞切」與「因」音同，「於巾切」與「乙巾反」同。

(53)《廣韻》：齕，胡結切，又乎沒切。按，《釋文・莊子音義》：「齕，李音紇，恨發反，齒斷也，徐胡勿反，郭又胡突反。」「胡結切」與「紇」音同，「胡突反」與「乎沒切」同。

(54)《廣韻》：樸，博木切，又匹角切。按，《釋文・周禮音義》：「其樸，普剝反；劉音僕；一音扶祿反。」「博木切」與「僕」音同，「普剝反」與「匹角切」同。

(55)《廣韻》：頠，魚毀切，又五罪切。按，《釋文・爾雅音義》：「頠，魚毀反，沈王罪反，孫郭五鬼反。」「五罪切」與「王罪反」同。

(56)《廣韻》：頄，渠追切，又巨鳩切。按，《釋文・周易音義》：「頄，求龜反，顴也。又音求，又丘倫反，翟云：『面顴頰閒骨也。』鄭作『頯』，頯，夾面也。王肅音龜。江氏音琴威反。蜀才作『仇』。」「渠追切」與「求龜反」同，「巨鳩切」與「求」音同。

(57)《廣韻》：峘，胡官切，又胡登切。按，《釋文・爾雅音義》：「峘，胡官反，一音袁。《埤蒼》云：『峘，大山。』又音恒。」「胡登切」與「恆」音同。

(58)《廣韻》：鷕，以水切，又以沼切。按，《釋文・毛詩音義》：「鷕，以小反，沈耀皎反，雌雉聲，或一音戸了反，《說文》以水反，《字林》于水反。」「以沼切」與「耀皎切」同。

(59)《廣韻》：罬，陟劣切，又紀劣切。按，《釋文・毛詩音義》：「罬，張劣反，郭徐姜雪、姜穴二反，《爾雅》云罬謂之罦罦覆車也。」「陟劣切」與「張劣反」同，「紀劣切」與「姜穴反」同。

（60）《廣韻》：妎，胡計切，又胡蓋切。按，《釋文》：「妎，胡計反，又胡界反，又音害。《說文》云：『妎，妬也。』」「胡蓋切」與「害」音同。

（61）《廣韻》：鴢，烏皎切，又於絞切。按，《釋文・爾雅音義》：「鴢，謝烏卯反，郭音杳，《字林》音幼。」「烏皎切」與「杳」音同。「於絞切」與「烏卯反」同。

（62）《廣韻》：閩，武巾切，又無分切。按，《釋文・周禮音義》：「職方氏七閩，亡巾反，又音文，又亡千反，《漢書音義》服虔音近蠻，應劭音近文，鄭氏音旻。」「武巾切」與「亡巾反」同，「無分切」與「文」音同。

（63）《廣韻》：鮦，徒紅切，又直蒙切，直柳切。按，《釋文・左傳音義》：「鮦陽，孟康音紂，直九反，一音童，或音直勇反，非。」「徒紅切」與「童」音同，「直蒙切」與「直勇反」同，「直柳切」與「直九反」同。

（64）《廣韻》：惷，書容切，又醜江切，又丑用切。按，《釋文・儀禮音義》：「惷，失容反。劉敕用反。又池江反。一音竹降反。《字林》丑凶反。又丑降反。愚也。」「書容切」與「失容反」同，「醜江切」與「池江反」同，「丑用切」與「敕用反」同。

（65）《廣韻》：緅，側鳩切，又子侯切，子句切。按，《釋文・周禮音義》：「緅，側留反，劉祖侯反。」又《論語音義》：「緅，莊由反，《考工記》云五入曰緅，《字林》云帛青色，子勾反。」「側鳩切」與「側留反」同，「子侯切」與「祖侯反」同，「子句切」當與「子勾反」同。

（66）《廣韻》：髀，并弭切，又卑履切，又傍禮切。按，《釋文・禮記音義》：「髀，畢婢反，徐亡婢反，一音步啓反。」《穀梁傳音義》：「髀，步啓反，又必爾反。」《禮記音義》：「貴髀，必氏反，又必履反。」「并弭切」與「必氏反」同，「卑履切」與「必履反」同，「傍禮切」與「步啓反」同。

（67）《廣韻》：疕，匹婢切，又卑履切，又匹鄙切。按，《釋文・周禮音義》：「疕，戚匹婢反，徐芳鄙反，劉芳指反，一音芳夷反，頭瘍也亦秃也。」「卑履切」與「芳指反」同，「匹鄙切」與「芳鄙反」同。

（68）《廣韻》：阠，所臻切，又息晉切，試刃切。按，《釋文・爾雅音義》：「阠，音信，郭尸慎反。《字林》所人反，又所慎反。」「所臻切」與「所人反」同，「息晉切」與「信」音同，「試刃切」與「尸慎反」同。

（69）《廣韻》：梫，子心切，又楚簪切，七稔切。按，《釋文・爾雅音義》：「梫，《字林》音寑，郭音浸，或初林反，一音侵。」「子心切」與「浸」音同，「楚簪切」與 「初林反」同，「七稔切」與「寑」同。

（70）《廣韻》：澶，市連切，又直連切，徒案切。按，《釋文・左傳音義》：「于澶，市然反，《字林》丈仙反，澶水在宋。」《莊子音義》：「澶，本又作儃，徒旦反，又吐旦反，向崔本作但，音燀。」「市連切」與「丈仙反」同，「直連切」與「市然反」同，「徒案切」與「徒旦反」同。

（71）《廣韻》：駣，徒刀切，又治小切，又徒皓切。按，《釋文・周禮音義》：「駣，徐音肇，劉音道，李湯堯反，沈徒刀反。」「治小切」與「肇」音同，「徒皓切」與「道」音同。

（72）《廣韻》：併，必郢切，又蒲迥切，畀政切。按，《釋文・禮記音義》：「不併，步頂反，徐扶頂反。」《爾雅音義》：「併，步頂反，又并之去聲。」「必郢切」與「扶頂反」同，「蒲迥切」與「步頂反」同，「畀政切」與「并之去聲」同。

（73）《廣韻》：蔞，力朱切，又落侯切，力主切。按，《釋文・周禮音義》：「蔞，良主反，劉音流，下文同，李又里俱反。」《爾雅音義》：「樓，本或作蔞，力侯反。」「力主切」與「良主反」同，「落侯切」與「力侯反」同，「力朱切」與「里俱反」同。

（74）《廣韻》：坻，直尼切，又諸氏切，都禮切。按，《釋文・左傳音義》：「如坻，直疑反，徐直夷反，杜云山名也，詩云宛在水中坻，坻水中高地也。」《左傳音義》：「乃坻，音旨，又丁禮反止也。」《周禮音義》：「坻閣，徐之爾反，劉都禮反。」「直尼切」與「直夷反」同，「都禮切」與「丁禮反」同，「諸氏切」與「之爾反」同。

（75）《廣韻》：鐓，常倫切，又徒猥切，徒對切。按，《釋文・禮記音義》：「其鐓，本又作錞，徒對反，平底曰鐓，注同。一讀注丁亂反。」《禮記音義》：「作錞，徒對反，又徒臥反，又徒猥反。」《毛詩音義》：「鋈錞，徒對反，舊徒猥反，一音敦，鐏也。《說文》云矛戟下銅鐏。」「常倫切」與「敦」音同。

（76）《廣韻》：鷸，食聿切，又餘律切，又古滑切。按，《釋文・爾雅音義》：「鷸，郭古滑反，《字林》于一反，沈音述，又音聿。」「食聿切」與「述」音同，「餘律切」與「聿」音同。

（77）《廣韻》：罷，符羈切，又皮彼切，薄蟹切。按，《釋文・周易音義》：「或罷，如字。王肅音皮，徐披彼反。」《周禮音義》：「爲罷，如字，一音芳皮反。」《周禮音義》：「短罷，皮買反，字或作矲，音同，桂林之間謂人短爲矲矮，矮音古買反。」「符羈切」與「皮」音同，「皮彼切」與「披彼反」同，「薄蟹切」與「矲」音同。

（78）《廣韻》：瞑，莫賢切，又莫經切，又莫甸切。按，《釋文・周禮音義》：「醫師瞑，眠見反，徐云干反。」《左傳音義》：「乃瞑，亡丁反，一音亡平反，桓譚以爲荀偃病而目出，初死，其目未合戶，冷乃合，非其有所知也，傳因其異而記之耳。」《莊子音義》：「而瞑，亡千反。」「莫經切」與「亡丁反」同，「莫賢切」與「亡千反」同，「莫甸切」與「眠見反」同。

（79）《廣韻》：編，布玄切，又卑連切，又方典切。按，《釋文・毛詩音義》：「編小，薄殄反，又必緜反，《史記》音甫連反，《字林》《聲類》《韻集》，並布千反。」「布玄切」與「布千反」同，「卑連切」與「甫連反」同，「方典切」與「薄殄反」同。

（80）《廣韻》：畤，諸市切，又時止切，直里切。按，《釋文・毛詩音義》：「以畤，如字，本又作峙，直紀反，兩通。」《左傳音義》：「畤，音止，本又作沚，亦音市，小渚也。」「直里切」與「直紀反」同，「時止切」與「市」音同。「諸市切」與「止」音同。

（81）《廣韻》：刖，魚厥切，又五忽切，五刮切。按，《釋文・左傳音義》：「刖，音月，又五刮反，李五骨反。」又《左傳音義》：「刖，音月，又五割反。」「魚厥切」與「月」音同，「五忽切」與「五骨反」同。

（82）《廣韻》：杓，甫遙切，又撫招切，市若切，都歷切。按，《釋文・尚書音義》：「杓，上灼反。」《禮記音義》：「杓端，敷招反，徐必遥反。」《莊子音義》：「杓，郭音的，又匹么反，又音弔，《廣雅》云樹末也，郭云爲物之標杓也，王云斯由己爲人準的也，向云馬氏作馰，音的。」

「甫遙切」與「必遥反」同，「撫招切」與「敷招反」同，「市若切」與「上灼反」同，「都歷切」與「的」音同。

（83）《廣韻》：蜎，烏玄切，又於緣切，毆泫切，狂兗切。按，《釋文・周禮音義》：「無蜎，於全反，又於兖反，李又烏犬、烏玄二反或巨兖反。」「於緣切」與「於全反」同，「毆泫切」與「烏犬反」同，「狂兗切」與「巨兖反」同。

（84）《廣韻》：蠰，式羊切，又色莊切，奴當切，如兩切，式亮切。按，《釋文・爾雅音義》：「蠰，郭音餉，又音霜，孫音傷。」《爾雅音義》「蠰，息詳反，《字林》乃郎反。」又《爾雅音義》：「蠰，音壤，孫音囊。字又作虫+褭，誤。又思諒反，或式尚反。」「式羊切」與「傷」音同，「色莊切」與「霜」音同，「奴當切」與「囊」音同，「如兩切」與「壤」音同，「式亮切」與「式尚反」同。

（85）《廣韻》：皤，博禾切，又音婆。按，《釋文・毛詩音義》：「皤蒿，音婆。」《左傳音義》：「皤蒿，蒲多反，白蒿也。」《左傳音義》：「皤，步何反，大腹也。」《爾雅音義》：「皤，白波反，白也。」《周易音義》：「皤，白波反。《說文》云：『老人貌。』董音槃，云：『馬作足横行曰皤。』鄭、陸作『燔』，音煩。荀作『波』。」又《毛詩音義》：「皤，薄波反，白也。」「博禾切」與「白波反」「 薄波反」同。

第三節　「《廣韻》同義異讀局部見於《釋文》部分」研究

一、「《廣韻》有二音，《釋文》有一音，此音見於《廣韻》」研究

此部分有 130 多例。

（1）《廣韻》：禓，與章切，又舒羊切。按，《釋文・周禮音義》：「下禓，音傷。」「舒羊切」與「傷」音同，有一音同。

（2）《廣韻》：瓤，女良切，又音穰。按，《釋文・爾雅音義》：「瓤，女良反，《三蒼》云：瓜中子也。」有一音同。

（3）《廣韻》：茳，古郎切，又音杭。按，《釋文・爾雅音義》：「茳，户剛反，本亦作『茳』。」「杭」與「户剛反」同，有一音同。

（4）《廣韻》：澍，常句切，又音注。按《釋文・公羊傳音義》有一音：「澍雨，之樹反。」「常句切」與「之樹反」同，有一音同。

（5）《廣韻》：适，苦括切，又音栝。按，《釋文・論語音義》有一音：「宮适，古活反。」「苦括切」與「古活反」同。有一音同。

（6）《廣韻》：莌，他括切，又徒活切。按，《釋文・爾雅音義》有一音：「莌，字或作徒活反。」有一音同。

（7）《廣韻》：擷，虎結切，又胡結切。按，《釋文・毛詩音義》有一音：「擷，戶結反，扱衽也，一本作襭同。」「胡結切」與「戶結反」同。有一音同。

（8）《廣韻》：鍥，古屑切，又苦結切。按，《釋文・左傳音義》有一音：「鍥，苦結反，刻也。」有一音同。

（9）《廣韻》：爚，書藥切，又音藥。按，《釋文・莊子音義》有一音：「爚，徐音藥。」有一音同。

（10）《廣韻》：籊，徒歷切，又他歷切。按，《釋文・毛詩音義》有一音：「竹竿籊籊，他歷反，長而殺。」有一音同。

（11）《廣韻》：畟，初六切，又音即。按，《釋文・毛詩音義》有一音：「畟畟，楚側反，猶測測也，《爾雅》云畟畟耜也，郭云猶嚴利也。」「初六切」與「楚側反」同，有一音同。

（12）《廣韻》：熠，為立切，又羊入切。按，《釋文・毛詩音義》有一音：「熠，以執反。」「羊入切」與「以執反」同。有一音同。

（13）《廣韻》：騽，為立切，又音習。按，《釋文・爾雅音義》有一音：「騽，音習。」有一音同。

（14）《廣韻》：虛，去魚切，又許魚切。按，《釋文》有一音：「虛滑，起居反。」「去魚切」與「起居反」同。有一音同。

（15）《廣韻》：脙，許尤切，又巨鳩切。按，《釋文・爾雅音義》有一音：「脙，音求。」「巨鳩切」與「求」音同。有一音同。

（16）《廣韻》：蘴，敷容切，又音豐。按，《釋文・毛詩音義》有一音：「蘴，孚容反。」「敷容切」與「孚容反」同。有一音同。

（17）《廣韻》：街，古諧切，又音佳。按，《釋文》有一音：「街，音佳。」有一音同。

（18）《廣韻》：毚，鋤銜切，又士咸切。按，《釋文》有一音：「毚，士咸反，狡兔也。」有一音同。

（19）《廣韻》：鵴，渠六切，又音菊。按，《釋文・左傳音義》有一音：「鵴，本亦作鞠，居六反。」「居六反」與「菊」音同。有一音同。

（20）《廣韻》：左，則箇切，又作可切。按，《釋文・爾雅音義》有一音：「左，音佐。」「則箇切」與「佐」音同，有一音同。

（21）《廣韻》：饒，人要切，又人招切。按，《釋文・爾雅音義》有一音：「饒，而遥反。」「人招切」與「而遥反」同。有一音同。

（22）《廣韻》：偏，匹戰切，又音篇。按，《釋文・周易音義》有一音：「不偏，音篇。」有一音同。

（23）《廣韻》：穿，尺絹切，又音川。按，《釋文・毛詩音義》有一音：「穿我，本亦作穿，音川。」有一音同。

（24）《廣韻》：闓，苦蓋切，又音開。按，《釋文・毛詩音義》有一音：「闓，音開。」有一音同。

（25）《廣韻》：栖，蘇計切，又先奚切。按，《釋文・爾雅音義》有一音：「栖，音西，下同，又作『棲』。」「先奚切」與「西」音同。有一音同。

（26）《廣韻》：吐，湯故切，又湯古切。按，《釋文・左傳音義》有一音：「嘔吐，於口反，下他故反。」「湯故切」與「他故反」同。有一音同。

（27）《廣韻》：撞，直絳切，又直江切。按，《釋文・周禮音義》有一音：「撞黃，直江反。」有一音同。

（28）《廣韻》：礱，盧貢切，又音聾。按，《釋文・公羊傳音義》有一音：「礱之，力工反。」「聾」與「力工反」同。有一音同。

（29）《廣韻》：灸，居祐切，又居有切。按，《釋文・周禮音義》有一音：「灸諸，音救。」「居祐切」與「救」音同。有一音同。

（30）《廣韻》：盎，烏朗切，又烏浪切。按，《釋文・禮記音義》有一音：「盎，烏浪反。」有一音同。

（31）《廣韻》：罵，莫下切，又莫霸切。按，《釋文・左傳音義》有一音：「罵也，馬嫁反。」「莫霸切」與「馬嫁反」同。有一音同。

（32）《廣韻》：饘，旨善切，又音饘。按，《釋文・禮記音義》有一音：「饘，本又作飦，之然反。《說文》云：『糜也。周謂之饘宋衞謂之餈。』」「之然反」與「Ｘ」音同。有一音同。

（33）《廣韻》：嵬，五灰切，又五罪切。按，《釋文·爾雅音義》有一音：「嵬，五回反。」有一音同。

（34）《廣韻》：企，丘弭切，又去智切。按，《釋文·爾雅音義》有一音：「企，去豉反，字或作『跂』。」「丘弭切」與「去豉反」同。有一音同。

（35）《廣韻》：碭，徒浪切，又音唐。按，《釋文·莊子音義》有一音：「碭而失水，徒浪反，謂碭溢。」有一音同。

（36）《廣韻》：裝，側亮切，又側良切。按，《釋文·毛詩音義》有一音：「使裝，側良反，本又作莊。」有一音同。

（37）《廣韻》：㖆，徒揔切，又音同。按，《釋文·爾雅音義》有一音：「㖆，大孔反。」「徒揔切」與「大孔反」同，有一音同。

（38）《廣韻》：蠓，莫紅切，又莫孔切。按，《釋文·爾雅音義》有一音：「蠓，莫孔反，下同。」有一音同。

（39）《廣韻》：蓊，烏紅切，又烏桶切。按，《釋文·爾雅音義》有一音：「蓊，烏孔反。」「烏桶切」與「烏孔反」同，有一音同。

（40）《廣韻》：輁，渠容切，又音拱。按，《釋文·周禮音義》有一音：「輁，九勇反。」「九勇反」與「拱」音同，有一音同。

（41）《廣韻》：蘼，文彼切，又亡為切。按，《釋文·爾雅音義》有一音：「蘼，亡彼反，又作『靡』，同。」「文彼切」與「亡彼反」同。

（42）《廣韻》：蜚，甫微切，又府尾切。按，《釋文·爾雅音義》有一音：「蜚，音非。」「甫微切」與「非」音同，有一音同。

（43）《廣韻》：豨，香衣切，又虛豈切。按，《釋文·爾雅音義》有一音：「豨，虛豈反。」有一音同。

（44）《廣韻》：懅，強魚切，又音遽。按，《釋文·爾雅音義》有一音：「懅，舊音遽，其據反。亦謂戰慄也。」有一音同。

（45）《廣韻》：鸒，以諸切，又羊庶切。按，《釋文·爾雅音義》有一音：「鸒，弋庶反。《毛詩傳》云：『鸒、鵯鶋，雅烏也。』《小爾雅》云：『小而腹下白，不反哺者謂之雅烏。』」《說文》、《字林》皆云：『楚烏也。一名鸒，一名鵯鶋，秦云雅烏。』」「羊庶切」與「弋庶反」同。有一音同。

（46）《廣韻》：諝，相居切，又息呂切。按，《釋文・周禮音義》有一音：「諝，劉思敘反。」「息呂切」與「思敘反」同，有一音同。

（47）《廣韻》：淤，依倨切，又音於。按，《釋文・周禮音義》有一音：「水淤，於據反。」「依倨切」與「於據反」同。有一音同。

（48）《廣韻》：懠，徂奚切，又音劑。按，《釋文・毛詩音義》有一音：「方懠，才細反，疾怒也。」「劑」與「才細反」同。有一音同。

（49）《廣韻》：淒，七稽切，又千弟切。按，《釋文・左傳音義》有一音：「淒風，七西反，寒也。」「七稽切」與「七西反」同。有一音同。

（50）《廣韻》：躋，子計切，又子奚切。按，《釋文・穀梁傳音義》有一音：「躋僖，子兮反。」「子奚切」與「子兮反」同。有一音同。

（51）《廣韻》：逨，洛代切，又音來。按，《釋文・爾雅音義》有一音：「不來，本或作『倈』、『逨』，同力胎反。」「力胎反」與「來」音同。有一音同。

（52）《廣韻》：嘆，他干切，又他旦切。按《釋文・毛詩音義》有一音：「嘆矣，本亦作歎，吐丹反，協韻也。」「他干切」與「吐丹反」同。有一音同。

（53）《廣韻》：貒，他端切，又通貫切。按《釋文・周禮音義》有一音：「貒，吐官反。」「他端切」與「吐官反」同。有一音同。

（54）《廣韻》：刪，所姦切，又所晏切。按，《釋文・尚書音義》有一音：「刪，色姦反。」「所姦切」與「色姦反」同。有一音同。

（55）《廣韻》：煽，式戰切，又音羶。按，《釋文・毛詩音義》有一音：「煽，音扇，熾也，《說文》作傓，云熾盛也。」「式戰切」與「扇」音同。有一音同。

（56）《廣韻》：漕，昨勞切，又在到切。按，《釋文・毛詩音義》有一音：「城漕，音曹，衛邑也。」「昨勞切」與「曹」音同。有一音同。

（57）《廣韻》：仔，即里切，又音茲。按，《釋文・毛詩音義》有一音：「仔，音兹，毛云仔肩，克也，此二字共訓，鄭亦同訓此二字，云仔肩，任也。」有一音同。

（58）《廣韻》：卉，許偉切，又許貴切。按，《釋文・毛詩音義》有一音：「卉木，許貴反，草也。」有一音同。

（59）《廣韻》：怒，乃故切，又音努。按，《釋文．毛詩音義》有一音：「之怒，協韻乃路反。」「乃故切」與「乃路反」同。有一音同。

（60）《廣韻》：忿，敷粉切，又匹問切。按，《釋文．禮記音義》有一音：「所忿，弗粉反。」「敷粉切」與「弗粉反」同。有一音同。

（61）《廣韻》：嫮，侯古切，又音互。按，《釋文．爾雅音義》有一音：「嫮，户故反，下同。《說文》云：『嫪也。』《廣雅》云：『妬也。』《聲類》云：『嫮嫪，戀惜也。』《字書》作『嫪』，一本作『誸』，皆同嫪，力報反。」「侯古切」與「户故反」同。有一音同。

（62）《廣韻》：蜃，時忍切，又時刃切。按，《釋文．毛詩音義》有一音：「蜃，市軫反，器名。」「時忍切」與「市軫反」同，有一音同。

（63）《廣韻》：散，蘇旱切，又蘇旰切。按，《釋文．左傳音義》有一音：「散位，悉但反。」「蘇旰切」與「悉但反」同。有一音同。

（64）《廣韻》：綣，去願切，又去阮切。按，《釋文．毛詩音義》有一音：「繾綣，上音遣，下起阮反，字或作卷繾綣，反覆也。」「去阮切」與「起阮反」同，有一音同。

（65）《廣韻》：侃，空旱切，又苦旰切。按，《釋文．論語音義》有一音：「侃侃，苦旦反。」「苦旰切」與「苦旦反」同，有一音同。

（66）《廣韻》：瀾，落干切，又郎旰切。按，《釋文．毛詩音義》有一音：「波漣，音連，一本作瀾，力安反。」「落干切」與「力安反」同。

（67）《廣韻》：鞙，黃練切，又音泫。按，《釋文．爾雅音義》有一音：「鞙，胡犬反，本今無『鞙鞙』二字。」「胡犬反」與「泫」音同。

（68）《廣韻》：牽，苦甸切，又苦堅切。按，《釋文．周易音義》有一音：「牽羊，苦年反。子夏作『掔』。」「苦堅切」與「苦年反」同，有一音同。

（69）《廣韻》：研，吾甸切，又音平聲。按，《釋文．毛詩音義》有一音：「研，倪延反。」「倪延反」當爲《廣韻》平聲音。有一音同。

（70）《廣韻》：裹，古火切，又古臥切。按，《釋文．爾雅音義》有一音：「自裹，音果。」「古火切」與「果」音同。有一音同。

（71）《廣韻》：蠁，許亮切，又許兩切。按，《釋文．爾雅音義》有一音：「蠁，許兩反。《說文》云：『知聲蟲也。』司馬相如作『蚼』字。」有一音同。

(72)《廣韻》：潢，胡曠切，又音黃。按，《釋文・左傳音義》有一音：「潢，音黃。」有一音同。

(73)《廣韻》：桄，古曠切，又古黃切。按，《釋文・爾雅音義》有一音：「桄，孫作『光』，古黃反。」有一音同。

(74)《廣韻》：穽，疾政切，又音靜。按，《釋文・尚書音義》有一音：「穽，在性反。」「在性反」與「靜」音同。有一音同。

(75)《廣韻》：凝，牛餕切，又牛淩切。按，《釋文・禮記音義》有一音：「不凝，本又作『疑』，魚澄反，成也。」「牛淩切」與「魚澄反」同。有一音同。

(76)《廣韻》：葍，方副切，又芳福切。按，《釋文・毛詩音義》有一音：「葍，音富。」「方副切」與「富」音同。有一音同。

(77)《廣韻》：倀，褚羊切，又豬孟切。按，《釋文・禮記音義》有一音：「倀倀，勑良反，無見貌。」「褚羊切」與「勑良反」同，有一音同。

(78)《廣韻》：咷，徒刀切，又他弔切。按，《釋文・周易音義》有一音：「咷，道刀反，號咷啼呼也。」「徒刀切」與「道刀反」同。有一音同。

(79)《廣韻》：鶩，亡遇切，又莫蔔切。按，《釋文・莊子音義》有一音：「鶩，音木，鴨也。」「莫蔔切」與「木」音同。有一音同。

(80)《廣韻》：亶，諸延切，又多旱切。按，《釋文・莊子音義》有一音：「亶，丁但反。」「多旱切」與「丁但反」同。有一音同。

(81)《廣韻》：貉，盧各切，又五陌切。按，《釋文・爾雅音義》有一音，與此同：「貉，郭音洛，《字林》作『貈』，巨救反。」「盧各切」與「洛」音同。有一音同。

(82)《廣韻》：蟋，息七切，又所櫛切。按，《釋文・毛詩音義》有一音：「蟋蟀，上音悉。」「息七切」與「悉」音同。有一音同。

(83)《廣韻》：慒，藏宗切，又似由切。按，《釋文・爾雅音義》有一音：「慒，音囚，《字書》作『悰』。」「似由切」與「囚」音同。有一音同。

(84)《廣韻》：梩，里之切，又卓皆切。按，《釋文・周禮音義》有一音：「一梩，里其反。」「里之切」與「里其反」同。有一音同。

(85)《廣韻》：駼，以諸切，又同都切。按，《釋文・爾雅音義》有一音：「駼，音途。」「同都切」與「途」音同。有一音同。

（86）《廣韻》：錍，府移切，又匹迷切。按，《釋文・爾雅音義》有一音：「錍，匹迷反。《方言》云：『箭廣長而薄廉者謂之錍。』」有一音同。

（87）《廣韻》：肦，符分切，又布還切。按，《釋文・儀禮音義》有一音：「肦，音班，賦也。」「布還切」與「班」音同。有一音同。

（88）《廣韻》：鷒，度官切，又職緣切。按，《釋文・爾雅音義》有一音，與此同：「鷒，徒端反。」「度官切」與「徒端反」同。有一音同。

（89）《廣韻》：肜，以戎切，又敕林切。按，《釋文・尚書音義》有一音，與此同：「肜，音融。」「以戎切」與「融」音同。有一音同。

（90）《廣韻》：猩，所庚切，又桑經切。按，《釋文・禮記音義》有一音，與此同：「狌狌，本又作『猩』，音生。」「所庚切」與「生」音同。有一音同。

（91）《廣韻》：弶，其兩切，又其亮切。按，《釋文・莊子音義》有一音，與此同：「弶，音巨亮反。」「其亮切」與「巨亮反」同。有一音同。

（92）《廣韻》：蚵，胡歌切，又口箇切。按，《釋文・爾雅音義》有一音，與此同：「何，本或作『蚵』，音河。」「胡歌切」與「河」音同。有一音同。

（93）《廣韻》：診，章忍切，又直刃切。按，《釋文・莊子音義》有一音，與此同：「而診，徐直信反，司馬向云診，占夢也。」「直刃切」與「直信反」同。有一音同。

（94）《廣韻》：筊，胡茅切，又古巧切。按，《釋文・爾雅音義》有一音，與此同：「筊，本或作『筊』字，戶交反。」「胡茅切」與「戶交反」同。有一音同。

（95）《廣韻》：醍，杜奚切，又他禮切。按，《釋文・周禮音義》有一音，與此同：「醍，音體。」「他禮切」與「體」音同。有一音同。

（96）《廣韻》：鉹，弋支切，又尺氏切。按，《釋文・爾雅音義》有一音：「鉹，昌紙反。」「尺氏切」與「昌紙反」同。有一音同。

（97）《廣韻》：蟣，渠希切，居狶切。按，《釋文・爾雅音義》有一音：「蟣，郭音祈，《字林》云：『齊人名蛭也。』《本草》又作『蚑』。」「渠希切」與「祈」音同。有一音同。

（98）《廣韻》：豦，強魚切，又居禦切。按，《釋文・爾雅音義》有一音：「豦，音據。」「居禦切」與「據」音同。有一音同。

（99）《廣韻》：娶，相俞切，又七句切。按，《釋文・周易音義》有一音：「用娶，七喻反。本亦作『取』，音同，注及下同。」「七句切」與「七喻反」同。有一音同。

（100）《廣韻》：睇，土雞切，又特計切。按，《釋文・毛詩音義》有一音：「視睇，大計反。」「特計切」與「大計反」同。

（101）《廣韻》：浸，七林切，又子鴆切。按《釋文・禮記音義》有一音：「浸盛，子鴆反。」有一音同。

（102）《廣韻》：覘，丑廉切，又丑豔切。按，《釋文・左傳音義》有一音：「覘之，勑廉反。」「丑廉切」與「勑廉反」同。有一音同。

（103）《廣韻》：晛，胡典切，又奴甸切。按，《釋文・毛詩音義》有一音：「晛，乃見反，日氣也。」「奴甸切」與「乃見反」同。有一音同。

（104）《廣韻》：沬，莫貝切，又莫撥切。按，《釋文・莊子音義》有一音：「以沬，音末。」「莫撥切」與「末」音同。有一音同。

（105）《廣韻》：僇，力救切，又力竹切。按，《釋文・禮記音義》有一音：「僇禽，音六，本或作『戮』。」「力竹切」與「六」音同。有一音同。

（106）《廣韻》：檴，胡化切，又胡郭切。按，《釋文・爾雅音義》有一音：「檴，户郭反，《詩》云：『無浸檴薪。』」「胡郭切」與「户郭反」同。有一音同。

（107）《廣韻》：琬，於阮切，又烏貫切。按，《釋文・尚書音義》有一音：「琬，紆晚反。」「於阮切」與「紆晚反」同。有一音同。

（108）《廣韻》：蕝，子芮切，又子悅切。按，《釋文・尚書音義》有一音：「輴，丑倫反。《漢書》作『橇』，如淳音蕝，以板置泥上。服虔云：『木橇形如木箕，擿行泥上。』尸子云：『澤行乘蕝。』蕝音子絶反。」「子悅切」與「子絶反」同。有一音同。

（109）《廣韻》：娓，武悲切，又無匪切。按，《釋文・毛詩音義》有一音：「予美，《韓詩》作娓，音尾，娓美也。」「無匪切」與「尾」音同。有一音同。

（110）《廣韻》：稭，古諧切，又古黠切。按，《釋文・尚書音義》有一音與此同：「秸，本或作『稭』，工八反。馬云：『去其穎。』音鞂。」「古黠切」與「工八反」同。有一音同。

（111）《廣韻》：隌，於金切，又烏感切。按，《釋文・爾雅音義》有一音：「隌，《字林》或作『晻』，同烏感反。」有一音同。

（112）《廣韻》：帆，符芝切，又扶泛切。按，《釋文・左傳音義》有一音：「不帆，凡劍反，本又作帊，普霸反。」「扶泛切」與「凡劍反」同。有一音同。

（113）《廣韻》：咄，當沒切，又丁括切。按，《釋文・公羊傳音義》有一音：「咄嗟，丁忽反。」「當沒切」與「丁忽反」同。有一音同。

（114）《廣韻》：瞉，古祿切，又古岳切。按《釋文・左傳音義》有一音：「二瞉，古學反。」「古岳切」與「古學反」同，有一音同。

（115）《廣韻》：秏，荒內切，又呼到切。按，《釋文・公羊傳音義》有一音：「秏減，呼報反。下佳斬反。」「呼到切」與「呼報反」同。有一音同。

（116）《廣韻》：菌，求晚切，又求敏切。按，《釋文・莊子音義》有一音：「朝菌，徐其隕反，司馬云大芝也，天陰生糞上見日則。」「求敏切」與「其隕反」同。有一音同。

（117）《廣韻》：諏，子于切，又子侯切。按，《釋文・爾雅音義》有一音：「諏，子須反。」「子于切」與「子須反」同。有一音同。

（118）《廣韻》：摳，豈俱切，又恪侯切。按，《釋文・儀禮音義》有一音：「則摳，苦侯反。」「恪侯切」與「苦侯反」同。有一音同。

（119）《廣韻》：烋，許交切，又香幽切。按，《釋文・毛詩音義》有一音：「烋，火交反，注同，炰烋，猶彭亨也。」「許交切」與「火交反」同，有一音同。

（120）《廣韻》：黚，巨淹切，又巨金切。按，《釋文・左傳音義》有一音：「公子黚，起廉反。」「巨淹切」與「起廉反」同。有一音同。

（121）《廣韻》：剖，芳武切，又普后切。按，《釋文・莊子音義》有一音：「剖，普口反。」「普后切」與「普口反」同。有一音同。

（122）《廣韻》：夥，懷𠁼切，又胡果切。按，《釋文・爾雅音義》有一音：「夥，戶果反，《漢書》云：『楚人謂多爲夥。』」「胡果切」與「戶果反」同。有一音同。

(123)《廣韻》：蝡，而允切，又而兗切。按，《釋文・莊子音義》有一音：「蝡，如兗反。」「而兗切」與「如兗反」同。有一音同。

(124)《廣韻》：珕，力智切，又郎計切。按，《釋文・毛詩音義》有一音：「士珕，力計反，《說文》云蜃屬。」「郎計切」與「力計反」同。有一音同。

(125)《廣韻》：漑，居豙切，又古代切。按《釋文・儀禮音義》有一音：「漑，古代反。」有一音同。

(126)《廣韻》：胘，胡田切，又胡涓切。按，《釋文・公羊傳音義》有一音：「右髀，羊紹反，《字林》子小反，一本作胘，音賢。」「胡田切」與「賢」音同。有一音同。

(127)《廣韻》：邀，古堯切，又於霄切。按，《釋文・左傳音義》有一音：「而儌，本又作邀，古堯反。」有一音同。

(128)《廣韻》：肸，羲乙切，又許訖切。按，《釋文・公羊傳音義》有一音：「叔肸，許乙反。」「羲乙切」與「許乙反」同。有一音同。

(129)《廣韻》：狷，古縣切，又吉掾切。按，《釋文・禮記音義》有一音：「狂狷，音絹。」「吉掾切」與「絹」音同。有一音同。

(130)《廣韻》：瀣，胡介切，又胡槩切。按，《釋文・莊子音義》有一音：「瀣音下界反。」「胡介切」與「下界反」同。有一音同。

(131)《廣韻》：憯，青忝切，又七感切。按，《釋文・莊子音義》有一音：「憯於，七感反。」有一音同。

(132)《廣韻》：鶄，子盈切，又倉經切。按，《釋文・爾雅音義》有一音：「鶄，音精。」「子盈切」與「精」音同。有一音同。

(133)《廣韻》：黿，愚袁切，又五丸切。按，《釋文・毛詩音義》有一音：「黿，音元。」「愚袁切」與「元」音同。有一音同。

(134)《廣韻》：鯿，布還切，又卑連切。按，《釋文・爾雅音義》有一音：「鯿，字又作『鯾』，方仙反。《字林》云：『魚也。』案魚似魴而大，腴細而長。」「卑連切」與「方仙反」同。有一音同。

(135)《廣韻》：刷，數刮切，又所劣切。按，《釋文・爾雅音義》有一音：

「刷，字又作『㕞』，所劣反。《說文》云：『刮也。』《廣雅》云：『削也。』」有一音同。

（136）《廣韻》：樧，所八切，又山列切。按，《釋文‧爾雅音義》有一音：「樧，所黠反。」「所八切」與「所黠反」同。有一音同。

（137）《廣韻》：宊，武方切，又莫郎切。按，《釋文‧爾雅音義》有一音：「宊，音亡。」「武方切」與「亡」音同。有一音同。

（138）《廣韻》：開，符方切，又皮變切，按，《釋文‧爾雅音義》有一音：「開，皮彥反，本亦作『弁』，同。」「皮變切」與「皮彥反」同。有一音同。

二、「《廣韻》有多音，《釋文》有一音，此音見於《廣韻》」研究

此部分有 40 多例。

（1）《廣韻》：潼，徒紅切，又他紅切，又尺容切。按，《釋文‧左傳音義》有一音：「潼關，音童。」「徒紅切」與「童」音同。有一音同。

（2）《廣韻》：韣，徒谷切，又之欲切，市玉切。按，《釋文‧毛詩音義》有一音：「韣，本亦作韣，又作櫝，徒木反。」「弓韣，音獨，弓也。」「徒谷切」與「徒木反」同。有一音同。

（3）《廣韻》：翣，即葉切，又山洽切，所甲切。按，《釋文‧周禮音義》有一音：「翣，本又作翣，所甲反。」有一音同。

（4）《廣韻》：邅，張連切，又除善切，持碾切。按，《釋文‧周易音義》有一音：「邅如，張連反。馬云：『難行不進之貌。』」有一音同。

（5）《廣韻》：槳，側鳩切，又直由切，除柳切。按，《釋文‧毛詩音義》有一音：「槳子，側留反。」「側鳩切」與「側留反」同，有一音同。

（6）《廣韻》：梡，胡官切，又胡管切，苦管切。按，《釋文‧禮記音義》有一音，與第三音同：「梡，苦管反，虞俎名。」有一音同。

（7）《廣韻》：燀，尺延切，又旨善切，昌善切。按，《釋文‧左傳音義》有一音：「燀之，章善反，然也。」「旨善切」與「章善反」同，有一音同。

（8）《廣韻》：掎，居宜切，又居綺切，卿義切。按，《釋文‧左傳音義》有一音：「掎之，居綺反。」有一音同。

（9）《廣韻》：橦，徒紅切，又職容切，宅江切。按，《釋文‧周禮音義》有

一音：「於橦，直江反。」「宅江切」與「直江反」同，有一音同。

（10）《廣韻》：艽，渠追切，又古肴切，巨鳩切。按，《釋文・毛詩音義》有一音：「小明艽野，音求，艽野遠荒之地。」「巨鳩切」與「求」音同。有一音同。

（11）《廣韻》：舀，羊朱切，又以周切，以沼切。按，《釋文・毛詩音義》有一音：「揄，音由，又以朱反，抒臼也。《說文》作舀，弋紹反。」「以沼切」與「弋紹反」同，有一音同。

（12）《廣韻》：瑁，莫佩切，又莫報切，莫沃切。按，《釋文・尚書音義》有一音：「瑁，莫報反。」有一音同。

（13）《廣韻》：懊，烏皓切，又烏到切，於六切。按，《釋文・爾雅音義》有一音：「懊忨，烏報反，下五館反。」「烏到切」與「烏報反」同，有一音同。

（14）《廣韻》：作，臧祚切，又則箇切，則落切。按《釋文・周易音義》：「作，如字。」「則落切」當同如字音。有一音同。

（15）《廣韻》：朓，吐彫切，又土了切，丑召切。按，《釋文・周禮音義》有一音：「朓，他了反，晦而月見西方。」「土了切」與「他了反」同。有一音同。

（16）《廣韻》：藿，巨巾切 ，又巨斤切，居隱切。按，《釋文・毛詩音義》有一音：「堇，音謹，毛菜也，案《廣雅》云堇藿也，今三輔之言猶然藿，音徒弔反。」「居隱切」與「謹」音同。有一音同。

（17）《廣韻》：悾，苦紅切，又苦江切，苦貢切。按，《釋文・論語音義》有一音：「悾悾，音空。」「苦紅切」與「空」音同，有一音同。

（18）《廣韻》：槜，醉綏切，又昨回切，將遂切。按，《釋文・左傳音義》有一音：「槜李，音醉，依《說文》從木。」「將遂切」與「醉」音同。有一音同。

（19）《廣韻》：捘，七倫切，又子對切，子寸切。按，《釋文・左傳音義》有一音：「捘，子對反。」有一音同。

（20）《廣韻》：俓，五堅切，又五莖切，古定切。按，《釋文・爾雅音義》有一音：「俓，古定反，字或作『徑』，注同。」有一音同。

（21）《廣韻》：驒，都年切，又徒干切，徒河切。按，《釋文・爾雅音義》有一音：「驒，徒河反。《說文》云：『馬文如鼉魚。』《韓詩》、《字林》皆云：『白馬黑髦。』」有一音同。

（22）《廣韻》：嬛，許緣切，又於緣切，渠營切。按，《釋文・周禮音義》有一音：「嬛嬛，求營反。」「渠營切」與「求營反」同。有一音同。

（23）《廣韻》：鶻，古忽切，又戶骨切，戶八切。按，《釋文・爾雅音義》有一音：「鶻，音骨。」「古忽切」與「骨」音同。有一音同。

（24）《廣韻》：馲，盧各切，又他各切，陟格切。按，《釋文・爾雅音義》有一音：「橐，音託，字又作『馲』，音同。又音洛。」「他各切」與「託」音同。有一音同。

（25）《廣韻》：爆，北教切，又北角切，補各切。按，《釋文・毛詩音義》有一音：「爆，本又作暴，同，音剝，下同。」「北角切」與「剝」音同。有一音同。

（26）《廣韻》：啞，烏下切，又衣嫁切，烏格切，於革切。《釋文・周易音義》有一音：「啞啞，烏客反，馬云笑聲，鄭云樂也。」「於革切」與「烏客反」同，有一音同。

（27）《廣韻》：濘，乃挺切，又奴計切，乃定切。按，《釋文・左傳音義》有一音：「還濘，乃定反，泥也。」有一音同。

（28）《廣韻》：零，落賢切，又郎丁切，郎定切。按，《釋文・禮記音義》有一音：「零落，本又作『苓』，音同。《說文》云：『草曰苓，木曰落。』」「郎丁切」與「苓」音同。有一音同。

（29）《廣韻》：齬，語居切，又五乎切，魚巨切。按，《釋文・莊子音義》有一音：「齬，音魚女反。」「魚巨切」與「魚女反」同。有一音同。

（30）《廣韻》：踉，呂張切，又魯當切，又力讓切。按，《釋文・莊子音義》有一音：「踉音亮。」「力讓切」與「亮」音同，有一音同。

（31）《廣韻》：忯，諸氏切，又承紙切，尺氏切。按，《釋文・爾雅音義》有一音：「忯，音是。」「承紙切」與「是」音同。有一音同。

（32）《廣韻》：饟，式羊切，又書兩切，又式亮切。按，《釋文・毛詩音義》有一音：「饟，式亮反。」有一音同。

（33）《廣韻》：醒，桑經切，又蘇挺切，蘇佞切。按，《釋文・左傳音義》有一音：「醒，星頂反。」「蘇挺切」與「星頂反」同。有一音同。

（34）《廣韻》：歟，以諸切，又余呂切，羊洳切。按，《釋文・孝經音義》有一音：「是何言歟，音餘，下同。」「以諸切」與「餘」音同。有一音同。

（35）《廣韻》：郫，符羈切，又符支切，薄佳切。按，《釋文・左傳音義》有一音同：「諸郫，婢支反。」「符羈切」與「婢支反」同，有一音同。

（36）《廣韻》：扂，丘倨切，又口荅切，胡臘切，古遝切。按，《釋文・儀禮音義》有一音：「扂，劉羌據反。閉也。」「丘倨切」與「羌據反」同，有一音同。

（37）《廣韻》：儗，魚紀切，魚記切，五溉切，海愛切。按，《釋文・儀禮音義》有一音：「所儗，音擬。」「魚紀切」與「擬」音同，有一音同。

（38）《廣韻》：槧，七廉切，又慈染切，才敢切，七豔切。按，《釋文・周禮音義》：「槧築，七豔反。」有一音同。

（39）《廣韻》：襡，當口切，徒口切，徒谷切，都豆切，市玉切。《釋文・禮記音義》：「而襡，音獨，韜也。」「徒谷切」與「獨」音同。有一音同。

（40）《廣韻》：臤，苦閑切，又胡田切，苦寒切，口莖切。按，《釋文・公羊傳音義》：「伯臤，苦刃反，本或作堅。」「口莖切」與「苦刃反」同。有一音同。

（41）《廣韻》：芍，胡了切，又市若切，七雀切，張略切。按，《釋文・爾雅音義》：「芍，户了反。」「胡了切」與「户了反」同，有一音同。

（42）《廣韻》：鯷，是支切，又杜奚切，承紙切，是義切，特計切。按，《釋文・爾雅音義》：「鯷，音提，《字林》云：『青州人呼鮎鯷。』」「是支切」與「提」音同。有一音同。

（43）《廣韻》：劵，去願切，又居願切，居倦切，區倦切，居玉切。《釋文・禮記音義》：「劵要，字又作『絭』，音勸。」「去願切」與「勸」音同。有一音同。

（44）《廣韻》：咡，如之切，又音餌。按，《釋文・禮記音義》：「咡，而志反。」「餌」與「而志反」同。有一音同。

三、「《廣韻》有多音，《釋文》有多音，二者有一音相同」研究

此部分有 140 多例。

（1）《廣韻》：膴，武夫切，又荒烏切，文甫切。按，《釋文．禮記音義》：「祭膴，舊火吳反，依注音冔，況甫反。徐況紆反。」「荒烏切」與「火吳反」同。有一音同。

（2）《廣韻》：楀，王矩切，又音矩。按，《釋文．毛詩音義》：「楀，音矩，弓禹反。」二者有一音同。

（3）《廣韻》：姡，戶括切，又音刮。按，《釋文．爾雅音義》：「姡，戶刮反，又户括反。」有一音同。

（4）《廣韻》：繘，餘律切，又音橘。按，《釋文．周易音義》：「繘，音橘。徐又居密反。鄭云：『綆也。』《方言》云：『關西謂綆爲繘。』郭璞云：『汲水索也。』又其律反，又音述。」有一音同。

（5）《廣韻》：笴，古旱切，又古我切。按，《釋文．儀禮音義》：「一笴，工但反，又工老反。」「古旱切」與「工但反」同。有一音同。

（6）《廣韻》：齵，遇俱切，又五婁切。按，《釋文．周禮音義》：「不齵，五構反，一音隅。」「遇俱切」與「隅」音同。有一音同。

（7）《廣韻》：紇，胡結切，又乎沒切。按，《釋文．禮記音義》：「臧紇，恨發反，徐胡切反，沈胡謁反。」「胡結切」與「胡切反」同。有一音同。

（8）《廣韻》：鋟，子廉切，又七稔切。按，《釋文．公羊傳音義》：「鋟其，本又作鑯，七廉反，又且審反，以爪刻饋斂板也，本或作鋟誤。」有一音同。

（9）《廣韻》：鮆，即移切，又才禮切。按，《釋文．爾雅音義》：「鮆，徂禮反，又徐爾反。《字林》云：『刀魚也，才豉反。』字或作『鱭』。」「才禮切」與「徂禮反」同，有一音同。

（10）《廣韻》：烓，烏攜切，又口迥切。按，《釋文．爾雅音義》：「烓，郭音恚。《字林》口穎反。《說文》云：『行竈也。』顧口井、烏攜二反。」有一音同。

（11）《廣韻》：激，古弔切，又古歷切，按，《釋文．老子音義》：「激，經覔反，又古堯反。」有一音同。

（12）《廣韻》：紟，巨禁切，又音今。按，《釋文・爾雅音義》：「紟，其鴆反。劉居鴆反。」有一音同。

（13）《廣韻》：更，古孟切，又古衡切。按，《釋文・儀禮音義》：「更是，音庚，又古鸎反。」「古衡切」與「庚」音同。有一音同。

（14）《廣韻》：抄，楚交切，又初教切。按，《釋文・左傳音義》：「聚抄，初教反，又楚稍反，強取物。」有一音同。

（15）《廣韻》：狙，七余切，又七預切。按，《釋文・莊子音義》：「狙公，七徐反，又緇慮反，司馬云，狙公，典狙官也。崔云養猨狙者也，李云老狙也。《廣雅》云狙，獮猴。」「七余切」與「七徐反」同，有一音同。

（16）《廣韻》：怏，於兩切，又於亮切。按，《釋文》：怏然，於亮反，又於良反。有一音同。

（17）《廣韻》：脛，胡頂切，又胡定切。按，《釋文・儀禮音義》：「脛骨，戶定反。劉胡孟反。」有一音同。

（18）《廣韻》：壽，直由切。壽，承呪切。按，《釋文・左傳音義》：「上壽，時掌反，下音授，又音受。」「承呪切」與「授」音同。有一音同。

（19）《廣韻》：椒，子侯切，又蘇后切。按《釋文・禮記音義》：「郊椒，素口反，徐揔會反，澤也。」「蘇后切」與「素口反」同。有一音同。

（20）《廣韻》：弦，戶萌切，又烏宏切。按，《釋文・左傳音義》：「子牼，苦耕反，徐戶耕反。」「戶萌切」與「戶耕反」同。有一音同。

（21）《廣韻》：笫，阻史切，又側几切。按，《釋文・周禮音義》：「牀笫，側美反，徐側敏反。」「側几切」與「側美反」同。有一音同。

（22）《廣韻》：琡，之六切，又音俶。按，《釋文・爾雅音義》：「琡，昌育、常育二反。」「俶」與「昌育反」同。有一音同。

（23）《廣韻》：諗，式任切，又知甚切。按，《釋文・毛詩音義》：「諗，音審，相思念也。《說文》式荏反。」「式任切」與「式荏反」同。有一音同。

（24）《廣韻》：踽，俱雨切，又驅雨切。按，《釋文・毛詩音義》：「蝺踽，俱禹反，無所親。」「俱雨切」與「俱禹反」同。有一音。

（25）《廣韻》：裻，冬毒切，又先篤切。按，《釋文・禮記音義》有二音：「謂裻，音督。」《左傳音義》：「司馬裻，音篤，本亦作督。」「冬毒切」與「督」音同，有一音同。

（26）《廣韻》：玃，具籰切，又居縛切。按，《釋文・左傳音義》：「玃，俱縛反，徐居碧反。」「居縛切」與「俱縛反」同。有一音同。

（27）《廣韻》：樀，徒歷切，又音的。按，《釋文・爾雅音義》：「樀，丁狄反，字從木旁作啇。郭又也赤反，字合手旁作擿。」「丁狄反」與「的」音同，有一音同。

（28）《廣韻》：欇，書涉切，又音涉。按，《釋文・爾雅音義》：「欇，郭音涉。」《爾雅音義》：「欇欇，之涉反。」有一音同。

（29）《廣韻》：杝，移爾切，又敕豸切。按，《釋文・莊子音義》：「弘㹀，本又作杝，徐勑紙反，郭詩氏反，崔云讀若拖或作施。」「敕豸切」與「勑紙反」同，有一音同。

（30）《廣韻》：擠，子計切，又將西切。按，《釋文・左傳音義》：「知擠，子細反，隊也，《說文》云排也，一音子禮反。」「子計切」與「子細反」同，有一音同。

（31）《廣韻》：臞，其遇切，又音瞿。按，《釋文・周禮音義》：「臞，其俱反，又作臒，音稍，與《考工記》臒後音同。」「其遇切」與「其俱反」同。有一音同。

（32）《廣韻》：郿，明祕切，又音眉。按，《釋文・毛詩音義》：「于郿，亡悲反，又三冀反，地名，屬扶風，今爲縣。」「眉」與「亡悲反」同。有一音同。

（33）《廣韻》：餞，慈演切，又疾箭切。按《釋文・左傳音義》：「餞之，錢淺反，送行飲酒也，《說文》云送去食也，《字林》子扇反，《毛詩》箋云：祖而舍軷，飲酒於其側曰餞。」「慈演切」與「錢淺反」同，有一音同。

（34）《廣韻》：觭，墟彼切，又丘奇切。按，《釋文・周禮音義》：「觭夢，居綺反，注掎同，又紀宜反，杜其宜反。」《莊子音義》：「觭，音羈，徐起宜反。」《爾雅音義》：「觭，郭去宜反，《字林》丘戲、江宜二反，云：『一角低，一角仰。』樊云：『傾角曰觭。』」「丘奇切」與「起宜反」「去宜反」同。有一音同。

（35）《廣韻》：餤，徒甘切，又徒濫切。按，《釋文・爾雅音義》：「餤，沈大甘反，徐仙民《詩》音閻，餘占反。郭持鹽反。」「徒甘切」與「大甘反」同，有一音同。

（36）《廣韻》：頷，胡男切，又胡感切。按，《釋文・周禮音義》：「婁頷，尺感反。」「頷之，本又作頷五感反，搖頭也。」「胡感切」與「五感反」同，有一音同。

（37）《廣韻》：酏，弋支切，又羊氏切。按，《釋文・儀禮音義》：「則酏，以支反。劉書支反。」「弋支切」與「以支反」同，有一音同。

（38）《廣韻》：埤，符支切，又音婢。按，《釋文・儀禮音義》：「言埤，毗支反。一音卑。」「符支切」與「毗支反」同，有一音同。

（39）《廣韻》：湑，相居切，又息呂切。按，《釋文・儀禮音義》：「既湑，息呂反。」《毛詩音義》：「湑湑，私敘反，不相比次也。」有一音同。

（40）《廣韻》：宁，直魚切，又音佇。按，《釋文・儀禮音義》：「于宁，直呂反。劉直慮反。」「直呂反」與「佇」音同，有一音同。

（41）《廣韻》：醹，人朱切，又音乳。按，《釋文・毛詩音義》：「維醹，如主反，厚也，《說文》厚酒也，《字林》同，音女父反。」「乳」與「如主反」同。有一音同。

（42）《廣韻》：犥，撫招切，又敷沼切。按，《釋文・周禮音義》：「犥，本又作皫，芳表反，又符表反，又芳老反，徐又孚趙反。」「敷沼切」與「芳表反」同，有一音同。

（43）《廣韻》：坋，房吻切，又扶問切。按，《釋文・儀禮音義》：「坋污，步困反。劉扶問反。」有一音同。

（44）《廣韻》：潸，數板切，又音删。按，《釋文・毛詩音義》：「潸焉，所姦反，涕下貌，《說文》作𩶜云涕流貌，山晏反。」「所姦反」與「删」音同。有一音同。

（45）《廣韻》：挺，特丁切，又徒頂切。按，《釋文・周禮音義》：「於挺，勑頂反。注同。或徒令反。」「特丁切」與「徒令反」同，有一音同。

（46）《廣韻》：𪍿，扶沸切，又音肥。按，《釋文・爾雅音義》：「𪍿，本或作『蕡』，苻刃反，或扶沸反。」有一音同。

（47）《廣韻》：麐，良刃切，又音鄰。按，《釋文・爾雅音義》：「麐，《字林》力人反，本又作『麟』，牝麒也。一音力珍反。」「力珍反」與「鄰」音同。有一音同。

（48）《廣韻》：繾，去戰切，又去演切。按，《釋文・爾雅音義》：「繾，弃善反，或去忍反。」「去演切」與「弃善反」同。有一音同。

（49）《廣韻》：奓，陟駕切，又陟加切。按，《釋文・左傳音義》：「汏奓，昌氏反，本或作侈，又尺氏反。」《莊子音義》：「奓，郭處野反，又音奢，徐都嫁反，又處夜反，司馬云開也。」「陟駕切」與「都嫁反」同，有一音同。

（50）《廣韻》：鑑，格懺切，又古銜切。按，《釋文・左傳音義》：「以鑑，古暫反。」《周禮音義》：「凌人治鑑，胡暫反，本或作監，音同。」「古銜切」與「監」音同。有一音同。

（51）《廣韻》：柵，所晏切，又楚革切。按，《釋文・莊子音義》：「柴柵，楚格反，郭音策。」「楚革切」與「策」音同。有一音同。

（52）《廣韻》：痁，失廉切，又。按，《釋文・禮記音義》：「痁患，始占反，病也。」《左傳音義》：「遂痁，失廉反，瘧疾也。」有一音同。

（53）《廣韻》：顆，呼覽切，又胡懺切。按，《釋文・周禮音義》：「顆，本又作呼覽反，劉音檻。」有一音同。

（54）《廣韻》：砉，虎伯切，又呼昊切。按，《釋文・莊子音義》：「砉然，向呼鵙反，徐許鵙反，崔音畫，又古鵙反，李又呼歷反，司馬云皮骨相離聲。」「呼昊切」與「呼鵙反」同。有一音同。

（55）《廣韻》：鰿，士革切，又資昔切。按，《釋文・莊子音義》：「鮒，音附，《廣雅》云鰿也，鰿音迹。」「資昔切」與「迹」音同。有一音同。

（56）《廣韻》：汋，士角切，又市若切。按，《釋文・左傳音義》：「汋曰，章畧反。」《左傳音義》：「諸汋，七藥反，徐音酌，一音市藥反。」「市若切」與「市藥反」同。有一音同。

（57）《廣韻》：蘁，丑略切，又呵各切。按，《釋文・爾雅音義》：「蘁，火各反。」《毛詩音義》：「螫蟲，音釋，本又作蘁，呼莫反。」「呵各切」與「火各反」同。有一音同。

（58）《廣韻》：溺，而灼切，又奴歷切。按，《釋文・禮記音義》：「溺，奴狄反。」《禮記音義》：「小人溺，乃歷反。」「奴歷切」與「乃歷反」同。有一音同。

（59）《廣韻》：䩞，當割切，又旨熱切。按，《釋文·莊子音義》：「夜旦，如字。崔本作䩞，音怛。」「當割切」與「怛」音同。有一音同。

（60）《廣韻》：帨，此芮切，又音稅。按，《釋文·爾雅音義》：「帨，始銳反。《毛詩》傳云：『佩巾也。』」《毛詩音義》：「我帨，始銳反，沈始悅反，佩巾也。」《周禮音義》：「帨，始銳反，佩巾，徐音歲。」《儀禮音義》：「結帨，舒銳反。」「稅」與「始銳反」同，有一音同。

（61）《廣韻》：俟，渠希切，又牀史切。按，《釋文·毛詩音義》：「俟俟，音士，行也，徐音矣。」二者音同。「牀史切」與「士」音同。有一音同。

（62）《廣韻》：戁，奴板切，又人善切。按，《釋文·毛詩音義》：「不戁，奴版反，恐也。」「戁，女版反。」「奴板切」與「奴版反」同。有一音同。

（63）《廣韻》：野，承與切，又羊者切。按，《釋文》：「野，本或作『埜』，古字，羊者反。」《禮記音義》：「牧野，音也，徐又以汝反。」有一音同。

（64）《廣韻》：茝，諸市切，又昌紿切。按，《釋文·爾雅音義》：「茝，昌改、昌敗二反。《本草》云：『白芷一名白茝。』」《禮記音義》：「茝蘭，本又作『芷』，昌改反。韋昭注《漢書》云：『香草也，昌以反。』又《說文》云『虈也』，虈，火喬反，齊人謂之茝，昌在反。」「昌紿切」與「昌改反」同。有一音同。

（65）《廣韻》：弇，古南切，又衣儉切。按，《釋文·左傳音義》：「及弇，於檢反，又於廉反。」《爾雅音義》：「弇，古奄字，於檢反。」「衣儉切」與「於檢反」同。有一音同。

（66）《廣韻》：醟，爲命切，又休正切。按，《釋文·尚書音義》：「醟，音詠。《說文》于命反，酗，酒也。」「爲命切」與「于命反」同。有一音同。

（67）《廣韻》：蜂，薄紅切，又敷容切。按，《釋文·禮記音義》：「蜂也，孚逢反。蠭，本又作『蜂』，芳凶反。」「敷容切」與「孚逢反」同，有一音同。

（68）《廣韻》：菭，直尼切，又徒哀切。按，《釋文·爾雅音義》：「菭，徒來反。郭云：一名石髮。《說文》云：水靑衣也。或大之反，今本作苔。」「徒哀切」與「徒來反」同。有一音同。

（69）《廣韻》：蓷，尺隹切，又他回切。按，《釋文‧毛詩音義》：「中谷有蓷，吐雷反，《爾雅》云雕也，《韓詩》云茺蔚也，《廣雅》又名益母。」「他回切」與「吐雷反」同。有一音同。

（70）《廣韻》：齝，書之切，又敕釐切。按，《釋文‧爾雅音義》：「齝，謝初其反，郭音笞。」「敕釐切」與「笞」音同。有一音同。

（71）《廣韻》：鵃，止遙切，又陟交切。按，《釋文》有二音，有一音與此同。《爾雅音義》：「鵃，竹交反，或竹牛反。《字林》云：『鶻鵃，小種鳩也。』《毛詩草木疏》云：『斑鳩也。』桂陽人謂之斑隹。」「陟交切」與「竹交反」同。有一音同。

（72）《廣韻》：抗，胡郎切，又苦浪切。按，《釋文》有二音，有一音與此同。《周禮音義》：「抗皮，注亢同苦浪反，劉公郎反。」有一音同。

（73）《廣韻》：紓，傷魚切，又神與切。按，《釋文》有多音，有一音與此同。《左傳音義》：「以紓，音舒，一音直汝反，緩也。」「傷魚切」與「舒」音同。有一音同。

（74）《廣韻》：蜚，府尾切，又扶沸切。按，《釋文‧公羊傳音義》有多音，有一音與此同：「蜚林，芳尾反，又音配。」「府尾切」與「芳尾反」同，有一音同。

（75）《廣韻》：蛬，渠容切，又居悚切。按，《釋文‧毛詩音義》：「蛬也，俱勇反，沈又九共反，趨織也，一名蜻蛚。」 「居悚切」與「俱勇反」同。有一音同。

（76）《廣韻》：擐，古還切，又胡慣切。按《釋文‧周禮音義》：「擐之，戶串反。劉郭犬反。」《儀禮音義》：「擐，劉郭大反。一音患。」「胡慣切」與「患」音同。有一音同。

（77）《廣韻》：頯，渠追切，又居洧切。按，《釋文‧莊子音義》：「頯，徐去軌反，郭苦對反，李音沈，一音逵，權也，王云質朴無飾也，向本作。」「渠追切」與「逵」音同。有一音同。

（78）《廣韻》：寥，落蕭切，又郎擊切。按，《釋文‧莊子音義》有二音：「寥，徐力彫反，李云參高也，高邈寥曠，不可名也。」「落蕭切」與「力彫反」同。有一音同。

（79）《廣韻》：戾，郎計切，又練結切。按，《釋文·莊子音義》有二音：「爲戾，力計反，暴也。」「郎計切」與「力計反」同。有一音同。

（80）《廣韻》：祋，丁外切，又丁括切。按，《釋文·毛詩音義》有二音：「祋，都外反，殳也，又都律反。」「丁外切」與「都外反」同，有一音同。

（81）《廣韻》：綟，力制切，又良薛切。按，《釋文·爾雅音義》有二音：「綟，音列，顧閭結反。」「良薛切」與「列」音同。有一音同。

（82）《廣韻》：擪，於琰切，又於葉切。按《釋文·莊子音義》有多音：「壓，本亦作擪，同，乃協反，郭於琰反，又敕頰反，《字林》云擪，一指按也。」有一音同。

（83）《廣韻》：橑，落蕭切，又盧皓切。按，《釋文·周禮音義》有二音：「蓋橑，音老，劉力報反。」「盧皓切」與「力報反」同。有一音同。

（84）《廣韻》：窅，於交切，又烏皎切。按，《釋文·莊子音義》有二音：「窅然，徐烏了反，郭武駢反，李云窅然，猶悵然。」「烏皎切」與「烏了反」同。有一音同。

（85）《廣韻》：泱，於良切，又烏朗切。按，《釋文·毛詩音義》有多音：「泱泱，於良反，又於郎反，弘大也，韋昭於康反。」有一音同。

（86）《廣韻》：韽，烏含切，又於陷切。按，《釋文·周禮音義》有多音：「聲韽，劉音闇，又於瞻反，鄭於貪反，戚於感反，李烏南反。」「烏含切」與「烏南反」同。有一音同。

（87）《廣韻》：翏，落蕭切，又力救切。按《釋文·莊子音義》有多音：「翏翏，良救反，又六收反，長風聲也，李本作飂，音同，又力竹反。」「力救切」與「良救反」同，有一音同。

（88）《廣韻》：斮，側角切，又側略切。按，《釋文·爾雅音義》有多音：「斮，莊畧、牀畧二反，《字林》云：『斬也。』斮，本或作『厝』，同七各反。」《尚書音義》：「斮，側略反，又士略反。」「側略切」與「莊畧反」同。有一音同。

（89）《廣韻》：郪，取私切，又七稽切。按，《釋文·左傳音義》有二音：「郪丘，音西，又七西反。」「七稽切」與「七西反」同，有一音同。

（90）《廣韻》：馮，扶冰切，又防戎切。按《釋文．左傳音義》有多音：「馮怒，皮冰反，盛也，徐又敷冰反，注同。」「扶冰切」與「皮冰反」同。有一音同。

（91）《廣韻》：眥，疾智切，又在詣切。按，《釋文．莊子音義》有多音：「眥，子斯反，徐子智反，亦作揃，子淺反，《三蒼》云揃猶翦也，《玉篇》云滅也。」「疾智切」與「子智反」同。有一音同。

（92）《廣韻》：枳，諸氏切，又居帋切。按，《釋文．莊子音義》有二音：「枳，吉氏反，又音紙。」「諸氏切」與「紙」音同，有一音同。

（93）《廣韻》：朏，敷尾切，又普乃切，又苦骨切。按，《釋文．尚書音義》有三音：「朏，芳尾反，又普没反，徐又芳憒反。」「敷尾切」與「芳尾反」同，有一音同。

（94）《廣韻》：潨，職戎切，又徂紅切，又藏宗切。按，《釋文．毛詩音義》：「在潨，在公反，毛水會也，《說文》云小水入大水也，徐云鄭音在容反，水外之高者也。」「徂紅切」與「在公反」同，有一音同。

（95）《廣韻》：焉，謁言切，又於乾切，有乾切。按，《釋文．周禮音義》有二音：「焉知，於虔反。」《周禮音義》：「焉使，劉焉音夷。」「於乾切」與「於虔反」同。有一音同。

（96）《廣韻》：忕，時制切，又他蓋切，徒蓋切。按，《釋文．禮記音義》有多音：「忕於，時世反，又時設反。」《禮記音義》：「以木忕，音誓，與上『忕於』同。」「時制切」與「時世反」同，有一音同。

（97）《廣韻》：谷，古祿切，又盧谷切，余蜀切。按，《釋文．左傳音義》有二音：「南谷，古木反，又音欲。」「古祿切」與「古木反」同，「余蜀切」與「欲」音同。有二音同。

（98）《廣韻》：迂，羽俱切，又憶俱切，於武切。按，《釋文．左傳音義》有二音：「迂直，音于，一音於。」「羽俱切」與「于」音同。有一音同。

（99）《廣韻》：簠，甫無切，又方矩切，芳遇切。按，《釋文．周禮音義》有三音：「舍人簠，音甫，或音蒲，李又方于反。」「方矩切」與「甫」音同，有一音同。

（100）《廣韻》：鵀，如林切，又女心切，汝鴆切。按，《釋文．爾雅音義》：「鵀，本亦作鶔，女金反。施没沁反。《方言》云：『戴鵀一名戴南，一名戴勝。』」「女心切」與「女金反」同，有一音同。

（101）《廣韻》：蜰，符非切，又府尾切，扶沸切。按，《釋文．爾雅音義》有二音：「蜰，敷非反，孫甫尾反。」「府尾切」與「甫尾反」同，有一音同。

（102）《廣韻》：杝，弋支切，又池爾切，敕豸切。按，《釋文．禮記音義》有二音：「杝，音移。」《禮記音義》：「椵杝，徒亂反。」「弋支切」與「移」音同。有一音同。

（103）《廣韻》：攤，他干切，又奴但切，奴案切。按，《釋文．爾雅音義》有四音：「灘，本或作『攤』，郭勑丹、勑旦二反，《字林》大安、他安二反。」「他干切」與「他安反」同，有一音同。

（104）《廣韻》：蜆，胡典切，又呼典切，又苦甸切。按，《釋文．爾雅音義》有多音：「蜆，下顯反，《字林》下研反，孫音俔。案俔字下顯、苦見二反。」「胡典切」與「下顯反」同，有一音同。

（105）《廣韻》：鷽，烏酷切，又五角切，胡覺切。按，《釋文．爾雅音義》有二音：「鷽，五角反，沈音學。」「胡覺切」與「學」音同。有一音同。

（106）《廣韻》：雺，莫紅切，又莫綜切，莫候切。按，《釋文．爾雅音義》有二音：「雺，或作『霧』字，同亡公、亡侯二反。」「莫紅切」與「亡公反」同，有一音同。

（107）《廣韻》：勠，力求切，又力救切，力竹切。按，《釋文．左傳音義》有多音：「勠力，相承音六，嵇康力幽反，吕靜《字韻》與飂同，《字林》音遼。」「力竹切」與「六」音同。有一音同。

（108）《廣韻》：呿，丘伽切，丘倨切，去劫切。按，《釋文．莊子音義》有多音：「口呿，起據反，司馬云開也，李音祛，又巨劫反。」「丘倨切」與「祛」音同，有一音同。

（109）《廣韻》：葅，七余切，又則吾切，則古切。按，《釋文．周禮音義》有多音：「茅葅，子都反，一音子餘反，或云杜側魚反，鄭將吕反。」「則吾切」與「子都反」同，有一音同。

（110）《廣韻》：銚，吐彫切，又餘昭切，又徒弔切。按，《釋文．莊子音義》有多音：「銚，七遥反，削也，能有所穿削也，又他堯反。」《爾雅音義》：「銚，羊招反，或羊召反，字或作『鍫』。」「吐彫切」與「他堯反」同。有一音同。

（111）《廣韻》：仳，房脂切，又匹婢切，符鄙切。按，《釋文・毛詩音義》有多音，但不同於此：「仳，匹指反，徐符鄙反，又敷姊反，別也，《字林》及几、扶罪二反。」有一音同。

（112）《廣韻》：衙，語居切，又五加切，魚巨切。按，《釋文・周禮音義》二音：「逆衙，本又作御，同五嫁反。」《儀禮音義》：「且御，魚呂反。劉本作衙，音禦。」「魚巨切」與「魚呂反」同。有一音同。

（113）《廣韻》：媞，杜奚切，又承紙切，又徒禮切。按，《釋文・爾雅音義》：「媞，尼兮反。」《爾雅音義》：「媞媞，徒低反。」「杜奚切」與「徒低反」同。有一音同。

（114）《廣韻》：瘥，昨何切，又子邪切，楚懈切。按，《釋文・爾雅音義》：「瘥，徂何反，又子衺反。」「昨何切」與「徂何反」同，有一音同。

（115）《廣韻》：薙，徐姊切，又直几切，他計切。按，《釋文・禮記音義》：「燒薙，他計反，芟草。又直履反。」《周禮音義》：「薙氏，字或作雉，同，他計反，徐庭計反。」「直几切」與「直履反」同，有一音同。

（116）《廣韻》：煇，許歸切，又戶昆切，胡本切。按，「有煇，音暉，毛云光也。」「為煇，音運。」「許歸切」與「暉」音同，有一音同。

（117）《廣韻》：愞，而兗切，又奴亂切，乃臥切。按，《釋文・周易音義》：「愞，乃亂反。」「奴亂切」與「乃亂反」同，有一音同。

（118）《廣韻》：謑，胡禮切，又火懈切，呼訝切。按，《釋文・莊子音義》：「謑，胡啓反，又音奚，又苦迷反，《說文》云，恥也，五米反。」「胡禮切」與「胡啓反」同，有一音同。

（119）《廣韻》：泌，兵媚切，又毗必切，鄙密切。按，《釋文・毛詩音義》：「泌，悲位反，泉水也。」「兵媚切」與「悲位反」同，有一音同。

（120）《廣韻》：埻，之尹切，古博切，古獲切。按，《釋文・禮記音義》：「作埻，依字支允反，又支閏反，徐都臥反，沈都雷反。」「之尹切」與「支允反」同，有一音同。

（121）《廣韻》：鷒，徒困切，又通貫切，丑戀切。按，《釋文・爾雅音義》：「鷒，呂郭丑絹反，孫剌亂反。」「丑戀切」與「丑絹反」同，有一音同。

（122）《廣韻》：褶，是執切，又似入切，徒協切。按，《釋文・儀禮音義》：「以褶，音牒，一特獵反。」「徒協切」與「牒」音同。有一音同。

（123）《廣韻》：蹻，去遙切，居勺切，其虐切。按，《釋文・毛詩音義》：「蹻蹻，其略反，驕貌。」《毛詩音義》：「蹻蹻，居表反，武也。」《莊子音義》：「蹻，紀略反，李云廝曰屩，木曰屐，屐與跂同，屩與蹻同，一云鞋類也，一音居玉反，以藉鞋下也。」《爾雅音義》：「蹻蹻，郭居夭反。案《詩・小雅》『小子蹻蹻』音巨虐反，今依《詩》讀。」「其虐切」與「巨虐反」同。有一音同。

（124）《廣韻》：儽，力追切，又落猥切，盧對切。《釋文・老子音義》：「儽儽兮，力追反，一本曰損益也，敗也，欺也，《說文》音雷，古本河上作乘乘兮。」有一音同。

（125）《廣韻》：鳖，古牙切，又舉卿切，居影切。按，《釋文・爾雅音義》：「鳖，郭驚、景二音，孫音京。」「舉卿切」與「驚」音同。有一音同。

（126）《廣韻》：喑，於金切，又烏含切，於禁切。按，《釋文・莊子音義》：「喑，音蔭，郭音闇，李音飲，一音於感反。」「於禁切」與「蔭」音同，有一音同。

（127）《廣韻》：囅，丑飢切，又丑人切，丑忍切。按，《釋文・莊子音義》：「囅，敕引反，徐敕一反，又敕私反，司馬云笑貌李云大笑貌。」「丑飢切」與「敕私反」同，有一音同。

（128）《廣韻》：杷，蒲巴切，又傍卦切，白駕切。按，《釋文・周禮音義》：「手杷，必馬反。」《爾雅音義》：「杷，白麻反，字從木，下同。」「蒲巴切」與「白麻反」同，有一音同。

（129）《廣韻》：机，居依切，又居夷切，居履切。按，《釋文・莊子音義》：「机，音紀，李本作几。」《周易音義》：「机，音几。」「居依切」與「几」音同。有一音同。

（130）《廣韻》：蟦，符非切，又浮鬼切，扶沸切。按，《釋文・爾雅音義》：「蟦，扶味反，又扶云反。」「扶沸切」與「扶味反」同，有一音同。

（131）《廣韻》：鮭，古攜切，又苦圭切，戶佳切。按，《釋文・莊子音義》：「阿鮭，本亦作蛙，戶媧反，徐胡佳反。」「戶佳切」與「胡佳反」「戶媧反」同，有一音同。

（132）《廣韻》：轢，盧達切，又盧各切，郎擊切。按，《釋文・周禮音義》有一音：「轢之，音歷。」「郎擊切」與「歷」音同，有一音同。

（133）《廣韻》：皽，止遙切，又知演切，旨善切。按，《釋文・禮記音義》有一音：「皽，章善反，魄莫也。」「旨善切」與「章善反」同。有一音同。

（134）《廣韻》：虵，弋支切，又食遮切，羊者切。按，《釋文・毛詩音義》有一音：「虵，本又作蛇，同音移，毛云委虵行可從迹也，鄭云委曲自得之貌，讀此句當云委虵委虵，沈讀作委委虵虵，韓詩作逶迤，云公正貌。」「弋支切」與「移」音同。有一音同。

（135）《廣韻》：諞，房連切，符蹇切，符善切。按，《釋文・尚書音義》：「諞，音辨，徐敷連反，又甫淺反。馬本作『偏』，云：『少也。』辭約損明大辨佞之人。」「符蹇切」與「辨」音同，有一音同。

（136）《廣韻》：毳，此芮切，又楚稅切，尺絹切。按，《釋文・周禮音義》：「甫毳，昌絹反，李依杜，昌銳反，鄭大夫音穿。」「尺絹切」與「昌絹反」同，有一音同。

（137）《廣韻》：膘，符少切，又敷沼切，子小切。按，《釋文・公羊傳音義》：「左膘，毗小反，又扶了反，《三蒼》云小腹兩邊肉，《說文》云脅後髀前肉。」「符少切」與「毗小反」同，有一音同。

（138）《廣韻》：菩，薄胡切，又薄亥切，房久切，蒲北切。按，《釋文・周禮音義》：「菩，劉音負，一音信。」「房久切」與「負」音同。有一音同。

（139）《廣韻》：娼，武道切，又彌二切，莫報切，莫沃切。按，《釋文・禮記音義》：「娼疾，莫報反，妬也。《尚書》作『冒』，音同，謂覆蔽也。」有一音同。

（140）《廣韻》：鞏，居轉切，又去願切，居願切，渠卷切。按，《釋文・爾雅音義》：「鞏，音眷，又九萬反。」「居願切」與「九萬反」同，有一音同。

（141）《廣韻》：般，薄官切，又北潘切，布還切，北末切。按，《釋文・爾雅音義》：「般，郭音班。《左傳》云『役將般矣』是也。一音蒲安反，《周易》云『般桓』是也。《說文》云：『般，辟也。』」「布還切」與「班」音同。有一音同。

（142）《廣韻》：茁，側律切，又莊月切，鄒滑切，側劣切。按，《釋文・毛詩音義》：「彼茁，側劣，側刷二反，出也。」有一音同。

（143）《廣韻》：嵁，口含切，又五含切，苦咸切，士減切，五感切。按，《釋文・莊子音義》：「嵁，苦巖反，一音苦咸反，又苦嚴反。」有一音同。

四、「《廣韻》有多音，《釋文》有多音，二者有二音相同」研究

此部分有 100 例。

（1）《廣韻》：啜，陟衛切，又嘗芮切，昌悅切，陟劣切，殊雪切。按，《釋文・爾雅音義》：「啜，常悅反，郭音銳，顧豬芮反，施丑衞、尺銳二反。《說文》云：『啜，嘗也』《廣雅》云：『食也。』」「陟衛切」與「豬芮反」同，「殊雪切」與「常悅反」同。有二音同。

（2）《廣韻》：昄，博管切，又布綰切，又扶板切。按，《釋文・毛詩音義》：「昄，徐符版反，大也，孫炎、郭璞方滿反，《字林》方但反，又方旦反。」「扶板切」與「符版反」同，「博管切」與「方滿反」同。有二音同。

（3）《廣韻》：鄗，口交切，又胡老切，呵各切。按，《釋文・左傳音義》：「鄗，呼洛反，郭璞《三蒼解詁》音臛，《字林》火沃反，韋昭呼告反，闞駰云讀磽、确同。」《公羊傳音義》：「于鄗，戶老反，又火各反，左氏作艾，穀梁作蒿。」「呵各切」與「呼洛反」同。「胡老切」與「戶老反」同。有二音同。

（4）《廣韻》：僂，落侯切，又力主切，盧候切。按，《釋文・左傳音義》：「工僂，吕侯反。」《左傳音義》：「上僂，力主反。」《穀梁傳音義》：「公子手僂，於矩反，一音力主反。」《莊子音義》：「僂，郭音縷，李、徐良付反。」「落侯切」與「吕侯反」同，有二音同。

（5）《廣韻》：荼，同都切，又食遮切，宅加切。按，《釋文・周禮音義》：「至荼，劉沈音餘，李音舒，又音徒，案《爾雅》正月為陬，即《離騷》所云攝提貞于孟陬，皆側留反，又子侯反，《爾雅》又云十二月為涂，音徒，今注作娵荼二字是假借耳，當依《爾雅》讀。」《左傳音義》：「子荼，音舒，又音徒，又丈加反。」「同都切」與「徒」音同，「宅加切」與「丈加反」同。有二音同。

（6）《廣韻》：彊，巨良切，又其兩切，居亮切。按，《釋文・毛詩音義》：「彊彊，音姜，韓詩云奔奔彊彊，乘匹之貌。能彊，其良反，又其丈反。」「巨良切」與「姜」音同，「其兩切」與「其丈反」同。有二音同。

（7）《廣韻》：炕，呼郎切，又苦朗切，又苦浪切。按，《釋文・毛詩音義》：「炕火，苦浪反，何沈又苦郎反。」《爾雅音義》：「炕，郭呼郎反，又口浪反。顧云：『張也。』樊本作『抗』。」有二音同。

（8）《廣韻》：掫，子于切，又子侯切，側九切。按，《釋文，左傳音義》：「掫，側留反，徐又子俱反，一音作侯反，《說文》云掫，夜戒有所擊也，從手取聲，《字林》同，音子侯反，服本作諏，子須反，云謀也，今傳本或作諏，猶依掫音。」「子于切」與「子須反」同，「側九切」與「作侯反」同。有二音同。

（9）《廣韻》：蚚，渠希切，又胡輩切，又先擊切。按，《釋文・爾雅音義》有二音：「蚚，《字林》巨希反，又下枚反，郭胡輩反。」「渠希切」與「巨希反」同，有二音同。

（10）《廣韻》：涑，速侯切，又桑谷切，又相玉切。按，《釋文，左傳音義》有多音：「涑川，徐息録反，又音速，《字林》同。」《周禮音義》：「水涑，徐劉色遘反，戚色冑反。」「桑谷切」與「速」音同，「相玉切」與「息録反」同。有二音同。

（11）《廣韻》：鵽，丁括切，又丁滑切，丁刮切。按，《釋文・爾雅音義》：「鵽，貞刮、直活二反。」「丁刮切」與「貞刮反」同，「丁括切」與「直活反」同。有二音同。

（12）《廣韻》：紑，匹尤切，又甫鳩切，芳否切。按，《釋文・毛詩音義》有二音：「其紑，孚浮反，徐孚不反，絜鮮也。」「匹尤切」與「孚浮反」同，「芳否切」與「孚不反」同，有二音同。

（13）《廣韻》：眈，徒含切，又丁含切，都感切。按，《釋文・周易音義》有二音：「眈眈，丁南反，威而不猛也。馬云：『虎下視貌。』一音大南反。」「徒含切」與「大南反」同，「丁含切」與「丁南反」同，有二音同。

（14）《廣韻》：載，作亥切，又作代切，昨代切。按，《釋文・尚書音義》有二音：「載，如字，又在代反。」「作亥切」當同如字音，「作代切」與

「在代反」同，有二音同。

（15）《廣韻》：睔，胡本切，又盧本切，古困切。按，《釋文・左傳音義》有二音：「伯睔，古困反，徐又胡忖反。」「胡本切」與「胡忖反」同。有二音同。

（16）《廣韻》：輢，於綺切，又奇寄切，又於義切。按，《釋文・論語音義》有多音：「輢，於倚反，又居綺反。」《周禮音義》：「車輢，於綺反，劉於寄反，車傍也，一音起寄反。」「於義切」與「於寄反」同，有二音同。

（17）《廣韻》：貁，以周切，又居祐切，又余救切。按，《釋文・爾雅音義》有多音：「貁，羊周、羊救二反，《字林》弋又反。《說文》云：『玃屬也。一曰隴西人謂犬子也。』尸子云：『五尺大犬也。』舍人本作『鸖』，郭音育。」「以周切」與「羊周反」同，「余救切」與「羊救反」同，有二音同。

（18）《廣韻》：翯，胡沃切，又胡覺切，許角切。按，《釋文・毛詩音義》有二音：「翯翯，戶角反，肥澤也，《字林》云鳥白肥澤曰翯，下沃反。」「胡覺切」與「戶角反」同，「胡沃切」與「下沃反」同，有二音同。

（19）《廣韻》：猲，許竭切，又許葛切，又起法切。按，《釋文・毛詩音義》有二音，與第一第二音同：「歇，本又作猲，許謁反，《說文》音火遏反。」「許竭切」與「許謁反」同，「許葛切」與「火遏反」同，有二音同。

（20）《廣韻》：穧，子計切，又在詣切，子例切。按，《釋文・毛詩音義》有多音：「斂穧，上力檢反，下才計反，又子計反，穧穫也。」「在詣切」與「才計反」同，有二音同。

（21）《廣韻》：釃，所宜切，又所葅切，所綺切。按，《釋文・毛詩音義》有三音：「釃，徐所宜反，又所餘反，葛洪所寄反。」「所葅切」與「所餘反」同，有二音同。

（22）《廣韻》：醵，強魚切，又其據切，其虐切。」按，《釋文・毛詩音義》有二音：「合醵，其據反，又其略反，合錢飲酒也。」「其虐切」與「其略反」同。有二音同。

（23）《廣韻》：柟，汝鹽切，又那含切，而琰切。按，《釋文・爾雅音義》有多音：「柟，而占反，又音南。」《毛詩音義》：「柟也，冉鹽反。」「那含切」與「南」音同，「汝鹽切」與「冉鹽反」同，有二音同。

（24）《廣韻》：萹，布玄切，又芳連切，方典切。按，《釋文・爾雅音義》：「萹，匹善反，顧補殄、匹緜二反。」「方典切」與「補殄反」同，「芳連切」與「匹緜反」同。有二音同。

（25）《廣韻》：燠，烏皓切，又烏到切，於六切。按，《釋文・左傳音義》：「而或燠，於喻反，徐音憂，又於到反，一音於六反。」「烏到切」與「於到反」同，有二音同。

（26）《廣韻》：栘，弋支切，成臡切，移爾切。按，《釋文・爾雅音義》：「栘，以支反，《字林》上泥反。」《儀禮音義》：「侈袂，本又作栘，昌爾反。」「弋支切」與「以支反」同，「成臡切」與「上泥反」同，有二音同。

（27）《廣韻》：鬌，直垂切，又丁果切，徒果切。按，《釋文・禮記音義》：「爲鬌，丁果反，徐大果反。」「徒果切」與「大果反」同，有二音同。

（28）《廣韻》：陾，如之切，又如乘切，乃后切。按，《釋文・毛詩音義》：「陾陾，耳升反，又如之反，衆也。《說文》云築牆聲也，音而。」「如乘切」與「耳升反」同。有二音同。

（29）《廣韻》：溠，七何切，又側加切，側駕切。按，《釋文・周禮音義》：「波溠，音詐，《左傳》音同，李莊加反，《字林》同劉，昨雖反，云與音大不同，故今從高貴公。」《左傳音義》：「梁溠，高貴鄉公音側嫁反，水名，《字林》壯加反。」「側駕切」與「詐」音同，「側加切」與「莊加反」同，有二音同。

（30）《廣韻》：瑱，徒年切，又陟刃切，又他甸切。按，《釋文・毛詩音義》：「瑱，吐殿反，充耳。」《周禮音義》：「如瑱，他見反，本或作顚，音同。」《周禮音義》：「瑱圭，劉吐電反，案王執鎭圭瑱，冝作鎭音。」「他甸切」與「吐電反」同，「陟刃切」與「鎭」音同，有二音同。

（31）《廣韻》：噦，呼會切，又於月切，乙劣切。按，《釋文・毛詩音義》：「噦噦，呼會反，徐又呼惠反，徐行有節也。」《釋文・禮記音義》：「噦，於月反。」《禮記音義》：「噦，於厥反。」《莊子音義》：「其顪，本亦作噦許穢反，司馬云頤下毛也。」有二音同。

（32）《廣韻》：禔，章移切，又是支切，杜奚切。按，《釋文・周易音義》：「祇，音支，又祁支反。鄭云：『當爲坻，小丘也。』京作『禔』，《說文》同，音支，又上支反，安也。」「章移切」與「支」音同，「是支切」與「上支反」同，有二音同。

（33）《廣韻》：捼，儒隹切，又乃回切，奴禾切。按，《釋文・禮記音義》：「捼，乃禾反，沈耳隹反。」「奴禾切」與「乃禾反」同，「儒隹切」與「耳隹反」同。有二音同。

（34）《廣韻》：圻，渠希切，又語斤切，五根切。按，《釋文・左傳音義》：「曰圻，音祈。」《釋文・周禮音義》：「有圻，魚斤反。」「渠希切」與「祈」音同，「語斤切」與「魚斤反」同，有二音同。

（35）《廣韻》：䳢，奴低切，又人兮切，諾何切。按，《釋文・周禮音義》：「三䳢，劉奴兮反，徐耳齊反。」「奴低切」與「奴兮反」同，「人兮切」與「耳齊反」同。有二音同。

（36）《廣韻》：窀，墜頑切，又陟綸切，徒渾切。按，《釋文・左傳音義》：「窀，張倫反，厚也，一音徒門反。」「陟綸切」與「張倫反」同，「徒渾切」與「徒門反」同。有二音同。

（37）《廣韻》：蒫，即夷切，又昨何切，又子邪切。按，《釋文・爾雅音義》：「蒫，才河反，又子邪反。」「昨何切」與「才河反」同，有二音同。

（38）《廣韻》：蛭，丁悉切，又之日切，丁結切。按，《釋文・爾雅音義》：「蛭，郭豬秩反，施徒結反。」《爾雅音義》：「蛭，沈吕豬秩反，謝豬悌反，一音之逸反。《本草》謂之水蛭，一名蚑，一名至掌。案《說文》今俗呼爲馬蜞，亦名馬耆，即楚王食寒葅所得而吞之，能去結積也。蚑蜞同音其，然《釋蟲》已有『蛭蝚至掌』，郭云未詳，依《本草》即是水蛭也。」「丁悉切」與「豬秩反」同，「之日切」與「之逸反」同，有二音同。

（39）《廣韻》：索，蘇各切，又山戟切，山責切。按，《釋文・周易音義》：「索索，桑洛反，注及下同，懼也，馬云内不安貌，鄭云猶縮縮足不正也。」《釋文・周易音義》：「索隱，色白反。」《尚書音義》：「八索，所白反，下同，求也。徐音素，本或作『素』。索，音色。」「蘇各切」與「桑洛反」同，「山戟切」與「色白反」同。有二音同。

（40）《廣韻》：郝，呵各切，施隻切，昌石切。按，《釋文・爾雅音義》：「郝郝，音釋，又呼各反。」「施隻切」與「釋」音同，「呵各切」與「呼各反」同，有二音同。

（41）《廣韻》：筴，楚革切，又古協切，古洽切。按，《釋文・莊子音義》：「鼓筴，初革反，徐又音頰，司馬云鼓簸也，小箕曰筴，崔云鼓筴，揲蓍鑽龜也。」「楚革切」與「初革反」同，「古協切」與「頰」音同。有二音同。

（42）《廣韻》：糲，力制切，又落蓋切，盧達切。按，《釋文・毛詩音義》：「糲米，蘭末反，沈音賴，又音厲。」「落蓋切」與「賴」音同，「力制切」與「厲」音同，有二音同。

（43）《廣韻》：訐，居例切 ，又居竭切，居列切。按，《釋文・公羊傳音義》：「故訐，九列反，九謁反，又音九刈反，又一本作揭，其例、去列二反。」「居列切」與「九列反」同，「居竭切」與「九謁反」同。有二音同。

（44）《廣韻》：蔩，以脂切，又翼眞切，以淺切。按，《釋文・爾雅音義》：「蔩，羊善反，又弋仁反。」「以淺切」與「羊善反」同，「翼眞切」與「弋仁反」同。有二音同。

（45）《廣韻》：霓，五稽切，又五計切，五結切。按，《釋文・爾雅音義》：「霓，五兮反，如淳五結反，郭五擊反。音義云：『雄曰虹，雌曰霓。』《說文》曰：『屈虹青赤也，一曰白色，陰氣也』故孟子云『若大旱之望雲霓也』。本或作『蜺』，《漢書》同。」「五稽切」與「五兮反」同，有二音同。

（46）《廣韻》：蘬，丘追切，又丘韋切，丘軌切。按，《釋文・爾雅音義》：「蘬，謝丘軌反，郭匡龜反。」「丘追切」與「匡龜反」同，有二音同。

（47）《廣韻》：鋪，芳無切，又普胡切，又普故切。按，《釋文・禮記音義》：「鋪席，普胡反，又音敷，徐芳烏反。」「芳無切」與「敷」音同，有二音同。

（48）《廣韻》：鄔，哀都切，又安古切，依倨切。按，《釋文・左傳音義》：「鄔臧，舊烏戶反，又音偃，案地名在周者，烏戶反，隱十一年王取鄔留是也；在鄭者音偃，成十六年戰于鄢陵是也；在楚者音於建反，又音偃，昭十三年王沿夏將入鄢是也；在晉者，音於庶反，《字林》乙袪反，郭璞《三倉解詁》音瘀，於庶反，鬫騆音厭飫之飫，重言之，大原有鄔縣，唯周地者從烏，餘皆從焉，《字林》亦作隖，音同，傳云分祁氏之田以爲七縣，司馬彌牟爲鄔大夫，即大原縣也，鄔臧亘以邑爲氏，音於庶反，舊音誤。」「安古切」與「烏戸反」同，「依倨切」與「於庶反」同，有二音同。

(49)《廣韻》: 鍵，渠焉切，又其偃切，其輦切。按，《釋文・周禮音義》:「司門管鍵，其展反，又其偃反，司農音蹇，居免反。」「其輦切」與「其展反」同，有二音同。

(50)《廣韻》: 圈，求晩切，又渠篆切，臼万切。《釋文・公羊傳音義》:「伐圈，求阮反，一音卷，《說文》作圈，《字林》臼万反，二傳作麋。」「求晩切」與「求阮反」同，有二音同。

(51)《廣韻》: 藩，附袁切，又孚袁切，又甫煩切。按，《釋文・莊子音義》:「其藩，甫煩反，李音煩，司馬向皆云崖也，崔云域也。」「附袁切」與「煩」音同。有二音同。

(52)《廣韻》: 柢，都奚切，又都禮切，又都計切。按，《釋文・周禮音義》:「下柢，丁禮反，劉音帝。」「都禮切」與「丁禮反」同，「都計切」與「帝」音同。有二音同。

(53)《廣韻》: 但，徒干切，又徒旱切，徒案切。按，《釋文・孝經音義》:「但，音誕，皆放此。讀爲檀，非。」「徒旱切」與「誕」音同，「徒干切」與「檀」音同。有二音同。

(54)《廣韻》: 燎，力昭切，又力小切，力照切。按，《釋文・儀禮音義》:「爲燎，力召反。或力弔反。」「燔燎，力妙反，又力弔反。」「力昭切」與「力召反」同，「力照切」與「力妙反」同，有二音同。

(55)《廣韻》: 輶，以周切，又與久切，余救切。按，《釋文・爾雅音義》:「輶，由久反，又餘周反。」「與久切」與「由久反」同，「以周切」與「餘周反」同，有二音同。

(56)《廣韻》: 蹂，耳由切，又人九切，人又切。按，《釋文・毛詩音義》:「蹂踐，如久反，《廣雅》云履也。」《毛詩音義》:「蹂，音柔。」「人九切」

與「如久反」同，「耳由切」與「柔」音同。有二音同。

（57）《廣韻》：褮，烏莖切，又於營切，戶扃切。按，《釋文・爾雅音義》：「褮，胡扃反，又於營反。」「戶扃切」與「胡扃反」同，有二音同。

（58）《廣韻》：樠，武元切，又莫奔切，母官切。按，《釋文・莊子音義》：「樠，亡言反，向李莫干反，郭武半反，司馬云液，津液也，樠謂脂出樠樠然也，崔云黑液出也。」《左傳音義》：「樠，郎蕩反，木名，又莫昆反，又武元反。」「莫奔切」與「莫昆反」同，有二音同。

（59）《廣韻》：蝍，資悉切，子結切，子力切。按，《釋文・爾雅音義》：「蝍，施音即，孫子逸反。」「子力切」與「即」音同，「資悉切」與「子逸反」同。有二音同。

（60）《廣韻》：薢，古諧切，又佳買切，古隘切。《釋文・爾雅音義》：「薢，郭音皆，一音古買反。」「古諧切」與「皆」音同，「佳買切」與「古買反」同，有二音同。

（61）《廣韻》：治，直之切，又直利切，直吏切。按，《釋文・尚書音義》：「治正，上直吏反，一本作『治政』，則依字讀。」有二音同。

（62）《廣韻》：噍，即消切，又即由切，才笑切。按，《釋文・禮記音義》：「噍，子遥反，徐在堯反，沈子堯反。蹴也，謂急也。」《禮記音義》：「噍，子流反，啁噍聲。」「即消切」與「子遥反」同。「即由切」與「子流反」同，有二音同。

（63）《廣韻》：僎，將倫切，又士免切，士戀切。按，《釋文・禮記音義》：「僎，音遵，輔主人者。」《論語音義》：「之撰，士免反，具也，鄭作僎，讀曰詮，詮之言善也。」「將倫切」與「遵」音同，有二音同。

（64）《廣韻》：蜹，而銳切，又以芮切，如劣切。按，《釋文・爾雅音義》：「蜹，人銳反，《字林》人劣反。又作『蚋』字，同。秦人謂蚊爲蜹。」「而銳切」與「人銳反」同，「如劣切」與「人劣反」同。有二音同。

（65）《廣韻》：爝，子肖切，又即略切，在爵切。按，《釋文・莊子音義》：「爝，本亦作燋，音爵，郭祖繳反，司馬云然也，向云人所然火也，一云燋火謂小火也，《字林》云爝，炬火也，子召反，燋所以然持火者，子約反。」「即略切」與「爵」同，「子肖切」與「子召反」同，有二音同。

（66）《廣韻》：垠，語巾切，又語斤切，五根切。按，《釋文．莊子音義》：「絕垠，音銀，又五根反，本又作限。」「語巾切」與「銀」音同，有二音同。

（67）《廣韻》：鬵，昨鹽切，徐林切，昨淫切。按，《釋文．毛詩音義》：「鬵，音尋，又音岑，釜屬也，《說文》云：『大釜也。』一曰鼎大上小下若甑曰鬵，音才今反。」《爾雅音義》：「鬵，徐林反，又嗣廉反，郭財金反。」「徐林切」與「尋」音同，「昨淫切」與「才今反」同，有二音同。

（68）《廣韻》：蜼，力軌切，又以醉切，余救切。按，《釋文．爾雅音義》：「蜼，音誄，《字林》余繡反，或餘李、餘水二反。」「力軌切」與「誄」音同，「余救切」與「余繡反」同，有二音同。

（69）《廣韻》：莽，莫補切，又模朗切，莫厚切。按，《釋文．周易音義》：「于莽，莫蕩反，王肅冥黨反，鄭云叢木也。」《莊子音義》：「莽，莫浪反，或莫郎反。」《莊子音義》：「莽，莫古反，又如字。」「模朗切」與「冥黨反」同，「莫補切」與「莫古反」同，有二音同。

（70）《廣韻》：熇，呼木切，又火酷切，呵各切。按，《釋文．毛詩音義》：「熇熇，徐許酷反，沈又許各反，熾盛也，《說文》云火熱也。」「火酷切」與「許酷反」同，「呵各切」與「許各反」同，有二音同。

（71）《廣韻》：烘，戶公切，又呼東切，胡貢切，呼貢切。按，《釋文．毛詩音義》：「烘，火東反，燎也，徐又音洪，《說文》巨凶、甘凶二反，孫炎音恭。」「呼東切」與「火東反」同，「戶公切」與「洪」音同，有二音同。

（72）《廣韻》：隃，相俞切，又羊朱切，又式朱切，傷遇切。按，《釋文．爾雅音義》：「隃，戍、輸二音。」「傷遇切」與「戍」音同，「式朱切」與「輸」音同。有二音同。

（73）《廣韻》：癠，徂奚切，又徂禮切，子禮切，在詣切。按，《釋文．爾雅音義》：「癠，徂細反，或徂犂反。」「在詣切」與「徂細反」同，「徂奚切」與「徂犂反」同。有二音同。

（74）《廣韻》：訂，他丁切，又徒鼎切，他鼎切，丁定切，《釋文．毛詩音義》：「訂大王，待頂反，沈又直丁反，《說文》云評議也，譜云參訂時驗謂平比之也，《字詁》云訂，平也。」《周禮音義》：「後訂，李音亭，呂忱同，劉當定反。」「徒鼎切」與「待頂反」同，「丁定切」與「當定反」同。有二音同。

（75）《廣韻》：嚮，許兩切，又書兩切，式亮切，許亮切。按，《釋文・莊子音義》：「證嚮，許亮反，崔云往也，向郭云明也，又虛丈反。」「許兩切」與「虛丈反」同。有二音同。

（76）《廣韻》：揄，羊朱切。又以周切，度侯切，徒口切。《釋文・莊子音義》：「揄，音遥，又音俞，又褚由反，謂垂手衣内而行也，李音投，投，揮也，又士由反。」《毛詩音義》：「揄，音由，又以朱反，抒臼也。《說文》作舀，弋紹反。」「羊朱切」與「俞」音同，「以周切」與「由」音同。有二音同。

（77）《廣韻》：噣，陟救切，都豆切，之欲切，竹角切。按，《釋文・毛詩音義》：「噣也，直角反，又音晝，本又作濁。」《毛詩音義》：「烏噣，音蜀，《爾雅》作蠋，蠋，桑蟲也，《韓子》云，大如指，似蠶沈，音晝。」《毛詩音義》：「以咮，本亦作噣，郭張救反，何都豆反，鳥口也。」「竹角切」與「直角反」同，「陟救切」與「晝」音同。有二音同。

（78）《廣韻》：跐，雌氏切，將此切，側氏切，阻買切。按，《釋文・莊子音義》：「方跐，音此，郭時紫反，又側買反，《廣雅》云，蹋也，履也，司馬云測也。」「雌氏切」與「此」音同，「阻買切」與「側買反」同。有二音同。

（79）《廣韻》：輠，胡罪切，又古火切，胡果切，胡瓦切。按，《釋文・禮記音義》：「輠，胡罪反，又胡瓦反，又胡管反，迴也。」有二音同。

（80）《廣韻》：揲，食列切，與涉切，徒協切，蘇協切。按，《釋文・周易音義》：「揲，時設反。案揲，猶數也。《說文》云：『閱持也。』一音思頰反，徐音息列反，鄭云：『取也。』揲，時設反，劉音舌。」《儀禮音義》：「爲揲，之石反。劉音與摭同。」「蘇協切」與「思頰反」同，「食列切」與「舌」音同，有二音同。

（81）《廣韻》：慹，之入切，又秦入切，之涉切，奴協切。按，《釋文・莊子音義》：「慹，之涉反，司馬云不動貌。」《莊子音義》：「慹，乃牒反，又丁立反，司馬云不動貌，《說文》云怖也。」「奴協切」與「乃牒反」同，有二音同。

（82）《廣韻》：湀，苦圭切，又求癸切，居誄切，苦穴切。按，《釋文．爾雅音義》：「湀，郭巨癸反，孫苦穴反，《字林》音圭。」「求癸切」與「巨癸反」同，有二音同。

（83）《廣韻》：鳽，古賢切，五堅切，口莖切，五革切。按，《釋文．爾雅音義》：「鳽，郭五革反，《字林》音肩。」「古賢切」與「肩」音同，有二音同。

（84）《廣韻》：曁，具冀切，又居豙切，居乙切，居乞切。按，《釋文．周禮音義》：「為曁，其器反，又斤乙反。」《周禮音義》：「曁魚，其器反，沈其氣反。」「具冀切」與「其器反」同，「居乙切」與「斤乙反」同，有二音同。

（85）《廣韻》：咥，虛器切，又丑栗切，徒結切，丁結切。按，《釋文．周易音義》：「咥，直結反，齧也。馬云：『齕。』」《毛詩音義》：「咥，許意反，又音熙笑也，又一音許四反，《說文》云大笑也，虛記反，又大結反。」「徒結切」與「直結反」同，「丁結切」與「大結反」同，有二音同。

（86）《廣韻》：褫，直離切，又池爾切，敕豸切，敕里切。按，《釋文．周易音義》：「褫，徐敕紙反，又直是反。本又作褫，音同。王肅云：『解也。』鄭本作『拕』，徒可反。」「敕豸切」與「敕紙反」同，「敕里切」與「直是反」同。有二音同。

（87）《廣韻》：虥，士山切，又昨閑切，士限切，士諫切。按，《釋文．爾雅音義》：「虥，字又作『虦』。謝七版反，或士簡反，施士嬾反，沈才班反，郭昨閑反，《字林》士山反。」《毛詩音義》：「有貓，如字，又武交反，似虎淺毛也，本又作猫，音同，《爾雅》云虎竊毛曰虦猫，虦音仕版反。」有二音同。

（88）《廣韻》：蘄，渠之切，又渠希切，居依切，巨斤切。按，《釋文．莊子音義》：「蘄，音祈，求也。」《爾雅音義》：「蘄，古芹字，巨斤反。」《爾雅音義》：「蘄，音芹。」「渠希切」與「祈」音同，有二音同。

（89）《廣韻》：彗，徐醉切，又相銳切，于歲切，祥歲切。按，《釋文．爾雅音義》：「篲，字又作彗，似稅反，又囚醉反，一音息遂反。《說文》云：『掃竹也。』篲，本又作彗，同息遂反。又徂歲反。」《禮記音義》：「策彗，音遂，徐雖醉反，又囚歲反。竹帚也。」「祥歲切」與「似稅反」同，「徐醉切」與「囚醉反」同，有二音同。

（90）《廣韻》：趣，七逾切，又倉苟切，又七句切，七玉切。按，《釋文・周禮音義》：「呼趨，本又作趣，同，七須反，劉音清欲反。」《周禮音義》：「令趣，七喻反一音促。」《禮記音義》：「趣馬，七注反，又七走反。」「七句切」與「七喻反」同，「七玉切」與「促」音同。有二音同。

（91）《廣韻》：侅，苦哀切，又古哀切，侯楷切，胡改切。按，《釋文・穀梁傳音義》：「無侅，音該，又戶楷反，左氏作駭。」《莊子音義》：「侅溺，徐音礙，五代反，又戶該反，飲食至咽爲侅，一云徧也。」「古哀切」與「該」音同，「侯楷切」與「戶楷反」同，有二音同。

（92）《廣韻》：淡，徒甘切，又徒敢切，以冉切，徒濫切。按，《釋文・禮記音義》：「淡以，大敢反，又大暫反，徐徒闞反，注同。」「徒敢切」與「大敢反」同，「徒濫切」與「徒闞反」同。有二音同。

（93）《廣韻》：磽，口交切，又五交切，苦皎切，五教切。按，《釋文・爾雅音義》：「磝，字或作『磽』，同。《字林》口交反，郭五交、五角二反。」有二音同。

（94）《廣韻》：畇，徒年切，又相倫切，又羊倫切，詳遵切。按，《釋文・爾雅音義》：「畇畇，本或作『畤』，郭音巡，沈居賓反，謝蘇旬反。《字林》云：『均均，田也。』又羊倫反。」「詳遵切」與「巡」音同，有二音同。

（95）《廣韻》：葽，於堯切，又於霄切，烏皎切，於笑切。按，《釋文・爾雅音義》：「葽，烏了反。」《毛詩音義》：「秀葽，於遥反，草也。」「烏皎切」與「烏了反」同，「於霄切」與「於遥反」同。有二音同。

（96）《廣韻》：癉，都寒切，又徒干切，丁可切，丁佐切。按，《釋文・周禮音義》：「爲癉，音旦，又丁左反。」《儀禮音義》：「爲癉，劉音旦，一音丁但反。」「都寒切」與「丁但反」同，「丁佐切」與「丁左反」同，有二音同。

（97）《廣韻》：憸，息廉切，又七廉切，七漸切，虛檢切。按，《釋文・尚書音義》：「憸，息廉反。馬云：『憸利，小小見事之人也。』徐七漸反。」有二音同。

（98）《廣韻》：眴，相倫切，又如匀切，舒閏切，許縣切，黃練切。《釋文·莊子音義》：「眴若，本亦作瞬，音舜，司馬云驚貌，崔云目動也，謂死母目動。」《莊子音義》：「有恂，李又作眴，音荀，《爾雅》云恂慄也。」「相倫切」與「荀」音同，「舒閏切」與「舜」音同。有二音同。

（99）《廣韻》：敕加切，又尺氏切，丁可切，昌者切，昌志切，陟駕切，丁佐切。按，《釋文·毛詩音義》：「哆，昌者反，大貌，《說文》云張口也，《玉篇》尺紙反，又昌可反。」《穀梁傳音義》：「哆然，昌者反，又昌氏反。」「尺氏切」與「尺紙反」，有二音同。

（100）《廣韻》：假，古訝切，又古雅切。按，《釋文·尚書音義》：「假，工下反。」《毛詩音義》：「假哉，古雅反，固也。」《周易音義》：「王假：庚白反，至也，下同。馬古雅反，大也。」「古訝切」與「工下反」同。

五、「《廣韻》有多音，《釋文》有多音，二者有多音相同」研究

此部分有20例。

（1）《廣韻》：豻，可顏切，又俄寒切，侯旰切，五旰切。按，《釋文·爾雅音義》：「豻，郭音岸。《字林》下旦反，云：『胡地野狗。』本又作『犴』。《說文》或『豻』字。陳國武音《子虛賦》苦姦反，解云：『胡地野犬，似狐黑喙。』」「五旰切」與「岸」音同，「可顏切」與「苦姦反」同。「侯旰切」與「下旦反」同。有三音同。

（2）《廣韻》：揭，去例切，又居竭切，其謁切，渠列切，丘竭切，居列切。按，《釋文·儀禮音義》：「揭，苦蓋反。」《禮記音義》：「竭也，義作『揭』，其列反，負擔也。」《禮記音義》：「揭衣，起例反，又起列反。一音起言反。」《莊子音義》：「乃揭，其列、其謁二反。」《毛詩音義》：「所憩，本又作揭，起例反，徐許罽反，息也。」《毛詩音義》：「揭揭，其謁反，徐居謁反，長也。」《毛詩音義》：「揭也，音竭，又苟謁反。」「去例切」與「起例反」同，「渠列切」與「其列反」同，「居竭切」與「竭」音同。有三音同。

（3）《廣韻》：䳓，莫浮切，又渠幽切，武彪切，力救切。按，《釋文·爾雅音義》：「䳓，字又作『鷚』。郭音繆，亡侯反。《說文》力幼反，孫音流，又丘虯反。』」「渠幽切」與「丘虯反」同，「力救切」與「力幼反」

同，「武彪切」與「繆」音同。有三音同。

（4）《廣韻》：町，他丁切，又他典切，又徒鼎切，又他鼎切。按，《釋文．周禮音義》：「町畔，徒頂反，又他頂反。町，他典反，或他頂反，字又作圢，音同。」「徒鼎切」與「徒頂反」同，「他鼎切」與「他頂反」同。有三音同。

（5）《廣韻》：魵，符分切，又房吻切，敷粉切，匹問切。《釋文．爾雅音義》：「魵，符云反，又符粉反，顧孚粉反。郭云：『小鰕別名。』」「符分切」與「符云反」同，「敷粉切」與「孚粉反」同，「房吻切」與「符粉反」同，有三音同。

（6）《廣韻》：苴，七余切，又子魚切，鉏加切，子與切。按，《釋文．儀禮音義》：「苴，子徐反。劉子都反。下及記同。」《禮記音義》：「苴絰，七餘反，下大結反。」《禮記音義》：「而苴，子餘反，苞也。徐爭初反。」《莊子音義》：「苴，音麤，徐七餘反，李云有子麻也，本或作麤非也。」《莊子音義》：「苴，側雅反，又知雅反，司馬云土苴，如糞草也，李云土苴，糟魄也，皆不眞物也，一云土苴無心之貌。」《爾雅音義》：「苴，將呂反，一云將慮反。《字苑》云：『苴，履底。』」「子魚切」與「子徐反」同，「七余切」與「七餘反」同，「子與切」與「子餘反」同。有三音同。

（7）《廣韻》：娩，無遠切，又亡辨切，亡運切，無販切。按，《釋文．爾雅音義》：「娩，匹萬反，又匹附反。本或作『嬎』，敷萬反。」《周禮音義》：「娩，音問。」《禮記音義》：「娩，音晚，徐音万。」「無販切」與「匹萬反」同，「亡運切」與「問」音同，「無遠切」與「晚」音同。有三音同。

（8）《廣韻》：仆，芳遇切，敷救切，匹候切，蒲北切。按，《釋文．毛詩音義》：「仆，何音赴，一音蒲北反，《說文》云頓也。」《論語音義》：「仆，音赴，又蒲逼反。」《周禮音義》：「仆也，普卜反，一音芳豆反，又音赴。」「芳遇切」與「赴」音同，「匹候切」與「芳豆反」同，有三音同。

（9）《廣韻》：塡，徒年切，又陟鄰切，又陟刃切，堂練切。按，《釋文．禮記音義》：「塡池，依注音奠，徐、盧、王並如字。」《莊子音義》：「塡塡，徐音田，又徒偃反，質重貌，崔云重遲也，一云詳徐貌，《淮南》

作莫莫。」《毛詩音義》：「竇塡塵，依字皆是田音，又音珍，亦音塵，鄭云古聲同，案陳完奔齊，以國爲氏，而《史記》謂之田氏，是古田、陳聲同。」「堂練切」與「奠」音同，「徒年切」與「田」音同，「陟鄰切」與「珍」音同，有三音同。

（10）《廣韻》：秠，敷悲切，匹尤切，匹鄙切，芳婦切。按，《釋文・毛詩音義》：「秠，孚鄙反，又孚丕反。《字林》匹几、匹九、夫九三反。」「匹鄙切」與「孚鄙反」同，「敷悲切」與「孚丕反」同，「芳婦切」與「夫九反」同，有三音同。

（11）《廣韻》：灑，所綺切，又所蟹切，砂下切，所寄切。按，《釋文・左傳音義》：「灑，所蟹反，舊所綺反。」《毛詩音義》：「巳灑，所蟹反，又所懈反。」《周禮音義》：「灑也，所買反；劉霜寄反。」「所寄切」與「霜寄反」同，有三音同。

（12）《廣韻》：單，都寒切，又市連切，常演切，時戰切。按，《釋文・爾雅音義》：「單，音丹，李云：『盡也。』又音蟬，或音善。」《尚書音義》：「單，音丹，馬丁但反，信也。」「都寒切」與「丹」音同，「市連切」與「蟬」音同，「常演切」與「善」音同。有三音同。

（13）《廣韻》：卷，巨員切，又求晚切，居轉切，居倦切。按，《釋文・儀禮音義》：「兼卷，九轉反。劉居逺反。」《儀禮音義》：「卷，去阮反。」《禮記音義》：「篇卷，音眷，徐久戀反。」《禮記音義》：「之卷，音權，本又作『拳』。」《禮記音義》：「一卷，李音權，又羌權反，范羌阮反，猶區也。注同。」《左傳音義》：「卷縣，音權，《字林》丘權反，韋昭丘云反，《說文》丘粉反。」「居轉切」與「九轉反」同，「居倦切」與「眷」音同，「巨員切」與「權」音同。有三音同。

（14）《廣韻》：緼，於云切，又烏渾切，於粉切，於問切。按，《釋文・儀禮音義》：「緼，音温，劉烏本反。」《儀禮音義》：「以緼，於問反。」《禮記音義》：「緼，紆粉反，又紆郡反。」「烏渾切」與「溫」音同，「於粉切」與「紆粉反」同，有三音同。

（15）《廣韻》：鬩，烏前切，又於乾切，於歇切，烏葛切。按，《釋文・爾雅音義》：「鬩，烏割反，又於歇反，又於虔反。」「烏葛切」與「烏割反」同，「於乾切」與「於虔反」同，有三音同。

（16）《廣韻》：獫，力鹽切，又良冉切，虛檢切，力驗切。按，《釋文·爾雅音義》：「獫，力驗反，《字林》力劒反，吕力冉反，郭九占、沈儉二反。」《毛詩音義》：「玁，本或作獫音險。」「良冉切」與「力冉反」同，「虛檢切」與「險」音同，有三音同。

（17）《廣韻》：差，楚宜切，又楚佳切，楚皆切，初牙切，楚懈切。《釋文·左傳音義》：「差輕，初賣反。」《左傳音義》：「差，初宜反，又初佳反，一音七何反，注同。」《穀梁傳音義》：「過差，初賣反，又初隹反。」「楚宜切」與「初宜反」同，「楚佳切」與「初佳反」同，「楚懈切」與「初賣反」同，有三音同。

（18）《廣韻》：沮，七余切，又子魚切，側魚切，慈呂切，將預切。按，《釋文·尚書音義》：「沮，在汝反。」《論語音義》：「長沮，七餘反。」《爾雅音義》：「沮，孫、郭同辭與、慈吕二反，謝子預反，施子余反。」《毛詩音義》：「沮也，在吕反，何音阻。」《周禮音義》：「使沮，在吕反，沈音敘。」「慈呂切」與「在汝反」同，「七余切」與「七餘反」同，「子魚切」與「子余反」同，「將預切」與「子預反」同。有四音同。

（19）《釋文》：謾，莫還切，又母官切，武延切，莫半切，謨晏切。《釋文》·莊子音義：「謾，末旦反，郭武諫反。」《周禮音義》：「謾誕，武諫反；音亡半反；又免仙反；徐望山反。本或作慢誕，音但。」「謨晏切」與「武諫反」同，「莫半切」與「亡半反」同，「武延切」與「免仙反」同，有三音同。

（20）《廣韻》：濼，盧谷切，普木切，盧毒切，以灼切，盧各切，匹各切，郎擊切。按，《釋文·左傳音義》：「于濼，盧篤反，又力角反，一音洛，《說文》匹沃反。」《公羊傳音義》：「荀櫟，本又作躒，又作濼，亦滴濼也，皆同力狄反，一音與灼反。」「盧毒切」與「盧篤反」同，「盧各切」與「洛」音同，「盧谷切」與「力角反」同，「以灼切」與「與灼反」同，「郎擊切」與「力狄反」同。有五音同。

第四節　「《廣韻》同義異讀與《經典釋文》音同義不同部分」研究

此部分數量不多，主要有 4 例。

（1）《廣韻》：胞，布交切，又匹交切。按，《釋文・莊子音義》：「胞，普交反，腹中胎。」又《毛詩音義》：「胞，步交反，肉吏之賤者。」「布交切」與「步交反」同，「匹交切」與「普交反」同，《釋文》兩音分屬不同義項。

（2）《廣韻》：洸，烏光切，又音光。按，《釋文・毛詩音義》：「洸洸，音光。武貌。又音汪。」

（3）《廣韻》：掄，力迍切，又盧昆切。按，《釋文・周禮音義》：「掄材，魯門反，又音倫。」「力迍切」與「魯門反」同，「盧昆切」與「倫」音同。

（4）《廣韻》：衵，人質切，又女乙切。按，《釋文・左傳音義》：「其衵，女乙反，一音汝栗反。《說文》云日日所衣裳也，《字林》同，又云婦人近身內衣也，仁一反。」「人質切」與「汝栗反」同。

第五節　「《廣韻》《釋文》音切地位不同部分」研究

此部分有三十多例。

（1）《廣韻》：黕，他感切，又徒感切。按，《釋文・莊子音義》：「黕闇，貪闇反，李云黕闇不明貌。」二者不同音。黕，《廣韻》分屬定覃上咸開一、透覃上咸開一。《釋文》屬透覃去咸開一。二者聲調不同。

（2）《廣韻》：尌，衣遇切，又音住。《釋文・周禮音義》：「所尌，音樹。」二者不同音。尌，《廣韻》分屬禪魚去遇合三、澄魚去遇合三。《釋文》屬禪虞去遇合三。二者魚、虞不同。

（3）《廣韻》：遰，特計切，又底隸切。按，《釋文・禮記音義》：「管遰，時世反，徐作『滯』，刀鞞也。」二者不同音。遰，《廣韻》分屬定齊去蟹開四、端齊去蟹開四。《釋文》屬禪祭去蟹開三。二者聲韻等不同。

（4）《廣韻》：盻，五計切，又下戾切。按，《釋文・毛詩音義》有數音：「盻兮，敷莧反，白黑分也，徐又敷諫反，《韓詩》云黑色也，《字林》云美目也，匹問反，又匹莧反。」《論語音義》：「盻兮，普莧反，動目貌，字林云美目也，又匹簡反，又匹莧反。」二者不同音。盻，《廣韻》分屬疑齊去蟹開四、匣齊去蟹開四。《釋文》分屬滂山去山開二、滂刪去山開二、滂文去臻合三、滂產上山開二。

（5）《廣韻》：屣，所寄切，又所綺切。按，《釋文．莊子音義》：「屨，九具反，本亦作屣，所買反。」二者不同音。屣，《廣韻》分屬生支上止開三、生支去止開三。《釋文》屬生佳上蟹開二。

（6）《廣韻》：扡，移爾切，又弋支切。按，《釋文．毛詩音義》：「扡矣，勑氏反，又宅買反，徐又直是反，觀其理也。」與《廣韻》不同。扡，《廣韻》分屬以支上止開三、以支平止開三。《釋文》分屬來支平止開三、澄佳上蟹開二、澄支上止開三。與《廣韻》聲母不同。

（7）《廣韻》：骴，疾移切，又音自。按，《釋文．周禮音義》：「骴，本又作胔，似賜反。」二者不同音。骴，《廣韻》分屬從支平止開三、從支去止開三。《釋文》屬邪支去止開三。與《廣韻》聲母不同。

（8）《廣韻》：磑，五灰切，又五對切。按，《釋文．禮記音義》：「相摩，本又作『磨』，末何反。京云：『相磑切也。』磑音古代反。」二者不同音。磑，《廣韻》分屬疑灰平蟹合一、疑灰去蟹合一。《釋文》屬見咍去蟹開一。二者聲韻開合不同。

（9）《廣韻》：齔，初覲切，又初忍切。按，《釋文．左傳音義》：「童齔，初問反，又恥問反，毀齒也。」二者不同音。《廣韻》分屬初眞上臻開三、初眞去臻開三。《釋文》分屬初文去臻合三、徹文去臻合三。二者聲韻調開合不同。

（10）《廣韻》：嬉，許紀切，又音熙。按，《釋文．左傳音義》：「嬉戲，許宜反。」二者不同音。嬉，《廣韻》分屬曉支平止開三、曉之去止開三。《釋文》屬曉支平止開重三。二者等不同。

（11）《廣韻》：奔，博昆切，又甫悶切。按，《釋文．毛詩音義》：「奔軍，音奮，奮覆敗也。」二者音不同。奔，《廣韻》分屬幫魂平臻合一、幫魂去臻合一。《釋文》屬幫文去臻合三。二者韻等不同。

（12）《廣韻》：讒，士懺切，又士銜切。按，《釋文．左傳音義》有一音：「讒鼎，壬咸反，鼎名也，服云疾讒之鼎也。」二者音不同。讒，《廣韻》屬崇銜平咸開二、崇銜去咸開二。《釋文》屬日咸平咸開二。二者聲韻不同。又按，壬咸反，宋元遞修本作士咸反。存疑。

（13）《廣韻》：猵，布玄切，又毗忍切。按，《釋文．莊子音義》：「猵，篇面反，徐敷面反，又敷畏反，郭李音偏。」二者音不同。猵，《廣韻》分屬幫先平山開四、並眞上臻開重四。《釋文》分屬滂先去山開四、滂微去止合三、滂仙平山開重四。

（14）《廣韻》：淺，則前切，又七演切。按，《釋文・儀禮音義》：「淺，劉音箭，一音贊。」二者不同音。淺，《廣韻》分屬精先平山開四、清仙上山開三。《釋文》屬精仙去山開三、精寒去山開一。

（15）《廣韻》：綼，毗必切，又北激切。按，《釋文・儀禮音義》：「綼，毗支反。劉音卑。」二者不同音。綼，《廣韻》分屬並質入臻開重四、幫錫入梗開四。《釋文》分屬並支平止開三、幫支平止開重四。

（16）《廣韻》：鏦，七恭切，又楚江切。按，《釋文・毛詩音義》有一音，但不同於此：「二矛，莫侯反，《方言》云矛，吳揚江淮南楚五湖之閒謂之鍦，鍦音虵，或謂之鋋，鋋音蟬，或謂之鏦，鏦音錯工反，其柄謂之矜，矜，郭音巨巾反。」二者不同音。鏦，《廣韻》分屬清鍾平通合三、初江平江開二。《釋文》屬清東平通合一。

（17）《廣韻》：儃，徒干切，又市連切。按，《釋文・莊子音義》有多音，但不同於此：「澶，本又作儃，徒旦反，又吐旦反，向崔本作但，音燀。」二者不同音。儃，《廣韻》分屬定寒平山開一、禪仙平山開三。《釋文》分屬定寒去山開一、透寒去山開一。二者調不同。

（18）《廣韻》：痺，府移切，又音婢。按，《釋文・周禮音義》有一音，但不同於此：「痺病，方二反。」二者音不同。痺，《廣韻》屬幫支平止開重三、並支上止開重四。《釋文》屬並脂去止開三。

（19）《廣韻》：罧，斯甚切，又所禁切。按，《釋文・爾雅音義》有一音，與此同：「《字林》作罧，山泌反，其義同。」二者音不同。罧，《廣韻》分屬心侵上深開三、生侵去深開三。《釋文》屬生脂去止開重三。

（20）《廣韻》：取，七庾切，又倉苟切。按，《釋文・公羊傳音義》有一音：「取十，七住反，本或作娶。」《穀梁傳音義》：「取妻，七喻反。」二者不同音。取，《廣韻》分屬清魚上遇合三、清侯上流開一，《釋文》屬清虞去遇合三。

（21）《廣韻》：駷，息拱切，又蘇后切。按，《釋文・公羊傳音義》有一音：「駷馬，本又作揀字書無此字相承用之，素動反。」二者不同音。

（22）《廣韻》：𪌉，巨淹切，又巨金切。按，《釋文・左傳音義》有一音：「苦𪌉，古含反。」二者不同音。𪌉，《廣韻》分屬群鹽平咸開重三、群侵平深開重三。《釋文》屬見覃平咸開一。

（23）《廣韻》：簝，落蕭切，又魯刀切。按，《釋文・周禮音義》有二音：「盆簝，音老，劉魯討反。」二者音不同。簝，《廣韻》分屬來蕭平效開四、來豪平效開一。《釋文》分屬來豪上效開一、來豪上效開一。二者調不同。

（24）《廣韻》：菴，央炎切，又烏含切。按，《釋文・爾雅音義》有一音：「菴，於檢反。」二字音不同。菴，《廣韻》分屬影鹽平咸開重三、影覃平咸開一。《釋文》屬影鹽上咸開重三。二者調不同。

（25）《廣韻》：棷，側鳩切，又子侯切，側溝切，蘇后切。《釋文・禮記音義》：有二音：「郊棷，素口反，徐揔會反，澤也。本或作『藪』。」二者音不同。棷，《廣韻》分屬莊尤平流開三、精侯平流開一、莊侯平流開一。《釋文》分屬心侯上流開一、精泰去蟹合一。

（26）《廣韻》：椐，九魚切，又去魚切，居禦切。按，《釋文・爾雅音義》有三音：「椐，音袪，《字林》已庶反，又音舉。」二者不同音。椐，《廣韻》分屬見魚平遇合三、溪魚平遇合三、見魚去遇合三。《釋文》分屬溪魚平遇開三、以魚去遇合三、見魚上遇合三。

（27）《廣韻》：誰，以追切，又視隹切，千侯切。按，《釋文・毛詩音義》有二音，但不同於此：「摧我，徂回反，沮也，或作催，音同，《韓詩》作誰，音于隹、子隹二反，就也。」二者不同音。誰，《廣韻》分屬以脂平止合三、禪脂平止合三、清侯平流開一。《釋文》分屬云脂平止合三、精脂平止合三。二者聲不同。

（28）《廣韻》：偵，丑貞切，又豬孟切，丑鄭切。按，《釋文・禮記音義》有一音：「德偵，音貞，問也。《周易》作『貞』。」二者不同音。偵，《廣韻》分屬徹清平梗開三、知庚去梗開三、徹清去梗開三。《釋文》屬知清平梗開三。二者聲不同。

（29）《廣韻》：𣧑，士佳切，又奇寄切，疾智切。按，《釋文・毛詩音義》：「舉柴，子智反，又才寄反，積也，《說文》作𣧑，士賣反。」二者音不同。𣧑，《廣韻》分屬崇佳平蟹開二、群支去止開重三、從支去止開三。《釋文》屬崇佳去蟹開二。

（30）《廣韻》：箄，府移切，又邊兮切，并弭切。按，《釋文・周禮音義》：「輪箄，劉薄歷反，李又方匹反，一音薄計反，下皆同。」二字音不同。箄，《廣韻》分屬幫支平止開重四、幫齊平蟹開四、幫支上止開重四。《釋文》屬並錫入梗開四、並質入臻開重四、並齊去蟹開四。

（31）《廣韻》：頗，滂禾切，又普火切，普過切。按，《釋文・公羊傳音義》：「頗，音皮，又音彼，一音普何反，一本作跛者，音同，二傳作蘧罷。」二字不同音。頗，《廣韻》分屬滂戈平果合一、滂戈上果合一、滂戈去果合一。《釋文》分屬並支平止開重三、幫支上止開重三、滂歌平果開一、幫戈上果合一。聲不同。

統計以上《廣韻》同義異讀與《經典釋文》之關係，得出下表：

表1：《廣韻》同義異讀與《經典釋文》關係

《廣韻》同義異讀全部見於《釋文》，且音切數量一致	《廣韻》同義異讀全部見於《釋文》，但音切數量少於《釋文》	《廣韻》有多音，《釋文》有一音，此音見於《廣韻》	《廣韻》有多音，《釋文》有多音，二者有一音相同
305	84	183	143
《廣韻》有多音，《釋文》有多音，二者有二音相同	《廣韻》有多音，《釋文》有多音，二者有多音相同	《廣韻》同義異讀與《釋文》音同義不同	《廣韻》《釋文》皆有此音，但二者音切地位不同
100	20	5	31

可見，《廣韻》同義異讀與《經典釋文》音切地位和數量完全相同的最多，有 305 例，說明從《釋文》到《廣韻》仍有大量同義異讀，沒有發生變化。其次，《釋文》有一個音切，但在《廣韻》中，產生了異讀，這種情況有 183 例。還有兩種情況，即《釋文》有多個音切到《廣韻》時代，依然保持多個音切，二者有的有一個音的音切地位相同，有的有兩個音的音切地位相同，這兩種情況也比較多。另外，《釋文》有多個異讀音切，到《廣韻》，異讀音切減少了，這種情況也有一定數量。還有一種情況，《釋文》和《廣韻》都收此字音，但二者音切地位不同。說明了語音的發展和特殊讀音的存在。另外，在《釋文》中屬於異義異讀，但在《廣韻》中變成了同義異讀的，這種情況不多，只有 5 例，可能反映了異義的消失。

第三章　《廣韻》同義異讀見於《經典釋文》層次與來源考

去除《廣韻》同義異讀與《經典釋文》音切不同的情況，統計與《釋文》音切相同（包括音切地位及數量完全相同、音切地位相同但數量不完全相同）情況的具體來源，製成表格，分析特點。

表 2：「《廣韻》同義異讀全部見於《釋文》，且音切數量一致」部分的《釋文》來源

首音〔註1〕	又音	字林音	或音	王音	一音	詩經音	郭音	沈顧音	謝音
292	140	15	5	3	28	1	23	1	3
劉音	異文字音〔註2〕	徐音	李音	協韻音	施音	司農音	沈音	舊音	鄭音
10	15	37	5	1	3	1	6	3	2
今讀音	說文音	亦音	王肅音	孫音	依韻音	毛詩音	韋昭音	范音	
1	4	1	2	1	1	1	1	2	

可見，《廣韻》同義異讀全部見於《釋文》，且音切數量一致部分中，以《釋文》首音爲主，其次是《釋文》又音，另外還有不少經師音。

〔註1〕文中的首音，不僅包括《釋文》的直音，還包括反切。

〔註2〕文中的異文字音，指的是爲異文注的音。

表 3：「《廣韻》同義異讀全部見於《釋文》，但音切數量少於《釋文》」部分的《釋文》來源〔註 3〕

首音	又音	顧野王音	郭音	何音	沈音	劉音	土俗音	徐邈音	徐、何音	玉篇音	徐音	舊音	鄭音	或音
76	32	2	12	1	3	9	1	1	1	1	14	1	1	3
一音	異文音	字林音	說文音	嵇康音	今人音	李音	郭、徐音	謝音	王肅音	史記音	孫音			
4	6	8	2	1	1	4	1	1	1	1	3			

經考，「《廣韻》同義異讀全部見於《釋文》，但是音切數量少於《釋文》」部分中，《廣韻》同義異讀也以《釋文》首音爲主，其次是又音，也有不少經師音和典籍音注。

「《廣韻》有多音，《釋文》有一音，《釋文》此音見於《廣韻》」部分共有 184 例，分析《釋文》此音的來源發現，全部是《釋文》首音，共有 183 例。具體來看，還有一些經師音作爲首音的，如徐音 3 次，劉音 2 次，郭音 2 次，異文字音 9 次。

表 4：「《廣韻》有多音，《釋文》有多音，二者有一个音相同」部分的《釋文》來源

首音	又音	一音	或音	徐音	顧音	劉音	郭音
102	7	6	2	8	1	3	3
異文字音	李音	孫音	字林音	詩經音	說文音	沈音	——
3	2	1	1	1	2	2	——

本部分見於《釋文》層次中，以首音爲主。另外，在首音部分，其中包含郭音 3 例，劉音 1 例，呂郭音 1 例，徐音 3 例，異文字音 2 例，舊音 1 例，向音 1 例。

表 5：「《廣韻》有多音，《釋文》有多音，二者有兩个音相同」部分的《釋文》來源

首音	顧音	孫郭音	或音	又音	一音	郭音	徐音	劉音	字林音
101	3	1	2	43	8	5	8	5	9

〔註 3〕 本部分，有首音屬於郭音 1 條，首音屬於徐音 1 條，首音屬於劉音 1 條，首音屬於《字林》音 2 條，首音屬於李音 1 條，首音屬於謝音 1 條，筆者將其全部劃入具體的經師和典籍音注中，因此，首音部分實際應增加 7 條。

說文音	李音	沈音	如淳音	讀爲音	孫音	如音	王肅音	玉篇音	——
2	3	3	1	1	2	1	1	1	——

本部分在《釋文》的音注層次中，以首音爲主，其次是又音。在首音部分，包含徐音 5 例，郭音 5 例，劉音 2，舊音 1 例，謝音 1 例，《字林》音 1 例，施音 1 例，異文字音 1 例。

表 6：「《廣韻》有多音，《釋文》有多音，二者有多个音相同」部分的《釋文》來源考

首音	陳國武音	字林音	郭音	說文音	又音	顧音
31	1	3	2	1	12	1
舊音	或音	呂音	施音	徐音	劉音	一音
1	1	1	1	1	1	3

綜合來看，有以下特點：

表 7：《廣韻》同義異讀見於《經典釋文》的層次與來源

首音	又音	字林音	或音	王音	一音	詩經音	郭音	沈顧音
785	234	36	13	4	49	2	45	1
劉音	異文字音	徐音	李音	協韻音	施音	司農音	沈音	舊音
28	24	70	14	1	4	1	14	5
今讀音	說文音	亦音	王肅音	孫音	依韻音	毛詩音	韋昭音	范音
2	11	1	4	7	1	1	1	2
呂音	顧音	土俗音	徐邈音	徐何音	玉篇音	嵇康音	郭、徐音	史記音
1	7	1	1	1	2	1	1	1
如淳音	讀爲音	如音	陳國武音	謝音	鄭音	何音	孫郭音	——
1	1	1	1	4	3	1	1	——

《廣韻》同義異讀見於《釋文》的層次與來源中，以首音爲主，其次是又音，還有不少經師音。陸德明在《經典釋文．序錄》中說，「若典籍常用，會理合時，便即遵承，標之於首。其音堪互用，義可竝行，或字有多音，衆家別讀，苟有所取，靡不畢書，各題氏姓，以相甄識。義乖於經，亦不悉記。其或音一音者，蓋出於淺近，示傳聞見。覽者察其衷焉。」〔註 4〕陸德明的「首音」一般是典籍常用，會理合時的。「或音」「一音」是爲了「傳聞見」，「衆

〔註 4〕陸德明《經典釋文．序錄》，上海古籍出版社，2013 年，頁 4～5。

家別讀」的經師音是「音堪互用，義可竝行」的，所以才「苟有所取，靡不畢書，各題氏姓，以相甄識」。《釋文》中有不少同義異讀情況。萬獻初師稱之爲「同義異音」，「即在同一個字下注了兩條以上讀音有差別的切語，音不同並不區別詞義或辨析字形，只是錄存前人所注的不同讀音。」〔註 5〕作者在「同義異音切語透出的語言信息」章節中說，「用《廣韻》的聲韻調作爲參照系，《釋文》同義異音切語之間絕大多數都是語音地位相近，不是旁紐，就是近韻，再或是同韻母的聲調轉換。雖然《釋文》是把不同時段、不同地域、不同師承關係的來源不同的讀音疊置在同一平面上，不應該簡單的就這個平面來比較，但這個平面仍然顯示了《釋文》以前漢語讀音的相對不確定性、不統一性和不規範性。」〔註 6〕這種同義異讀的保存對後代韻書也產生的影響，《廣韻》大量的同義異讀來自《釋文》就說明了這一點。

趙振鐸在《〈廣韻〉的又讀字》中說，「韻書的目的在於讀書正音，它的旨趣雖然和音義之書不盡同，但是在保留一些有影響的讀音這點上和音義之書還是一致的。」〔註 7〕作者以《廣韻》平聲東韻爲例，對其中的又讀從前代舊注和音義中找到了依據。經過前面對《廣韻》同義異讀與《經典釋文》關係的窮盡考察，可知，《廣韻》同義異讀有近一半的數量與《釋文》有關涉，具體分析與《釋文》有相同語音地位的音切後發現，《廣韻》同義異讀來自《釋文》中的不同層次，其中大部分屬於《釋文》首音，說明《廣韻》的確是保留了前代舊注和音義中很多有影響的讀音。另外，還有不少來自《釋文》的又音、或音、舊音、今讀，以及各種經師音注等。可知，《廣韻》同義異讀不是共時平面的，而是歷時層次的疊置，具有繼承性。

〔註 5〕 萬獻初師《經典釋文音切類目研究》，商務印書館，2004 年，頁 164。

〔註 6〕 同上，頁 170。

〔註 7〕 趙振鐸《〈廣韻〉的又讀字》，《音韻學研究》第一輯，中華書局，1984，頁 317。

第四章　從《釋文》到《廣韻》：《廣韻》同義異讀性質考

這裡從「全部見於《釋文》且音切一致」「全部見於《釋文》，音切數量少於《釋文》」「《廣韻》有二音，《釋文》有一音」「《廣韻》有多音，《釋文》有多音，二者有二音同」四部分進行統計〔註1〕。統計內容著眼於聲類、韻類、攝、等、調類。韻類分合演變，主要依據王力《漢語語音史》。每類統計後，直接標明數量，見次1次，則不標。

第一節　聲類研究

「全部見於《釋文》且音切一致」聲類關係如下表。

表8：「全部見於《釋文》且音切一致」聲類關係

清－濁	清－次濁	次清－濁	清－次清	清－清	濁－濁	次清－次清	次濁－次濁	次濁－濁	次清－次濁
異類									
見群 6	曉疑 2	滂並 3	幫滂 4	精心 2	定澄 3	初清	以來	以邪 2	透泥
見匣 4	云曉	透定 2	清心	知端 2	船禪	昌透		以定 2	以透
精從 3	曉明	溪群 2	見溪	心生 2	匣邪			云匣	來溪

〔註1〕異讀有二音、三音、四音、五音等不同類型，爲便於統計，這裡選取二音情況。

章禪	曉云	清從 2	精清	章端				以船	
知澄	曉娘	徹澄	曉溪	章書					
幫並	見來	匣溪	曉徹	見章					
曉匣	影日	禪透	曉滂	精莊					
曉群	以心			見書					
影匣									
端定									
心定									
同類									
				見見 16	並並 11	溪溪 9	以以 13		
				影影 13	定定 10	清清 5	疑疑 7		
				幫幫 10	來來 9	滂滂 3	明明 8		
				心心 8	匣匣 7	昌昌 2	云云 5		
				精精 5	疑疑 8		透透 4		
				知知 5	日日 4		娘娘		
				章章 6	群群 4		泥泥		
				曉曉 4	澄澄 2				
				生生 4	崇崇				
				端端 3	從從				
				書書	曉曉				
				莊莊	邪邪				
					禪禪				

「全部見於《釋文》，音切數量少於《釋文》」部分的聲類關係如下表：

表 9：「全部見於《釋文》，音切數量少於《釋文》」聲類關係

清－濁	清－次濁	次清－濁	清－次清	清－清	濁－濁	次清－次清	次濁－次濁	次濁－濁	次清－次濁
異類									
影匣	見云	溪群	幫滂 2	見曉		徹初	泥日	船以	
崇莊		滂並	曉溪	莊精		徹透		云匣	
幫並 2		從清	精清						
見群 3		澄清	曉昌	見知					
書船		清崇							
曉匣									
端禪									
精從									

同類									
				影影 4	匣匣 5	滂滂	明明 4		
				幫幫 2	定定 2		疑疑 2		
				精精	並並 2		以以		
				章章	來來				
				生生	從從				
				見見	澄澄				
					群群				

「《廣韻》有二音，《釋文》有一音」部分的聲韻關係如下表：

表 10：「《廣韻》有二音，《釋文》有一音」聲類關係

清－濁	清－次濁	次清－濁	清－次清	清－清	濁－濁	次清－次清	次濁－次濁	次濁－濁	次清－次濁
異類									
見群 4	以書 2	定透 5	見溪 2	心生 2	從邪		娘日	匣泥	以徹
見匣 2	來知	匣溪	幫滂 2	端章			云以	邪云	
曉匣			知徹 2	見影			來疑	並明	
曉群			精清 2					以定	
章禪			曉溪					疑群	
幫並			以昌						
定章			清心						
章澄			精初						
同類									
				見見 10	匣匣 7	溪溪 6	來來 6		
				曉曉 6	群群 3	滂滂 4	明明 6		
				精精 5	從從 3	透透 3	疑疑 4		
				影影 5	並並 2	清清 2	日日 2		
				生生 3	定定 2	昌昌	以以		
				心心 3	澄澄		泥泥		
				幫幫 2	禪禪				
				章章	崇崇				
				莊莊					
				書書					
				端端					

「《廣韻》有多音，《釋文》有多音，有二音同」部分的聲類關係如下表：

表 11：「《廣韻》有多音，《釋文》有多音，有二音同」聲類關係

清－濁	清－次濁	次清－濁	清－次清	清－清	濁－濁	次清－次清	次濁－次濁	次濁－濁	次清－次濁
異類									
端定 4	章泥		曉溪	端知	定澄		泥日 3	禪以	溪疑
見匣 3	見疑		幫滂	曉影	群匣		來以	群疑	
曉匣 2	心以		知透	端章	邪從				
見群 2			初見	心生	崇從				
幫並 2			清莊	曉書					
知禪			清心	心書					
章禪									
知定									
精從									
影匣									
精崇									
章知									
船心									
心邪									
同類									
				精精 6	群群 4	滂滂 2	以以 4		
				影影 4	定定 2	溪溪	來來 3		
				曉曉 3	澄澄 2	清清	日日 3		
				端端 2	匣匣 2	昌昌	疑疑 2		
				見見 2	從從		明明 2		
				莊莊					
				書書					
				生生					
				心心					

黃典誠在《反切異文在音韻發展研究中的作用》一文中曾根據故宮本王仁昫《刊謬補缺切韻》輯錄《切韻反切異文類聚》，並逐項印證音韻發展的遺跡。關於聲紐部分，分析了輕唇出於重脣、舌上出於舌頭、舌齒出於舌音、正齒出於齒頭、喻三出於匣母、喻四出於定母等問題。這些情況在我們以上

討論的四部分中都有體現，這裡就不一一舉例。另外，還有一些特點需要說明。在以上四部分中，同聲類相轉占很大比重，說明在同義異讀中，比較傾向於同聲類條件下，利用韻、開合、等、聲調協調區別讀音。同時，異類相轉也有一定比例，異類相轉，有相同發音部分的對轉，也有相同發音方法的旁轉，還有不少旁對轉，甚至還有一些距離較遠的異類聲轉，說明同義異讀中的異讀，反映在聲類上，有某種自由度。但是，四部分異類相轉中，見次較高的主要有見群相轉、幫滂相轉，這些都是相同發音部位的聲轉。說明清濁與送氣與否也是主要的區別手段。

第二節　韻類研究

「全部見於《釋文》且音切一致」部分的韻類關係如下：

表 12：「全部見於《釋文》且音切一致」韻類關係（舉平以該上去）

入聲	入入	陽入	陽聲	陰陽	陽陽	陰聲	陰入	陰陰
月合三 月合三	葉開三 緝開三	元合三 物合三	蒸開三 蒸開三 3	模合一 唐開一	眞合重三 諄合重三 2	灰合一 灰合一 2	脂開三 屑開四 2	尤開三 幽開三
迄開三 迄開三	**職開三** **德合一** 〔註 2〕		諄合三 諄合三 2	脂開三 眞開三	元合三 仙合三	尤開三 尤開三 6	廢合三 物合三	宵開三 豪開三 2
藥開三 藥開三 2	末合一 薛合三 2		**咸開二** **咸開二**	虞合三 陽合三	文合三 元合三	支合三 支合三	虞合三 燭合三	**皆合二** **灰合一**
末合一 末合一	**賀開三** **屑開四 3**		東合一 東合一		**侵開三** **覃開一 2**	脂開重三 脂開重三	支開重四 質開重四	**脂開三** **齊開四 2**
薛開三 薛開三	質開三 蟹開四		**刪開二** **刪開二 2**		**諄合三** **魂合一 2**	之開三 之開三 4	蕭開四 覺開二	灰合一 之開三
鐸開一 鐸開一	屋合三 職開三		仙合重三 仙合重三 2		山合二 諄合三	**微合三** **微合三 4**	豪開一 屋合三	尤開三 侯開一
麥開二 麥開二	月合三 沒合一 2		**侵開三** **侵開三 4**		**刪合二** 仙合三	虞合三 虞合三 5	尤開三 屋合三 3	**微開三** **咍開一**
葉開三 葉開三	沃合一 鐸開一		庚合三 庚合三 2		**東合一** **鍾合三 2**	齊開四 齊開四 4	麻開三 昔開三 2	宵開三 尤開三
屋合三 屋合三	屋合三 德開一		桓合一 桓合一 4		**桓合一** **刪合二**	模合一 模合一 4	灰合一 沒合一	**支開三** **齊開四**
	屋合一 覺開二		文合三 文合三		鹽開重三 登開一	戈合一 戈合一 2	泰合一 末合一	**脂合三** **灰合一 2**

〔註 2〕黑色加粗，標明其在語音發展史上有顯示，下同。

	葉開三 洽開二		寒開一 寒開一		眞開重四 仙開四	咍開一 咍開一	祭開三 薛開三 4	虞合三 尤開三
	麥開二 錫開四		陽開三 陽開三 8		唐合一 庚合二	支開重三 支開重三 4	齊開四 屑開四	脂開重三 之開三
	末合一 鎋合二		元合三 元合三 2		元合三 魂合一	佳合二 佳合二	宵開重四 覺開二	微合三 灰合一
	黠開二 屑開四		鹽開重四 鹽開重四		鹽開重三 侵開重三	蕭開四 蕭開三	之開三 職開三	魚合三 麻開三
	月合三 薛開重三		銜開二 銜開二		侵開重三 咸開二	宵開重三 宵開重三	脂合三 術合三	模合一 虞合三
			添開四 添開四 2		庚開二 青開四	豪開一 豪開一	脂開三 質開三	歌開一 支開重三
			唐開一 唐開一 3		元合三 桓合一 2	歌開一 歌開一 2	脂合重四 職合三	支開三 祭開三
			鹽開三 鹽開三 2		陽開三 唐開一	侯開一 侯開一 3	蕭開四 屋合三	泰開一 歌開一
			青開四 青開四 5		諄合重三 文合三	麻開二 麻開二 2	微合三 物合三	脂合重三 皆合二
			先開四 先開四 4		山開二 先開四	肴開二 肴開二	祭合三 薛合三 3	皆開二 咍開一
			眞開三 眞開三 4		寒開一 仙開重三	魚合三 魚合三 3	宵開重四 藥開三	支開重三 佳開二
			清開三 清開三		元開三 仙開重三	祭合三 祭合三		虞合三 侯開一 2
			鍾鍾 5		陽合三 唐開一	泰合一 泰合一		魚合三 模合一
			東合三 東合三		庚合三 青合四	支開三 支開三 2		齊開四 咍開一
			東合一 東合三			支開重四 支開重四		肴開二 豪開一 2
			仙開重四 仙開重四			脂開三 脂開三		魚合三 麻開二
			侵開重三 侵開重三			脂合三 脂合三 2		宵開四 肴開二
			庚開二 庚開二			脂合重三 脂合重三		
			陽合三 陽合三 2			蕭開四 蕭開四		
						宵開三 宵開三 3		
						支開三 支開重四		

具體舉例如下：

漢代韻部之部包含灰合一、之開三。如「悝」,《廣韻》: 悝，苦回切，又良士切。按,《釋文．爾雅音義》:「悝，音里。」《禮記音義》:「孔悝，口回反。」「苦回切」與「口回反」同，即溪灰平蟹合一,「良士切」與「里」音同，即來之上止開三。

漢代支部包含支開重三、佳開二。如「涯」,《廣韻》: 涯，魚羈切，又五佳切。按,《釋文．左傳音義》:「水涯，本又作崖，魚佳反，一音宜。」「魚羈切」與「宜」音同，即疑支平止開重三,「五佳切」與「魚佳反」同，即疑佳平蟹開二。

漢代微部包含微合三、灰合一，脂合三、灰合一，皆合二、灰合一，微開三、咍開一，脂合重三、皆合二。這些有交涉的韻部，在異讀中都有顯示。

微合三、灰合一，如「妃」字,《廣韻》: 妃，芳非切，又滂佩切。按,《釋文．公羊傳音義》:「妃匹，音配，一音如字。」「芳非切」當同如字音，即滂微平止合三,「滂佩切」與「配」音同，滂灰去蟹合[illegible]。

微開三、咍開一，如「愾」,《廣韻》: 愾，許既切，又苦愛切。按,《釋文．毛詩音義》:「愾，苦愛反，嘆息也,《說文》云大息也，音火既反。」「許既切」與「火既切」同，即曉微去止開三，苦愛切， 即溪咍去蟹開一。

皆合二、灰合一，如「槐」字,《廣韻》: 槐，戶乖切，又戶恢切。按,《釋文．禮記音義》:「槐，回、懷二音。」「戶乖切」與「懷」音同，即匣皆平蟹合二,「戶恢切」與「回」音同，匣灰平蟹開一。

脂合三、灰合一，如「推」,《廣韻》: 推，尺隹切，又他回切。按,《釋文．禮記音義》:「三推，出誰反，又他回反。」「尺隹切」與「出誰反」同，即昌脂平止合三。他回切，即透灰平蟹合一。

脂合重三、皆合二。如「喟」,《廣韻》: 喟，丘愧切，又苦怪切。按,《釋文．禮記音義》:「喟然，去媿反，又苦怪反。《說文》云：『大息。』」「丘愧切」與「去媿反」同，溪脂去止合重三。苦怪切，溪皆去蟹合二。

漢代文部包含諄合三、魂合一。如「惇」,《廣韻》: 惇，章倫切，又都昆切。按,《釋文．禮記音義》:「惇和，音純，本又作『敦』」。「章倫切」與「純」音同，章諄平臻合三,「都昆切」當為「敦」字，端魂平臻合一。

漢代質部包含質開三、屑開四，黠開二、屑開四。如「窒」，《廣韻》：窒，陟栗切，又丁結切。按，《釋文．莊子音義》：「窒，珍悉反，《爾雅》云塞也，崔、李同，《說文》都節反。」「陟栗切」與「珍悉反」同，即知質入臻開三，「丁結切」與「都節反」同，即端屑入山開四。

黠開二、屑開四，如「袺」，《廣韻》：袺，古黠切，又古屑切。按，《釋文．爾雅音義》：「袺，音結，郭居黠反。」「古黠切」與「居黠反」同，即見黠入山開二，「古屑切」與「結」音同，見屑入山開四。

漢代元部包含刪合二、仙合三，山開二、先開四，寒開一、仙開重三。

刪合二、仙合三，如「還」，《廣韻》：還，戶關切，又似宣切。按，《釋文．莊子音義》：「之還，音旋，一音環。」「戶關切」與「環」音同，即匣刪平山合二，「似宣切」與「旋」音同，邪仙平山合三。

山開二、先開四，如「掔」，《廣韻》：掔，苦閑切，又苦堅切。按，《釋文．莊子音義》：「掔，苦田反，又口閑反，《爾雅》云固也，崔云引去也，司馬云牽也。」「苦閑切」與「口閑反」同，即溪山平山開二，「苦堅切」與「苦田反」同，即溪先平山開四。

寒開一、仙開重三，如「喭」，《廣韻》：喭，五旰切，又魚變切。按，《釋文．論語音義》：「也喭，五旦反。喭，音彥，本今作『彥』。」「五旰切」與「五旦反」同，即疑寒去山開一，「魚變切」與「彥」音同，即疑仙去山開重三。

漢代侵部包含侵開三、覃開一，鹽開重三、侵開重三，侵開重三、咸開二。

侵開三、覃開一，如「簪」，《廣韻》：簪，側吟切，又作含切。按，《釋文．儀禮音義》：「簪裳，側林反。劉左南反。」「側吟切」與「側林反」同，即莊侵平深開三，「作含切」與「左南反」同，精覃平咸開一。

鹽開重三、侵開重三，如「黚」，《廣韻》：黚，巨淹切，又巨金切。按，《釋文．左傳音義》：「黚牟，其廉反，又音琴。」「巨淹切」與「其廉反」同，即群鹽平咸開重三，「巨金切」與「琴」音同，群侵平深開重三。

侵開重三、咸開二，如「嵒」，《廣韻》：嵒，魚金切，又五咸切。按，《釋文．尚書音義》：「嵒，五咸反，徐又音吟。」「魚金切」與「吟」音同，即疑侵平深開重三。五咸切，即疑咸平咸開二。

隋唐模部包含模合一、虞合三，二者主要元音相同，從《釋文》到《廣韻》的同義異讀中包含這兩個韻，二者就從聲調上加以區別。如「麌」，《廣韻》：麌，五乎切，又虞矩切。按，《釋文．爾雅音義》：「麌，一作『麜』，魚矩反。《字林》音吳。」「五乎切」與「吳」音同。「虞矩切」與「魚矩反」同。

隋唐侯部包含尤開三、侯開一，從《釋文》到《廣韻》的同義異讀中也包含這兩個韻，二者就從聲母上區別。隋唐豪韻包含豪開一，從《釋文》到《廣韻》的同義異讀中也包含這兩個韻，二者就從聲調上加以區別。如「漱」，《廣韻》：漱，所祐切，又蘇奏切。按，《釋文．禮記音義》：「漱，所救反，徐素遘反。漱，漱口也。」「所祐切」與「所救反」同，「蘇奏切」與「素遘反」同。

隋唐職部包含職開三、德合一，從《釋文》到《廣韻》的同義異讀中也包含這兩個韻，二者就從聲母上加以區別，如「蜮」，《廣韻》：蜮，雨逼切，又胡國切。按，《釋文．毛詩音義》：「蜮，音或，沈又音域，短狐也，狀如鼈，三足，一名射工，俗呼之水弩，在水中含沙射人，一云射人影。」「雨逼切」與「域」音同，「胡國切」與「或」音同。

隋唐陽部包含陽開三、唐開一，二者主要元音和韻尾都相同，只是介音不同。如「鴦」字，《廣韻》：鴦，於良切，又烏郎切。按，《釋文．毛詩音義》：「鴛鴦，於袁反，沈又音温，下於崗反，又於良反，鴛鴦匹鳥也。」「烏郎切」與「於崗反」同。於良切，即影陽平宕開三，烏郎切，即影唐平宕開一，二者的不同在於介音。王力唐開一為 aŋ，陽開三為 iaŋ。

隋唐月部包含月合三、沒合一，二者主要元音和韻尾都相同，只是介音不同。如「軏」，《廣韻》：軏，魚厥切，又五忽切。按，《釋文．論語音義》：「無軏，五忽反，又音月，轅端上曲勾衡。」「魚厥切」與「月」音同。魚厥切，即疑月入山合三，五忽切，即疑沒入臻合一。又如「扤」，《廣韻》：扤，魚厥切，又五忽切。按，《釋文．毛詩音義》：「扤我，五忽反，徐又音月，動也。」「魚厥切」與「月」音同。

隋唐元部包含元合三、魂合一，二者主要元音和韻尾都相同，只是介音不同。如「鴛」字，《廣韻》：鴛，於袁切，又烏渾切。按，《釋文．毛詩音義》：「鴛鴦，於袁反，沈又音温。」「烏渾切」與「溫」音同。於袁切，即影元平山合三，烏渾切，即影魂平臻合一。

從《釋文》到《廣韻》是同義同音，現在看來屬同義異讀。如「鱀」，《廣韻》：鱀，具冀切，又渠記切。按，《釋文·爾雅音義》：「鱀，其冀反，《字林》作音既，云：『胎生魚。』」「具冀切」與「其冀反」同，群脂去止開重三，「渠記切」與「既」音同，群之去止開三。隋唐時代，脂部包含脂開重三、之開三，二者王力皆擬爲 i。

從《釋文》到《廣韻》同義異讀中還包含了晚唐的語音特點。晚唐時代，東鍾部包含東合一、鍾合三。如「穜」，《廣韻》：穜，徒紅切，又直容切。按，《釋文·周禮音義》：「穜，直龍反，本或作重，音同，先種後熟曰穜，案如字，書禾旁作重是種稑之字，作童是穜殖之字，今俗則反之。」「徒紅切」與「重」音同，即定東平通合一，古無舌上音。「直容切」與「直龍反」同，即澄鍾平通合三。

晚唐五代時期陽唐韻包含陽合三、唐開一。二者主要元音和韻尾都相同，只是介音不同。如「芒」，《廣韻》：芒，武方切，又莫郎切。按，《釋文·毛詩音義》：「芒芒，音亡，依韻音忙。」「武方切」與「亡」音同，即明陽平宕合三，「莫郎切」與「忙」音同，即明唐平宕開一。

晚唐五代時期庚青韻包含庚開二、青開四。二者主要元音和韻尾都相同，只是介音不同。如，「打」，《廣韻》：打，德冷切，又都挺切。按，《釋文·穀梁傳音義》：「打，音頂。」德冷切，即端庚上梗開二，「都挺切」與「頂」音同，即端青上梗開四。

晚唐五代時期月薛韻包含月合三、薛開重三。二者主要元音和韻尾都相同，只是介音不同。如，「朅」，《廣韻》：朅，去月切，又丘竭切。按，《釋文·毛詩音義》：「朅，欺列反，徐起謁反，武壯貌，韓詩作桀，云健也。」「去月切」與「起謁反」同，即溪月入山合三，「丘竭切」與「欺列反」同，即溪薛入山開重三。

晚唐五代時期元仙韻包含元合三、仙合三。如「援」，《廣韻》：「援，雨元切，又爲眷切。」按，《釋文·禮記音義》：「援，音袁，徐于願反。」「雨元切」與「袁」音同，即云元平山合三。「爲眷切」與「于願反」同，即元仙去山合三。晚唐五代時期元仙韻還包含元開三、仙開重三。如「蹇」，《廣韻》：蹇，居偃切，又九輦切。按，《釋文·周易音義》：「蹇，紀免反。《彖》及《序卦》皆云：『難也。』王肅、徐紀偃反。兊宮四世卦。」「居偃切」與「紀偃反」同，即見元上山開三，「九輦切」與「紀免反」同，即見仙上山開重三。

晚唐五代時期職陌韻包含麥開二、錫開四。如《廣韻》: 鬲，五革切，又五歷切。按，《釋文．爾雅音義》:「鬲，又作『鷊』，五歷反，郭音五革反。」五革切，即疑麥入梗開二，五歷切，即疑錫入梗開四。

晚唐五代時期眞文韻包含諄合重三、文合三。如《廣韻》: 莙，居筠切，又渠殞切。按，《釋文．爾雅音義》:「莙，其隕反，孫居筠反。」「渠殞切」與「其隕反」同，即見文平臻合三，居筠切，即見諄平臻合重三。

晚唐五代時期侵林韻包含侵開重三、侵開重三。如《廣韻》: 飲，於禁切，又於錦切。按，《釋文．論語音義》:「而飲，王於鴆反，注同又如字。」「於禁切」與「於鴆反」同，即影侵上深開重三，「於錦切」當同如字音，即影侵去深開重三。

宋代時期豪包韻包含肴開二、豪開一。如「崤」，《廣韻》: 崤，胡茅切，又胡刀切。按，《釋文．左傳音義》:「於殽，本又作崤，戶交反，劉昌宗音豪。」「胡茅切」與「戶交反」同，即匣肴平效開二，「胡刀切」與「豪」音同，即匣豪平效開一。

宋代時期皆來韻包含皆開二、咍開一。如「荄」，《廣韻》: 荄，古諧切，又古哀切。按，《釋文．爾雅音義》:「荄，古來反，一音皆。」「古哀切」與「古來反」同，即見皆平蟹開二，「古諧切」與「皆」音同，即見咍平蟹開一。

宋代曷黠韻包含末合一、鍩合二。如「鴰」，《廣韻》: 鴰，古活切，又古頒切。按，《釋文．爾雅音義》:「鴰，古活反，《說文》音刮。」「古頒切」與「刮」音同，即見鍩入山合二。古活切，即見末入山合一。

宋代寒山韻包含元合三、桓合一。如「蟠」，《廣韻》: 蟠，附袁切，又薄官切。按，《釋文．莊子音義》:「下蟠，音盤，郭音煩。」「附袁切」與「煩」音同，即並元平山合三，「薄官切」與「盤」音同，並桓平山合一。

宋代支齊韻包含脂開三、齊開四，支開三、齊開四，支開三、祭開三。如「洟」，《廣韻》: 洟，以脂切，又他計切。按，《釋文．周易音義》:「洟，他麗反，又音夷。鄭云:『自目曰涕，自鼻曰洟。』」「以脂切」與「夷」音同，「他計切」與「他麗反」同。如「鼶」，《廣韻》: 鼶，息移切，又杜奚切。按，《釋文．爾雅音義》:「鼶，私移反，又徒奚反。」「息移切」與「私移反」同，「杜奚切」與「徒奚反」同。如「灑」，《廣韻》: 灑，尺氏切，又尺制切。按，

《釋文．禮記音義》：「瀄，昌制反，又昌紙反，敗也。」「尺氏切」與「昌紙反」同，「尺制切」與「昌制反」同。

宋代京青韻包含庚合三、青合四。如「瑩」，《廣韻》：瑩，永兵切，又烏定切。按，《釋文．毛詩音義》：「瑩，音榮，徐又音營，又音瑩，磨之瑩琇，瑩，美石也。」「永兵切」與「營」音同，云庚平梗合三。「烏定切」與「瑩」音同，影青去梗合四。

「全部見於《釋文》，音切數量少於《釋文》」部分的韻類關係如下。

表 13：「全部見於《釋文》，音切數量少於《釋文》」韻類關係（舉平以該上去）

入聲	入入	陽入	陽聲	陰陽	陽陽	陰聲	陰入	陰陰
術合三 術合三	薛開三 錫開四	鍾合三 燭合三	東合一 東合一	虞合三 桓合一	元合三 桓合一	脂合重三 脂合重三	模合一 鐸開一	歌開一 模合一
覺開二 覺開二 4	鐸合一 陌合二		鍾合三 鍾合三		魂合一 文合三	宵開重四 宵開重四 2	齊開四 屑開四 2	祭開三 麻開三
薛合三 薛合重三	質開三 屑開四		唐開一 唐開一		元合三 登開一	虞合三 虞合三	灰合一 沒合一	魚合三 麻開二
	屑開四 沒合一		侵開重三 侵開重三		桓合一 登開一	齊開四 齊開四	皆開二 黠開二	祭合三 廢合三
	屋合一 覺開二		東合三 東合三		先開四 眞開重四			支合重四 齊合四
			先合四 先合四		刪合二 先合四			模合一 麻開三
			眞開三 眞開三		眞開重三 文合三	戈合一 戈合一		咍開一 之開三 2
			先開四 先開四					虞合三 侯開一
			清開三 清開三					蕭開四 肴開二
			魂合一 魂合一					支合重三 灰合一
			眞開重四 眞開重三					脂合重三 尤開三
								脂合三 宵開三
								齊開四 泰開一

舉例說明如下：

漢代質部包含質開三、屑開四。如「柣」，《廣韻》：柣，直一切，又七結切。按，《釋文．爾雅音義》：「柣，郭千結反，顧丈乙反，吕伯雍大一反。《廣雅》云：『砌也。』」「直一切」與「丈乙反」同，即澄質入臻開三，「七結切」與「千結反」同，即清屑入山開四。

魏晉宵部包含開四、肴開二。如「鴢」，《廣韻》：鴢，烏皎切，又於絞切。按，《釋文．爾雅音義》：「鴢，謝烏卯反，郭音杳，《字林》音幼。」「烏皎切」與「杳」音同，影蕭上效開四。「於絞切」與「烏卯反」同，即影肴上效開二。

晚唐五代眞文部包含眞開重三、文合三。如「閩」，《廣韻》：閩，武巾切，又無分切。按，《釋文．周禮音義》：「職方氏七閩，亡巾反，又音文，又亡千反，《漢書音義》服虔音近蠻，應劭音近文，鄭氏音旻。」「武巾切」與「亡巾反」同，即明眞平臻開重三，「無分切」與「文」音同，即明文平臻合三。

宋代寒山包含元合三、桓合[illegible]。如「洹」，《廣韻》：洹，雨元切，又音桓。按，《釋文．左傳音義》：「涉洹，音桓，一音恒，今土俗音袁。」「雨元切」與「袁」音同，即云元平山合三，桓，即匣桓平山合一。

宋代聞魂部包含魂合一、文合三。如「鶤」，《廣韻》：鶤，古渾切，又王問切。按，《釋文．爾雅音義》：「鶤，音昆，字或作『鵾』，同。或音運，又音輝。」「古渾切」與「昆」音同，即見魂平臻合一，「王問切」與「運」音同，即云文去臻合三。

「《廣韻》有二音，《釋文》有一音」部分韻類關係如下。

表 14：「《廣韻》有二音，《釋文》有一音」韻類關係（舉平以該上去）

入聲	入入	陽聲	陰陽	陽陽	陰聲	陰入	陰陰
末合一 末合一 2	鐸開一 陌開二	陽開三 陽開三 5	冬合一 尤開三	陽開三 庚開二	虞合三 虞合三 2	尤開三 屋合三 2	皆開二 佳開二
屑開四 屑開四 2	質開三 櫛開三	唐開一 唐開一 4		寒開一 仙開三	魚合三 魚合三 5	虞合三 屋合一	豪開一 蕭開四
藥開三 藥開三	沒合一 末合一	東合三 東合三		文合三 刪開二	尤開三 尤開三 2	泰開一 末合一	之鎧三 皆開二
職開三 職開三	屋合一 覺開二	咸開二 咸開二		桓合一 仙合三	歌開一 歌開一 2	麻合二 鐸合一	魚合三 模合一
緝開三 緝開三 2	質開重三 迄開三	仙開重四 仙開重四		東合三 侵開三	宵開三 宵開三	祭合三 薛合三	支開重四 齊開四

錫開四 錫開四	鎋合二 薛合三	仙合三 仙合三		庚開二 青開四	咍開一 咍開一 2	皆開二 黠開二	微開三 脂開重三
屋合三 屋合三	黠開二 薛開三	江開二 江開二		元合三 桓合一 2	齊開四 齊開四 6		灰合一 豪開一
		東合一 東合一 4		侵開重三 覃開一	模合一 模合一 3		虞合三 侯開一 3
		仙開三 仙開三 2		鹽開三 凡合三	麻開二 麻開二		肴開二 幽開三
		鍾合三 鍾合三		元合三 眞開重三	灰合一 灰合一		佳合二 戈合一
		寒開一 寒開一 4		鹽開重三 侵開重三	支開重四 支開重四		支開三 齊開四
		桓合一 桓合一		諄合三 仙合三	支開重三 支開重三		微開三 咍開一
		刪開二 刪開二		先合四 仙合重四	微合三 微合三 2		皆開二 咍開一
		文合三 文合三		添開四 覃開四	微開三 微開三 2		
		眞開三 眞開三 2		刪開二 仙開重四	豪開一 豪開一		
		元合三 元合三		陽合三 唐開一	之開三 之開三		
		先合四		元合三 仙開重三	歌合一 歌合一		
		先開四 先開四 2			肴開二 肴開二		
		唐合一 唐合一			支開三 支開三		
		清開三 清開三			蕭開四 蕭開重三		
		蒸開三 蒸開三					
		鹽開三 鹽開三					
		侵開三 侵開三					
		先開四 先合四					

舉例如下：

漢代微部包含微開三、咍開一，如《廣韻》：溉，居豖切，又古代切。按

《釋文》有一音：「溉，古代反。」

漢代元部包寒開一仙重三、桓合一仙合三、元合三仙開重三。寒開一仙重三，如「亶」,《廣韻》: 亶，諸延切，又多旱切。按,《釋文．尚書音義》有一音：「亶，丁但反。」桓合一仙合三，如「鷒」,《廣韻》: 鷒，度官切，又職緣切。按,《釋文．爾雅音義》有一音，與此同：「鷒，徒端反。」元合三仙開重三，如「閞」,《廣韻》: 閞，符方切，又皮變切，按,《釋文．爾雅音義》有一音：「閞，皮彥反，本亦作『弁』，同。」「皮變切」與「皮彥反」同。

漢代宵部包含豪開一蕭開四，如「咷」,《廣韻》: 咷，徒刀切，又他弔切。按,《釋文．周易音義》有一音：「咷，道刀反，號咷啼呼也。」「徒刀切」與「道刀反」同。

漢代月部包含鍩合二薛合三、黠開二薛開三，前者如「咷」,《廣韻》: 咷，徒刀切，又他弔切。按,《釋文．周易音義》有一音：「咷，道刀反，號咷啼呼也。」「徒刀切」與「道刀反」同。後者如「樧」,《廣韻》: 樧，所八切，又山列切。按,《釋文．爾雅音義》有一音：「樧，所黠反。」「所八切」與「所黠反」同。

漢代侵部包含侵開重三覃開一、鹽開三凡合三、鹽開重三侵開重三，在此部分異讀中都有顯示。如「隌」,《廣韻》: 隌，於金切，又烏感切。按,《釋文．爾雅音義》有一音：「隌,《字林》或作『晻』，同烏感反。」鹽開三凡合三，如「帆」,《廣韻》: 帆，符芝切，又扶泛切。按,《釋文．左傳音義》有一音：「不帆，凡劍反，本又作帊，普霸反。」「扶泛切」與「凡劍反」同。鹽開重三侵開重三，如「黚」,《廣韻》: 黚，巨淹切，又巨金切。按,《釋文．左傳音義》有一音：「公子黚，起廉反。」「巨淹切」與「起廉反」同。

隋唐皆部包含皆開二佳開二。如「街」,《廣韻》: 街，古諧切，又音佳。按,《釋文．莊子音義》有一音：「街，音佳。」

晚唐五代時期陽唐韻包含陽合三唐開一。如「宋」,《廣韻》: 宋，武方切，又莫郎切。按,《釋文．爾雅音義》有一音：「宋，音亡。」「武方切」與「亡」音同。

晚唐五代時期庚青韻包含庚開二青開四。如「猩」,《廣韻》: 猩，所庚切，又桑經切。按,《釋文．禮記音義》有一音，與此同：「狌狌，本又作『猩』，音生。」「所庚切」與「生」音同。

晚唐五代時期質物包含質開重三迄開。如「肸」,《廣韻》:肸,羲乙切,又許訖切。按,《釋文．禮記音義》有一音:「叔肸,許乙反。」「羲乙切」與「許乙反」同。

晚唐五代時期脂微包含微開三脂開重三。如「娓」,《廣韻》:娓,武悲切,又無匪切。按,《釋文．毛詩音義》有一音:「予美,《韓詩》作娓,音尾,娓美也。」「無匪切」與「尾」音同。

宋代寒山韻包含元合三、桓合一。如「琬」,《廣韻》:琬,於阮切,又烏貫切。按,《釋文．尚書音義》:「琬,紆晚反。」「於阮切」與「紆晚反」同。

宋代支齊韻包含支開三齊開四。如「珕」,《廣韻》:珕,力智切,又郎計切。按,《釋文．毛詩音義》有一音:「士珕,力計反,《說文》云蜃屬。」「郎計切」與「力計反」同。

「《廣韻》有多音,《釋文》有多音,有二音同」韻類關係如下表:

表 15:「《廣韻》有多音,《釋文》有多音,有二音同」韻類關係(舉平以該上去)

入聲	入入	陽入	陽聲	陰陽	陽陽	陰聲	陰入	陰陰
質開三 質開三	屋合一 燭合三	先開四 麥開二	桓合一 桓合一	之鎧三 蒸開三	桓合一 刪開二	尤開三 尤開三 4	祭合三 薛合三 2	侯開一 虞合三 2
屑開四 屑開四	末合一 鎋合二		陽開三 陽開三	微開三 欣開三	鹽開三 覃開三	咍開一 咍開一	豪開一 鐸開一	模合一 麻開二
	沃合一 覺開二		唐開一 唐開一	模合一 唐開一	仙開重四 先開四	支開重三 支開重三	魚合三 藥開三	支開三 麻開三
	月開三 曷開一		覃開一 覃開一	微開三 欣開三	眞開三 先開四	戈合一 戈合一	豪開一 屋合三	微開三 灰合一
	鐸開一 陌開二		魂合一 魂合一	歌開一 寒開一	諄合三 魂合一	麻開二 麻開二	泰合一 月合三	齊開四 祭開三
	鐸開一 昔開三		元合三 元合三		眞開三 仙開三	支開三 支開三	齊開四 屑開四	支開三 魚合三
	麥開二 洽開二		寒開一 寒開一		元開三 仙開重四	齊開四 齊開四 2	魚合三 燭合三	支開三 齊開四
	月開三 薛開重四		侵開三 侵開三		清合三 青合四	脂合重三 脂合重三	宵開三 藥開三	脂合三 戈合一
	職開三 質開三		東合一 東合一		元合三 魂合一	齊開四 齊開四	尤開三 燭合三	脂開三 歌開一

	沃合一 鐸開一		青開四 青開四		諄合三 仙合三	宵開三 宵開三	脂開重三 質開重三	祭開三 泰開一
	薛開三 帖開四		陽開三 陽開三		眞開重三 痕開一	之開三 之開三		**虞合三** **模合一**
	葉開三 **帖開四**		山開二 山開二			虞合三 虞合三		魚合三 模合一
			談開一 談開一			咍開一 咍開一		**皆開二** **佳開二**
			諄合三 諄合三 2			肴開二 肴開二		宵開三 尤開三
			鹽開三 鹽開三					脂合三 尤開三
								虞合三 尤開三
								支開三 佳開二
								灰合一 麻合二
								支開三 之開三
								脂合三 祭合三
								蕭開四 宵開重四

舉例如下：

漢代支部包含支開三齊開四。如《廣韻》：栘，弋支切，成釃切，移爾切。按，《釋文．爾雅音義》：「栘，以支反，《字林》上泥反。」「侈袂，本又作栘，昌爾反。」「弋支切」與「以支反」同，「成釃切」與「上泥反」同。

漢代鐸部包含鐸開一陌開二。如「索」，《廣韻》：索，蘇各切，又山戟切，山責切。按，《釋文．周易音義》：「索索，桑洛反，注及下同，懼也，馬云內不安貌，鄭云猶縮縮足不正也。」「索隱，色白反。」《尚書音義》：「八索，所白反，下同，求也。徐音素，本或作『素』。索，音色。」「蘇各切」與「桑洛反」同，「山戟切」與「色白反」同。

漢代魚部包含虞合三模合一。如「鋪」，《廣韻》：鋪，芳無切，又普胡切，又普故切。按，《釋文．禮記音義》：「鋪席，普胡反，又音敷，徐芳烏反。」「芳無切」與「敷」音同。

漢代微部微開三灰合一。如「蚚」,《廣韻》:渠希切,又胡輩切,又先擊切。按,《釋文·爾雅音義》有三音:「蚚,《字林》巨希反,又下枚反,郭胡輩反。」「渠希切」與「巨希反」同。

漢代文部包含諄合三魂合一。如「窀」,《廣韻》:窀,墜頑切,又陟綸切,徒渾切。按,《釋文·左傳音義》:「窀,張倫反,厚也,一音徒門反。」「陟綸切」與「張倫反」同,「徒渾切」與「徒門反」同。有二音同。

漢代月部包含末合一鎋合二。如「鵽」,《廣韻》:鵽,丁括切,又丁滑切,丁刮切。按,《釋文·爾雅音義》:「鵽,貞刮、直活二反。」「丁刮切」與「貞刮反」同,「丁括切」與「直活反」同。有二音同。

漢代元部包含桓合一刪開二。如「昄」,《廣韻》:昄,博管切,又布綰切,又扶板切。按,《釋文·毛詩音義》:「昄,徐符版反,大也,孫炎、郭璞方滿反,《字林》方但反,又方旦反。」「扶板切」與「符版反」同,「博管切」與「方滿反」同。

漢代盍部包含葉開三帖開四。如「慹」,《廣韻》:慹,之入切,又秦入切,之涉切,奴協切。按,《釋文·莊子音義》:「慹,之涉反,司馬云不動貌。」《莊子音義》:「慹,乃牒反,又丁立反,司馬云不動貌,《說文》云怖也。」「奴協切」與「乃牒反」同。

魏晉南北朝時期魂部包含元合三魂合一。如「樠」,《廣韻》:樠,武元切,又莫奔切,母官切。按,《釋文·莊子音義》:「樠,亡言反,向李莫干反,郭武半反,司馬云液,津液也,樠謂脂出樠樠然也,崔云黒液出也。」《左傳音義》:「樠,郎蕩反,木名,又莫昆反,又武元反。」「莫奔切」與「莫昆反」同。

魏晉南北朝祭部包含齊開四祭開三。如「穧」,《廣韻》:穧,子計切,又在詣切,子例切。按,《釋文·毛詩音義》有多音:「斂穧,上力檢反,下才計反,又子計反,穧穫也。」「在詣切」與「才計反」同。

晚唐五代佳皆韻包含皆開二佳開二。如「薢」,《廣韻》:薢,古諧切,又佳買切,古隘切。《釋文·爾雅音義》:「薢,郭音皆,一音古買反。」「古諧切」與「皆」同,「佳買切」與「古買反」同。

晚唐五代庚青韻包含清合三青合四。如「褮」,《廣韻》:褮,烏莖切,又於營切,戶扃切。按,《釋文·爾雅音義》:「褮,胡扃反,又於營反。」「戶扁切」與「胡扁反」同。

以上四部分韻類相轉情況，同類相轉依然占很大比重，這種情況的原因可以參考聲類相轉。另外，在異類相轉中，同類內部，即陰聲韻、陽聲韻、入聲韻內部相轉占異類相轉很大比重。其中有不少例子可以印證從漢代到宋代的語音發展軌跡，對研究語音史有一定參考價值。此外，異類相轉中，陰入相轉比陰陽和陽入相轉占的比重都大，說明了陰聲韻和入聲韻關係密切。這種情況與黃典誠所說的「中古-k、-t兩類入聲與開尾或-i、-u尾關係較密，同-ŋ、-n聯繫較少」〔註 3〕不謀而合。有可能反映了入聲在某些情況下逐漸消失的情況。

第三節　同攝異攝研究

「全部見於《釋文》且音切一致」部分攝之關係如下表：

表 16：「全部見於《釋文》且音切一致」攝之關係

同攝									
山山 33	臻臻 12	曾曾 4	蟹蟹 13	咸咸 9	流流 12	通通 12	止止 23	遇遇 14	效效 21
宕宕 17	果果 4	深深 5	假假 2	梗梗 13					
異攝									
止蟹 14	山臻 11	山蟹 9	咸深 5	止臻 4	遇流 3	通效 3	江效 3	流通 3	蟹臻 2
止臻 2	遇宕 2	通曾 2	遇假 2	假梗 2	止曾 2	止山	眞臻	果止	宕梗
流效	遇通	通宕	通江	曾咸	果蟹	效宕			

「全部見於《釋文》，音切數量少於《釋文》」部分攝之關係如下表：

表 17：「全部見於《釋文》，音切數量少於《釋文》」攝之關係

同攝									
江江 4	臻臻 6	止止 2	通通 4	山山 5	效效 4	遇遇 2	蟹蟹 4	宕宕	深深
果果	梗梗								
異攝									
止蟹 4	蟹山 3	山臻 2	遇假 2	山曾 2	梗山	宕梗	止流	蟹假	止臻
山眞	遇山	遇流	止效	蟹臻	果遇	遇宕	通江		

「《廣韻》有二音，《釋文》有一音」部分攝之關係如下表：

〔註 3〕　黃典誠《反切異文在音韻發展研究中的作用》，《語言教學與研究》，1981。

表 18：「《廣韻》有二音，《釋文》有一音」攝之關係

同攝									
宕宕 12	遇遇 12	山山 31	曾曾 2	深深 3	梗梗 4	流流 3	通通 8	蟹蟹 11	咸咸 4
果果 3	效效 5	江江	假假	止止 8	臻臻 5				
異攝									
止蟹 4	山臻 4	山蟹 3	流遇 3	流通 3	宕梗 2	深咸 2	假宕	遇通	通江
效蟹	通深	效流	果蟹						

「《廣韻》有多音，《釋文》有多音，有二音同」部分攝之關係如下表：

表 19：「《廣韻》有多音，《釋文》有多音，有二音同」攝之關係

同攝									
山山 12	宕宕 3	通通 2	流流 4	咸咸 6	蟹蟹 8	臻臻 6	止止 5	果果	假假
遇遇 3	效效 3	梗梗 2	深深						
異攝									
止蟹 4	山臻 4	山蟹 4	流遇 3	止臻 3	止果 2	宕遇 2	宕梗 2	效通	止曾
通江	效宕	止遇	遇假	梗咸	曾臻	效流	效宕	止流	通宕
通流	假蟹	山咸	山梗	遇通	山果	止假			

以上四部分攝的關係中，可以看出，同攝異讀占較大比重，其中又以山攝異讀爲主。異攝異讀比較複雜，其中以止蟹、山臻、山蟹爲主。止蟹異讀中，具體看有支開三－佳開二、支開三－祭開三、脂開三－齊開四（2 次）、咍開一之開三（2 次）、灰合一之開三、微開三咍開一（2 次）、微開三灰合一、脂合三灰合一（2 次）、脂合三祭合三。其中黑色加粗字體的都反映了從漢代到宋代止蟹混切的語音現象。山臻、山蟹同樣如此。

第四節　同等異等研究

「全部見於《釋文》且音切一致」部分等之關係如下表：

表 20：「全部見於《釋文》且音切一致」等之關係

一一 41	二二 11	三三 100	四四 17	重三 重三 13	重四 重四 6	一三 29	四三 11	一二 8	四二 5	二三 4
一四 2	重三 三 4	重三 二 4	重四 四 3	重三 一 4	重四三 3	重四 二 2				

「全部見於《釋文》，音切數量少於《釋文》」部分等之關係如下表：

表 21：「全部見於《釋文》，音切數量少於《釋文》」等之關係

一一 8	二二 5	三三 13	四四 7	重三 重三 2	重四 重四 3	重四 重三	重三 三 3	重四 四 2	重三 一	四一 2
一三 8	三四 2	一二 2	三二	二四 2						

「《廣韻》有二音，《釋文》有一音」等之關係如下表：

表 22：「《廣韻》有二音，《釋文》有一音」等之關係

一一 29	二二 7	三三 48	四四 14	重四 重四 2	重三 重三 2	二三 6	三四 2	一三 10	一二 5
重四 四 2	二四	重三 三 4	重三 一	一四 2	重三 四	重四 二			

「《廣韻》有多音，《釋文》有多音，有二音同」部分等之關係如下表：

表 23：「《廣韻》有多音，《釋文》有多音，有二音同」等之關係

一一 14	二二 5	三三 37	四四 6	重三 重三 3	一三 15	一二 6	四三 6	二四	重四三
重四 四 2	重三 三	重三 一	二三						

以上四部分等的關係中，同等異讀占較大比重，其中又以三等異讀爲主。異等異讀中以一三等異讀爲主。一般認爲，上古多洪音，三等細音多爲一二四等韻之變。這種情況在這四部分中仍有顯示。

第五節　調類研究

「全部見於《釋文》且音切一致」部分調類關係如下表：

表 24：「全部見於《釋文》且音切一致」調類關係

平平	上上	去去	入入	平去	平上	上去	去入	平入	上入
55	8	19	29	77	28	25	26	4	3

「全部見於《釋文》，音切數量少於《釋文》」部分調類關係如下表：

表 25：「全部見於《釋文》，音切數量少於《釋文》」調類關係

平平	上上	去去	入入	平去	平上	上去	去入	平入	上入
14	6	5	10	8	4	7	1	3	1

「《廣韻》有二音，《釋文》有一音」部分調類關係如下表：

表 26：「《廣韻》有二音，《釋文》有一音」調類關係

平平	上上	去去	入入	平去	平上	上去	去入	平入
26	5	7	17	33	20	24	6	1

「《廣韻》有多音，《釋文》有多音，有二音同」部分調類關係如下表：

表 27：「《廣韻》有多音，《釋文》有多音，有二音同」調類關係

上上	平平	入入	去去	上入	平去	平上	上去	去入	平入
8	27	14	4	1	11	12	11	9	2

李長仁曾從《廣韻》全部又讀中找出 1684 對詞義有區別的又讀，其中靠聲調分別的有 794 對，並對其調類相轉的情況作了如下統計：

表 28

平去	平上	入去	上去
324	193	158	119

作者認爲去聲是聲調相轉的中心。平、入、上聲各讀的意義多是本義或相對本義，去聲讀的意義則多是派生或假借義，並且往往伴隨詞類的轉換。後代分爲平去兩讀的許多字，先秦韻文中皆韻平聲，說明古無去聲。他曾引段玉裁說，「平上爲一類，去入爲一類，去與入一也。上聲備於三百篇，去聲備於魏晉。」而《廣韻》平上相轉的又讀說明了上古平上爲一類，去入相轉的又讀數字占絕對優勢，說明去聲與入聲的關係密切。首先，我們對《廣韻》同義異讀的分析支持李長仁的論斷。其次，仔細分析表 24、表 25、表 26、表 27，發現表 24 與表 27 中的去入相轉比表 25 和表 26 的去入相轉數量更多，大致與同類平上、上去、平去數量相當，而表 24 與表 27 都是《廣韻》與《釋文》數量相同的同義異讀，表 25 和表 26 則是以《廣韻》爲主的異讀，反映了從《釋文》時代到《廣韻》時代去入關係由緊密到鬆散的變化。

結　論

對漢語異讀文獻的整理與研究由來已久，比較集中的反映在《經典釋文》和《切韻》系韻書中。而《廣韻》又是《切韻》系韻書的主要繼承者。對《廣韻》異讀問題的探索，離不開《經典釋文》。這個認識熊桂芬老師《從〈切韻〉到〈廣韻〉》〔註 1〕一書中有所體現。筆者將《廣韻》同義異讀與《經典釋文》所載異讀進行窮盡式比較，分析二者異同，探討《廣韻》同義異讀的《經典釋文》來源、層次與性質問題。

研究發現，《廣韻》與《經典釋文》同義異讀數量和語音地位完全相同的有三百餘例，占二者有交涉的所有異讀的比重最高，間接說明了《廣韻》與《釋文》的緊密關係。其他不完全相同的同義異讀，可能說明了《廣韻》異讀來源的廣泛性和選擇性。這一部分似乎更有意思。它可能反應了《廣韻》對《釋文》的選擇性運用，一方面與《廣韻》時代的語音性質相同的，《廣韻》就全部採用，而與《廣韻》時代不同的，則選擇性的採用。就像黃典誠所論，「在新音舊音書音話音發生矛盾的時候，往往姑存其舊，突出其新。這是被語言之社會的、歷史的性質所決定的。音韻作爲語言的物質外殼，其由舊質

〔註 1〕熊桂芬認爲《廣韻》比《王三》增收得讀書音主要來自《經典釋文》陸德明音等唐宋流行的字韻書和音義書。（熊桂芬《從〈切韻〉到〈廣韻〉》，商務印書館，2015 年，頁 574）

過渡到新質，行程是緩慢的，更不是用廢除昨天的代之以今天的辦法去實行。因此，新音舊音書音話音甚至方音國音往往有一時互存的現象。」〔註 2〕

進一步分析與《釋文》有關涉的這些異讀後發現，《廣韻》同義異讀選擇上，傾向於《釋文》首音，其次是又音、或音、經師音注等。陸德明的「首音」一般是典籍常用，會理合時的。「或音」「一音」是爲了「傳聞見」，「衆家別讀」的經師音是「音堪互用，義可竝行」的，所以才「苟有所取，靡不畢書，各題氏姓，以相甄識」。《廣韻》同義異讀音的選擇繼承了這一傾向。說明《廣韻》的確是保留了前代舊注和音義中很多有影響的讀音。另外，加上不少來自《釋文》的又音、或音、舊音、今讀以及各種經師音注等，可見《廣韻》同義異讀不是共時平面的，而是歷時層次的疊置，具有繼承性。

結合前面對《釋文》關係的分析，進一步從聲、韻關係思考《廣韻》同義異讀的性質問題。重點分析了與《釋文》有密切關係的「全部見於《釋文》且音切一致」「全部見於《釋文》，音切數量少於《釋文》」「《廣韻》有二音，《釋文》有一音」「《廣韻》有多音，《釋文》有多音，有二音同」這四部分同義異讀的聲韻問題。研究發現，同義異讀聲類關係上，同聲類相轉占很大比重，說明在同義異讀中，比較傾向於同聲類條件下，利用韻、開合、等、聲調協調區別讀音。同時，異類相轉也有一定比例。異類相轉，有相同發音部位的對轉，也有相同發音方法的旁轉，還有不少旁對轉，甚至還有一些距離較遠的異類聲轉，說明同義異讀中的異讀，反映在聲類上，有某種自由度。但是，四部分異類相轉中，見次較高的主要有見群相轉、幫滂相轉，這些都是相同發音部位的聲轉。說明清濁與送氣與否也是主要的區別手段。韻類相轉情況，同類相轉依然占很大比重，這種情況的原因可以參考聲類相轉。另外，在異類相轉中，同類內部，即陰聲韻、陽聲韻、入聲韻內部相轉占異類相轉很大比重。其中有不少例子可以印證從漢代到宋代的語音發展軌跡，對研究語音史有一定參考價值。此外，異類相轉中，陰入相轉比陰陽和陽入相轉占的比重都大，說明了陰聲韻和入聲韻關係密切。即中古-k、-t兩類入聲與開尾或-i、-u尾關係較密，同-ŋ、-n聯繫較少。攝的關係中，同攝異讀占較大比重，其中又以山攝異讀爲主。異攝異讀比較複雜，又以止蟹、山臻、山蟹

〔註 2〕 黃典誠《反切異文在音韻發展研究中的作用》，《語言教學與研究》，1981。

爲主。後三者能反映從漢代到宋代止蟹、山臻、山蟹混切現象。等的關係中，同等異讀占較大比重，其中又以三等異讀爲主。異等異讀中以一三等異讀爲主。符合「上古多洪音，三等細音多爲一二四等韻之變」這一認識。調類關係中，對《廣韻》同義異讀的分析支持李長仁等學者的論斷，去聲是聲調相轉的中心，平上爲一類，去入爲一類。另外，結合我們的統計，還發現從《釋文》時代到《廣韻》時代去入關係由緊密到鬆散的變化。

參考文獻

一、基本古籍

1. 黃侃、黃焯《廣韻校錄》，上海古籍出版社，1984 年版。
2. 余迺永《新校互註宋本廣韻》，上海人民出版社，2008 年版。
3. 陸德明著，張一弓點校，《經典釋文》，上海古籍出版社，2012 年版。
4. 陸德明，《經典釋文》，上海古籍出版社影印，2013 年版。

二、研究論著

1. 葛信益《〈廣韻〉叢考》，北京師範大學出版社版，1993 年版。
2. 黃典誠《反切異文在音韻發展研究中的作用》，《語言教學與研究》1981 年。
3. 黃典誠《〈切韻〉綜合研究》，廈門大學出版社，1994 年版。
4. 李榮《隋代詩文用韻與〈廣韻〉的又音》，（1962），《音韻存稿》，商務印書館，2014 年版。
5. 劉保明《〈廣韻〉又音中的濁上變去》，第 23 屆國際漢藏語言學會論文，1990 年。
6. 劉曉南《〈廣韻〉又音考誤》，《古漢語研究》，1996 年 1 月。
7. 李長仁、方勤《試談〈廣韻〉「又讀」對漢語語音史研究的價值》，1984 年。
8. 李長仁、方勤《試談〈廣韻〉「又讀」對漢語語音史研究的價值》，《松遼學刊》，1984 年。
9. 李長仁《談〈廣韻〉「又讀」中的假借》，《松遼學刊》，1996 年。
10. 李紅《〈廣韻〉異讀研究述評》，福建省辭書學會年會論文集，2009 年。

11. 李紅《〈廣韻〉異讀字聲調研究》,《泉州師範學院學報》2014年第3期。
12. 孫緒武《〈廣韻〉又音的演變及其規範》,《廣東職業技術師範學院學報》2001年1月。
13. 孫緒武《宋本〈玉篇〉的又音字研究》,《廣東技術師範學院學報》2008年第10期。
14. 孫緒武《從又音看其聲母之間的關係》,《嘉應學院學報》2017年第9期。
15. 汪壽明《從〈廣韻〉的同義又讀字談〈廣韻〉音系》,《上海師範大學學報》哲社版1980年3月。
16. 熊桂芬老師《從〈切韻〉到〈廣韻〉》,商務印書館版,2015年版。
17. 趙振鐸《〈廣韻〉的又讀字》(1984),《音韻學研究》第一輯,中華書局,1984年。
18. 趙庸《〈廣韻〉「又音某」中「某」字異讀的取音傾向》,《漢語史研究集刊》第十二輯2009。
19. 張渭毅《論〈廣韻〉異讀字在上古音研究中的地位——〈廣韻〉異讀字研究之一(增訂本)》,《南陽師範學院學報(社會科學版)2011年第11期。
20. 張大勇《從〈廣韻〉異讀字看漢語音變兼談濁音清化現象》,《蚌埠學院學報》2014年第3期。
21. 張大勇《〈廣韻〉異讀字中所含中古方音現象例釋》,《淮南師範學院學報》2014年第1期。
22. 張大勇《〈廣韻〉異讀字產生的原因再探索》,《甘肅社會科學》2017年第2期。
23. 張大勇《〈廣韻〉異讀字所反映的陽聲韻中去聲字音變釋例》,《淮海工學院學報》2017年第12期。
24. 張大勇《〈廣韻〉異讀字中的聲符訛讀現象初探》,《淮海工學院學報》2017年第6期。
25. 〔日〕古屋昭弘《王仁昫切韻こ見えゐ原本系玉篇の反切——又音反切と中心に》,1979年《中國文學研究》第5期。
26. 〔日〕古屋昭弘《〈王仁昫切韻〉新加部分に見えゐ引用書名等につこて》,1983年,《中國文學研究》第9期。
27. 〔日〕古屋昭弘《王仁昫切韻と顧野王玉篇》,1984年,《東洋學報》第3～4號。

三、碩博論文

1. 曹潔碩士論文《〈王三〉又音研究》,安徽師範大學,2004。
2. 史俊碩士論文《〈廣韻〉異讀探討》,蘇州大學2005。
3. 王婧碩士論文《〈廣韻〉異讀研究》,蘭州大學,2006。
4. 范學建碩士論文《〈漢書〉顏注又音研究》,溫州大學2009。
5. 王海青碩士論文《從裴務奇正字本〈刊謬補缺切韻〉異讀看〈切韻〉音系的性質》,貴州大學2009。

6. 趙庸博士論文《〈王三〉異讀研究》，浙江大學 2009。
7. 巫桂英碩士論文《〈廣韻〉又音字研究》，西南大學 2010。
8. 金學勇碩士論文《〈廣韻〉又音與〈新華字典〉注音之比較》，蘭州大學 2011。
9. 劉海蘭碩士論文《〈經典釋文〉與〈廣韻〉異讀字比較研究》，湖南師範大學 2015。
10. 王娟碩士論文《〈廣韻〉又音字的數字化研究》，華中科技大學 2016。

出版後記

呈現在讀者面前的是我的一本研究《廣韻》與《經典釋文》異讀方面的小書。我對異讀的興趣源於我的碩導兼博導萬獻初老師。先生的博士論文就是研究《經典釋文》音切類口的，也就是通過定量和定性相結合的方法來討論《釋文》的音切術語。後來先生還出版的了漢語變調構詞方面的著作。在那之後，先生將研究的領域放在漢語音義關係上，對佛典音義、儒典音義以及明清變調構詞著作做出了深入的探討，後來結集出版了《漢語音義學論稿》。這是先生在音義關係方面的重要著作。後來，我跟隨先生從事漢語音義關係研究。碩士論文做佛典音義，博士論文做《廣雅疏證》因聲求義。這些探討對我深入思考音義關係有一定啓發。但是由於學識淺薄，很多問題都沒有解釋清楚。現在看來，眞有另起爐灶的意味了。博士畢業後，我來到江西師範大學從事教學科研工作，這些年來，我一直繼續思考音義關係問題。申請到了教育部、江西省社科、江西省高校人文各類級別的項目。這加深了我對音義關係的認識和興趣。我覺得理清音義關係，首先在理清音的層次，而要認識音的層次，就要涉及到異讀問題了。《廣韻》和《經典釋文》是異讀材料的重要載體。

我在這本《〈廣韻〉同義異讀與〈經典釋文〉關係考》中著重梳理了《廣韻》同義異讀的音切數據以及見於《釋文》部分的異讀性質，進而討論了異讀音切的層次。其實世界上本沒有異讀，只是由於歷史語音演化以及方言、假借、詞義引申等，而造成異讀。這是大致的看法。《廣韻》裏的同義異讀，很多是歷史語音演化的疊置。而它的文獻來源，很多來自《切韻》系韻書，很多不是來自韻書，而是其他有影響的音義文獻，比如《釋文》。而且，即使來自《切韻》系韻書，那《切韻》系韻書的來源也可能來自《釋文》。所以，我們這裡大膽的從《釋文》來看《廣韻》。當然，《廣韻》同義異讀，有的不一定來自《釋文》，這也是需要深入探討的。拙著僅僅是一次嘗試。

近讀《顏氏家訓》，很有體會。該書對治學做人很有指導意義。《顏氏家訓．勉學》有言：「夫命之窮達，猶金玉木石也；修以學藝，猶磨瑩雕刻也。金玉之磨瑩，自美其礦璞，木石之段塊，自醜其雕刻；安可言木石之雕刻，乃勝金玉之礦璞哉！不得以有學之貧賤，比於無學之富貴也。」此論甚切於當下。學者所以博學明道，這是學者的操守。怎能將有學問但貧賤的人，跟沒有學問但富貴的人比較呢？學者應該有正確的名利觀。《顏氏家訓．名實》說，「上士忘名，中士立名，下士竊名。忘名者，體道合德，享鬼神之福佑，非所以求名也；立名者，修身愼行，懼榮觀之不顯，非所以讓名也；竊名者，厚貌深奸，干浮華之虛稱，非所以得名也。」此言得之。學者的名利觀顚倒，其實是學者的使命認識不確。《顏氏家訓．勉學》還說，「夫學者，所以求益耳。見人讀數十卷書，便自高大，淩忽長者，輕慢同列。人疾之如仇敵，惡之如鴟梟。如此以學自損，不如無學也。古之學者爲己，以補不足也；今之學者爲人，但能說之也。古之學者爲人，行道以利世也；今之學者爲己，修身以求進也。夫學者猶種樹也，春玩其華，秋登其實；講論文章，春華也，修身利行，秋實也。」將讀書行己講得很清楚。我總是思考知識人的使命和價値。現在看來，就是要行己有恥，明道，正德，厚生，心存家國。

拙著的寫作與出版過程中，要感謝師友的幫助和指導。如李廣寬、陳雲豪師兄、孫尊章老師、陳緒平博士等等。拙著爲教育部人文社科青年項目《唐五代佛典音義所見異讀層次、來源與性質研究》（19YJC740025）階段性成果，也是江西師範大學 2017 青年英才培育計劃成果。最後感謝花木蘭文化事業有限公司編輯的辛勤校改！

「卻愁說到無言處，不信人間有古今」，勉之！

李福言

於南昌小經韻樓

2019 年 8 月 1 日